Brigitte Blobel

Ausgeträumt

Endstation Drogenknast

Brigitte Blobel, geboren 1942, studierte Politik und Theaterwissenschaft. Heute arbeitet sie als Journalistin und schreibt Drehbücher für Film und Fernsehen sowie Romane für Erwachsene und Jugendliche. Ihre Bücher wurden mehrfach ausgezeichnet.

Von Brigitte Blobel sind in den Ravensburger Taschenbüchern erschienen:

RTB 58219
Die Nächte von Beirut

RTB 52271
Hast du schon?

RTB 58266
Ausgeträumt.
Endstation Drogenknast

Brigitte Blobel

Ausgeträumt

Endstation Drogenknast

Ravensburger Buchverlag

Als Ravensburger Taschenbuch
Band 58266
erschienen 2007

Die deutsche Erstausgabe erschien 2004
im Ravensburger Buchverlag.

Umschlaggestaltung:
INIT GmbH, Bielefeld

Printed in Germany

1 2 3 4 5 11 10 09 08 07

ISBN 978-3-473-58266-2

www.ravensburger.de

Protokoll: Mia, 16 Jahre

Ich kann mich noch gut an den Augenblick erinnern, als wir in dem Hotel ankamen, meine Schwester und ich. Wie Sophie und ich unten an der Rezeption unseren Zimmerschlüssel bekamen und das Gepäck raufschleppten in den zweiten Stock, Nr. 23. Das war unser Zimmer. Ohne Balkon, aber dafür mit Blick in den Innenhof. Die Gardinen waren vorgezogen, blaue Kunstseide. Das ganze Zimmer war in blaues Kunstlicht getaucht. Die Klimaanlage lief, und es war eiskalt im Zimmer, obwohl es draußen mindestens dreißig Grad warm war.

Ich weiß noch, dass ich als Allererstes die Gardine zur Seite geschoben und das Fenster weit aufgerissen habe. Dabei ist oben aus der Gardinenschiene ein Häkchen rausgesprungen, deshalb ließ sich die Gardine nicht mehr richtig zuziehen. Aber das machte nichts. Im Innenhof stand diese wunderschöne Palme. Ein hoher, schlanker Baum. Die Krone der Palme war direkt auf der Höhe unseres Fensters. Ich konnte sie vom Bett aus sehen. Sie sah aus wie gemalt.

Jeden Morgen diese Palme vor dem tiefblauen Himmel. Es war nämlich immerzu schönes Wetter. Das Paradies eben.

Seit einer Woche fuhr Mia von der Schule nicht mehr direkt nach Hause. Seit einer Woche nahm sie nicht die Bahn von Duisburg nach Oberhausen, wo sie wohnte, sondern stieg in den Zug in die entgegengesetzte Richtung. Sie fuhr zum Düsseldorfer Flughafen, Halle A, da, wo die Last-Minute-Reiseagenturen ihre Büros hatten, eines neben dem anderen, alle hell erleuchtet, die Wände tapeziert mit Zetteln in schreienden Farben, auf denen die Angebote zu Dumpingpreisen verramscht werden sollten.

Eine Woche Costa Brava, Dreisternehotel. Ein Flug nach Lissabon, zwei Nächte im Stadthotel, Stadtrundfahrt inklusive. Puerto Rico, Hotel am Palmenstrand. Bulgarien, Clubdorf mit Vollpension und diversen Sportmöglichkeiten. Kinderfreundliches Hotel an der Algarve.

Wo war noch mal schnell die Algarve?

Portugal, oder?

Jedes Mal, wenn Mia im Zug zum Düsseldorfer Flughafen saß, fiel ihr ein, dass sie einen Atlas mitnehmen wollte, denn in den Reisebüros gab es nie welche. Dort konnten sie einem zwar sagen, in welchem Land sich das Hotel befand, das seine letzten Zimmer praktisch unter Selbstkostenpreis anbot. Aber wenn man nach der nächstgrößeren Stadt fragte oder gar dem Strand – Fehlanzeige. Meistens jedenfalls. Es gab Leute, ganze Familien, die unternahmen regelmäßig Nachmittagsausflüge in die Halle A und verbrachten ihre Zeit damit, die Angestellten der Reisebüros totzuquatschen. Am Ende sagten sie, sie wollten es sich noch mal überlegen, und gingen dann zum nächsten Anbieter. Da wiederholte sich dann der ganze Spaß.

Oder es kam irgend so ein junges Pärchen, das vom Honeymoon träumte. Natürlich hatten sie kein Geld, doch sie wollten so gerne weg. Weg aus Duisburg oder Dinslaken, wo immer sie auch wohnten. Weg aus ihrem Alltag. Sie träumten sich unter eine Palme am türkisblauen Meer, träumten von einer Bar zwischen Bananenstauden und tropischen Pflanzen, von einer eisgekühlten Pina Colada, vom Surfbrett, auf dem sie dem Riff entgegenpaddelten, von den großen Wellen mit ihren Schaumkämmen. Sie träumten von Discos auf Ibiza oder anderswo, von DJs, die ihre Gäste eine ganze Nacht mit verzückten Gesichtern und schweißnassen Körpern wie in Trance halten konnten.

Ein Reisebüro neben dem anderen, jedes mit hundert verschiedenen Angeboten. Man musste sich nur entscheiden können. Und das Geld haben. Feilschen ging nicht, obwohl das Ganze wie ein Bazar wirkte.

Seit Mia zum ersten Mal die Reisebüros gesehen hatte, war sie wie hypnotisiert. Sie konnte sich ihre Nachmittage gar nicht mehr anders vorstellen: im Geist schon mit einem Fuß auf der Gangway, das Dröhnen der startenden und landenden Maschinen in den Ohren, während die Lautsprecherdurchsagen durch die Hallen dröhnten: »Mr Rashid Hamdi, angekommen aus Rio, möchte sich bitte beim Lufthansa-Informationsschalter melden. Alle Passagiere für die verspätete Maschine nach Toronto werden jetzt gebeten, sich sofort zum Ausgang B 24 zu begeben. Ankunft der Air-France-Maschine aus Paris. Bitte lassen Sie Ihr Gepäck nicht unbeaufsichtigt ...« – Wahnsinn!

Es war die erste Juli-Woche. Und es regnete seit Tagen, nicht durchgehend, aber immer stundenweise. Mia konnte in ihrem Mansardenzimmer hören, wie die Regentropfen auf die Dachpfannen herabprasselten. Im Halbschlaf dachte sie manchmal, dass der Regen auf ihre Stirn tropfte, immer auf die gleiche Stelle, und dass sie davon verrückt werden würde.

Im Halbschlaf sah sie Bilder aus der Tagesschau noch einmal: die Autos, die von Sturzfluten mitgerissen wurden, eine Familie, die sich auf das Hausdach gerettet hatte und mit einem Kleidungsstück dem Rettungshubschrauber verzweifelte Zeichen gab. Häuser an einem Berghang, die ins Rutschen gerieten. Es gab in diesem Frühsommer überall auf der Welt Überschwemmungen, so schien es Mia. Eine Katastrophe folgte auf die andere.

Mias Vater sagte, es sei nicht schlimmer als sonst. Es käme einem nur so vor, weil sie jetzt von allen Katastrophen Bilder hätten und diese Bilder an alle Fernsehstationen rund um die Welt verkauft würden. Bilder von Umweltkatastrophen zeigten sie am liebsten. »Bald werden es keine Überschwemmungen mehr sein«, sagte Mias Vater, »bald kommen die Brände. Im Hochsommer nach einer Hitzeperiode, da reichen zwei oder drei Wochen und es brennt wieder überall, in Südfrankreich, in Spanien, in Australien. Und dann in Kalifornien. Da brennt es immer, im Fernsehen zeigen sie die Bilder, wie die Leute in ihren verrußten T-Shirts mit dem Gartenschlauch in der Hand um ihre Bäume kämpfen, ihre Holzhäuser, ihr Hab und Gut. Wir haben doch Glück«, sagte Mias Vater, »dass wir in so einer gemäßigten Zone leben. Hier bei uns in Deutschland ist es doch ruhig. Das hier ist ein gesegnetes Land.«

Ihr Vater sagte das, obwohl er zu befürchten hatte, seinen Job zu verlieren. Mias Vater arbeitete in einer Landmaschinenfabrik. Der Absatz stagnierte. Früher hatte die Firma große Maschinen in die arabischen Länder verkauft. Jetzt aber blieben die Bestellungen aus. Achtzig Arbeitsplätze waren in Gefahr. Doch ihr Vater sagte: Wir leben doch in einem gesegneten Land.

Mia aber träumte sich weg aus dem gesegneten Land. Wenigstens für die Sommerferien.

Sophie hatte ihr fest versprochen, dass sie Mia mitnähme in den Urlaub. Falls Mia ein Sonderangebot fände, das Schnäppchen aller Schnäppchen: eine Reise für zwei Personen, die insgesamt nicht mehr als 280 Euro kosten durfte.

»So etwas gibt es gar nicht«, sagte Mias Mutter. Mias Mutter arbeitete als Verkäuferin in einem Schuhgeschäft in Oberhausen, dem besten der ganzen Stadt. Das war auch der Grund, warum sie aus Duisburg weggezogen waren, damit ihre Mutter nicht so einen weiten Weg zum Arbeitsplatz hatte. In dem Geschäft, in dem Mias Mutter arbeitete, gab es Schuhe für mehr als 280 Euro. Deshalb hielt Mias Mutter es für absolut unmöglich, eine Zweipersonenreise für diese Summe zu finden.

»Vielleicht in den Harz«, sagte sie, »in eine Familienpension mit Frühstück.«

Aber Mia wollte nicht in den Harz. Sie wollte weg, so weit weg wie möglich. Sie wollte in ein anderes Land. An ein Meer, das warm war. Sie träumte wie alle von Palmen und Strandbars, von Sonnenuntergängen und Strandliegen unter dem Sonnenschirm. Alles sollte anders sein als zu Hause. Das Essen, die Sprache, die Leute, die Häuser, die Straßen, das Land.

»Verstehst du, Sophie?«, sagte Mia. »Alles anders als zu Hause. Das ist das Wichtigste.«

Zweite Bedingung: Sie wollte in den Süden. Nicht Schweden, Dänemark oder so. Sie wollte dahin, wo man Bikinibräune bekam, wo man stundenlang am Meer abhängen konnte, wo man abends mit einem hauchdünnen Sommerkleidchen auf der Strandpromenade flanieren konnte, ohne zu frieren. Zu Hause fror sie immerzu. Mia fror beim Anblick der grauen Mietshäuser, beim Anblick der trostlosen Straßen, beim Anblick ihrer Schule.

Damals, als sie von Duisburg nach Oberhausen gezogen waren, hätte Mia auch die Schule wechseln können. Aber in Oberhausen war die Schule auch nur aus Beton und auf dem Schulhof wuchs nicht einmal Unkraut. Es hätte keinen Unterschied gemacht. In ihrer Schule kannte sie wenigstens die Lehrer, kannte die Schwächen und Stärken der Lehrer. Da hatte sie Freunde. Ihre Schule war im Grunde okay.

Sie wollte nicht wechseln. Also hatten ihre Eltern ihr eine Schülermonatskarte gekauft und damit fuhr sie jetzt jeden Nachmittag zum Düsseldorfer Flughafen.

In fünf Tagen begannen die Ferien. Und in acht Tagen begann Sophies Urlaub. Sie hatte nur zwei Wochen Urlaub. Mia musste es schaffen, für genau diese Zeit ein Urlaubsziel zu finden.

Sophie war Mias große Schwester. Sie war zwei Jahre

älter, also achtzehn. Sophie wollte Altenpflegerin werden. Zuerst hatte sie eine Ausbildung als Krankenschwester angefangen, aber dann hatte sie auf einmal gedacht, dass es schöner wäre, in einem Altenheim zu arbeiten. Mia konnte das nicht verstehen. Sie konnte nicht begreifen, wie man es aushielt, immerzu alte Leute zu waschen, anzuziehen, zu füttern, im Rollstuhl auszufahren, mit ihnen zu turnen oder sie ins Schwimmbad zu fahren. Aber Sophie sagte: »Von den alten Leutchen bekommt man so viel zurück. So viel Wärme, Herzlichkeit. Die sind so dankbar. Das ist unheimlich schön.«

Mia mochte ihre große Schwester. Auf eine besondere Art. Sophie war nicht ihre beste Freundin, Sophie gefiel andere Musik, andere Filme, sie schwärmte für einen anderen Typ Jungen. Sophie war schüchtern, bescheiden und kleidete sich unauffällig. Mia liebte es schrill. Immer schon. Mia tanzte gerne aus der Reihe.

Aber das war unwichtig, Sophie war ihre Schwester und trotz aller Unterschiede verstanden sich die beiden sehr gut und hingen aneinander, wie es wohl nur Schwestern tun.

Bei Ögertours arbeitete Sandra. Bei Hapag Lloyd Frau Meyer-Wölden. Bei Neckermann Hans-Peter. Bei Quicktours ein Typ mit Mäusebart, der Pinkus hieß. Im rechten Ohr hatte er ein Piercing.

Mia konnte sich nicht vorstellen, was im Kopf von Eltern vorging, die ihren Sohn Pinkus nannten. Pinkus war nett. Am liebsten ging Mia zu ihm und schaute seine Sonderangebote an. Die Front von Quicktours war giftgrün und gelb gestrichen, ein Sonnenblumengelb und ein Granny-Smith-Apfelgrün. Die Sonderangebote leuchteten auf rosa, blauen und roten Zetteln hinten von der Pinnwand. Auf dem Tresen lagen weitere Angebote unter einer Glasscheibe. Und dann hatte Pinkus noch diesen Katalog von Quicktours. Aber das waren keine Last-Minute-Angebote. Da gab es nichts, was von Mia und Sophies Finanzen bezahlbar gewesen wäre. Und sie suchten ja ein Schnäppchen.

»Was ist eigentlich mit der Türkei?«, fragte Pinkus.

»Was soll mit der Türkei sein?« Mia studierte die Zettel. Sie erkannte auf Anhieb, was neu reingekommen war und welche Zettel jetzt fehlten.

Nachts träumte sie schon von Reisesonderangeboten. Nachts hatte sie Albträume von all den verpassten Chancen, all den großen Abenteuern, auf die sie verzichtet hatte: Copa Cabana, Costa Rica, Athen …

»Ich meine, kommt für dich auch die Türkei infrage?«

Pinkus zog einen angehefteten Zettel von der Pinnwand.

»Warum soll die Türkei nicht infrage kommen?«

Unter der Türkei konnte sie sich zumindest etwas vorstellen. Immerhin gab es in ihrer Klasse fünf Türken. Zwei von ihnen hatten allerdings einen deutschen Pass. Das waren Sevda und Tahir. Dann gab es noch Jihan, Rojin und Ulas. Mia war mit keinem von ihnen befreundet. Es hatte sich einfach nicht ergeben. Mias Freundin in der Klasse war Janine. Und vielleicht noch Vanessa. Aber mit Vanessa war

es immer so ein Auf und Ab. Vanessa war launisch, mal fröhlich und aufgedreht, und dann wieder bissig und verstockt. Man wusste nie, woran man bei ihr war. »Mit so einem Menschen«, sagte Mia, »kann ich nicht wirklich befreundet sein.« Ihre türkischen Mitschüler blieben meistens unter sich.

Pinkus legte den Zettel auf den Tisch. »Lies mal«, schlug er vor. Sein Telefon klingelte. Er hob ab. Er redete, lächelte. »Nein, du störst nicht. Toll, dass du anrufst!« Er sprach plötzlich ganz gedämpft und drehte Mia den Rücken zu.

Also seine Freundin, dachte Mia.

Auf dem Zettel stand:

DAS UNENTDECKTE KLEINOD
AM SCHWARZEN MEER: CAYALKUHIR.

Mia holte tief Luft. Sie las weiter:

HOTEL HVELZU KONAK: NEU ERÖFFNET.
ALLE ZIMMER MIT BAD UND BALKON.
DAS RESTAURANT IST BERÜHMT
FÜR SEIN KUZU TANDIR.
NUR FÜNF MINUTEN ZUM STRAND,
10 MINUTEN ZUM BASAR.
FLUG UND DOPPELZIMMER MIT FRÜHSTÜCK:
PRO PERSON NUR 169 EURO.
ANGEBOT NUR GÜLTIG VOM 17. BIS 24. JULI.

Mia blickte hoch. Auf Pinkus' Rücken. Er trug über seinem Hemd eine dunkelblaue Steppweste. Seine Haare waren im Nacken rasiert. Er hatte abstehende Ohren. Als ob er spürte, dass Mia ihn fixierte, drehte er sich um, nickte ihr zu, sagte ins Telefon: »Ich muss Schluss machen, ich hab Kundschaft.« Und legte auf. »Na?«, fragte er. »Wie klingt das?«

»Weiß nicht«, sagte Mia unsicher. »Man kann den Ort ja nicht mal aussprechen.«

Pinkus nahm den Zettel, grinste. »Oh ... äh ... also ...« Er räusperte sich, er lachte. »Kann ich auch nicht. Aber darauf kommt es nicht an, oder?«

»Und was ist Kuzu Tandir?«, fragte Mia. Sie deutete auf den Namen.

»Das ist was zum Essen«, sagte Pinkus.

»Mann, so viel kapier ich auch.«

Pinkus strich mit den flachen Händen den Zettel glatt. Er holte tief Luft. »Also«, sagte er, »ihr kommt jeden Tag, lasst euch von mir die ganzen Angebote erklären, bis ich heiser bin, und wollt auch noch einen Schnellkurs über türkische Küche? Soll ich Fransen am Mund kriegen, oder was?«

»So hab ich das doch gar nicht gemeint«, sagte Mia fast erschrocken.

Pinkus holte noch einmal Luft. »Und dann sagt ihr, ich überleg's mir noch mal, und haut wieder ab. Oder bucht nebenan. Oder überhaupt nicht. Oder im Internet. Und ich sitz hier und muss abends meiner Chefin erklären, warum ich unsere tollen Schnäppchen wieder nicht losgeworden bin.«

»Tut mir leid«, murmelte Mia, »ich wollte dich nicht ärgern.«

»Echt scheiße, das.« Pinkus riss Mia den Zettel aus der Hand und knallte ihn wieder an die Pinnwand. Die Reißzwecke hielt aber nicht und fiel zu Boden. Der Zettel flatterte hinterher. Pinkus bekam vor Wut einen roten Kopf. Da klingelte das Telefon.

»Scheiße«, fluchte Pinkus. Er ließ den Apparat läuten, hob den Zettel auf, knüllte ihn zusammen und warf ihn in den Papierkorb.

»Willst du nicht rangehen?«, fragte Mia vorsichtig.

»Geht dich das irgendwas an? Ob ich rangehe oder nicht?«

»Nein«, flüsterte Mia, »nein.«

Oh Gott, dachte Mia, was hab ich gemacht? Ich wollte doch nur ...

»Also«, fragte Pinkus finster, »was ist jetzt?«

Kurz schloss Mia die Augen und riss sie wieder auf.

»Okay«, sie holte tief Luft, »ist gebongt.«

Pinkus hob die Augenbrauen. »Ist das jetzt ein Witz?«

»Nein.« Mias Kopf glühte, aber ihre Augen leuchteten. »Wir machen das jetzt gleich perfekt. Das ist doch vom 17. bis zum 24. Stimmt doch, oder? Von Samstag bis Samstag, richtig?«

»Muss ich nachgucken«, sagte Pinkus. Er holte einen Taschenkalender hervor, ließ den Zeigefinger über den Juli gleiten und schaute hoch. »Von Samstag bis Samstag.«

»Am 16. kriegt meine Schwester nämlich Urlaub«, sagte Mia. »Da passt das genau. Eigentlich«, sie ließ ihren Blick über die anderen Angebote gleiten, »eigentlich ist es das einzige Angebot, das so genau passt. Und klingt auch irgendwie schön: UNENTDECKTES KLEINOD AM MITTELMEER.«

»Am Schwarzen Meer«, korrigierte Pinkus.

Mia lächelte verlegen. »Klar, Schwarzes Meer. Aber ich meine: Ist doch fast das Gleiche.«

»Na ja, es ist nicht das Mittelmeer. Aber die Schwarzmeerküste ist superbeliebt. Und wird immer beliebter. Denk an Bulgarien«, sagte Pinkus.

Mia und Sophie hatten eine Weile mit Bulgarien geliebäugelt. Aber das war in dieser Saison der absolute Renner. Die Angebote waren immer sofort weg. Von einem Tag zum anderen. »Verkauft sich wie verrückt«, hatte Sandra von Ögertours gesagt. Sandra hatte viel Bulgarien im Angebot. Aber sie wollte nie etwas für Mia zurücklegen, so wie man im Kaufhaus einen Rock oder eine Jacke zurücklegen lassen kann. »Last Minute bedeutet sehen und kaufen«, hatte Sandra erklärt. Deshalb war Mia jetzt bei Pinkus.

Sie rechnete kurz aus: zwei mal 169 machte aufgerundet 340 Euro. Das waren 60 Euro mehr, als Sophie ausgeben wollte. Andererseits könnte sie einen Vorschuss Taschengeld erbitten und den Rest selber drauflegen. Dann hätte sie aber nichts mehr zum Verprassen. Aber vielleicht ... Ihre Eltern waren eigentlich großzügig.

Mia lächelte. Sie war sicher, dass sich da etwas machen ließ. Bisher hatte sie ihre Eltern immer erweichen können, wenn es ums Geld ging.

»Also, ich soll das jetzt buchen?«, fragte Pinkus.

»Hab ich doch gesagt.« Mia holte ihr Handy aus der Tasche. Sie wählte Sophies Nummer. »Ich ruf nur kurz meine Schwester an und erzähl es ihr.«

»Ich soll also warten?«, fragte Pinkus genervt.

Mia überlegte ... es war Sophies Geld. Und Sophies Urlaub.

»Okay, warte eine Sekunde, ja?«

Sie verfolgte auf dem Display, wie die Nummer von Sophies Arbeitsstelle gewählt wurde.

»Altenheim Mathildenstift, Schwester Vroni, guten Tag.«

»Hallo, hier ist Mia Kröger. Stör ich?«

»Oh, Mia, nein, du störst doch nie. Das heißt, du willst Sophie sprechen, oder?«

»Ja, bitte. Wenn das möglich ist.«

»Ich fürchte, im Augenblick ist deine Schwester sehr beschäftigt, sie ruft dich zurück, sobald sie Zeit hat. Ist das in Ordnung?«

Nein, dachte Mia, es ist nicht in Ordnung. Ich möchte sie jetzt gleich sprechen.

»Na ja, es geht um den Urlaub, wissen Sie«, sagte Mia. »Ich hab was Tolles gefunden. Aber ich würde es gerne erst mit Sophie absprechen. Könnten Sie Sophie vielleicht kurz mal fragen, was sie von der Türkei hält, Schwarzmeerküste? Der Termin würde genau passen.«

»Gut, ich frag sie. Türkei, Schwarzmeerküste, richtig?«

»Richtig.«

»Bleib eine Sekunde dran.«

Mia nickte, sie lächelte Pinkus zu. »Geht sofort los.«

Pinkus bearbeitete missmutig seinen Computer.

Mia hörte hallende Schritte durch das Handy. Sie wartete, sie hörte Stimmen, konnte aber nichts verstehen. Das Telefon klingelte und Pinkus hob ab. Pinkus redete, aus den Lautsprechern wurde die Ankunft der Maschine aus New York gemeldet, nebenan im Reisebüro fiel ein kleiner Junge aus dem Buggy und brüllte.

»Hallo?«

»Ja? Hallo?«

»Mia? Hörst du mich?«

»Ja, ja, ich bin noch dran.«

»Also, schöne Grüße von deiner Schwester. Sie findet es prima.«

Mia strahlte. Sie atmete tief durch. »Echt? Sie findet es prima? Dann kann ich es buchen?«

»Ja, kannst du.«

»Oh, gut, danke! Danke schön! Das war total lieb von Ihnen!«

Schwester Vroni lachte. »Gern geschehen.«

Mia legte ihr Handy auf den Tisch, stützte sich mit beiden Ellenbogen auf und grinste Pinkus an. »Die Sache ist gebongt«, sagte sie großspurig. »Wie ich schon sagte.«

Pinkus lächelte erleichtert. »Na, dann mal los«, sagte er. Und bearbeitete seinen Computer so schnell, dass ihr ganz schwindlig wurde.

»Ich druck dir die Buchungsbestätigung aus«, sagte Pinkus, »damit nichts mehr schiefgeht. Die musst du jetzt hier unterschreiben, und morgen musst du die Tickets bis um 18 Uhr abholen. Mit Hotelvoucher und allem Pipapo.« Er hob den Kopf. »Und natürlich das Geld mitbringen.«

»Ausgerechnet die Türkei«, stöhnte Mias Mutter. Sie war um halb neun von der Arbeit gekommen und wirkte müde. Mittwochs hatte der Schuhladen immer bis acht Uhr geöffnet und dann musste noch aufgeräumt werden. Mias Vater war bei den Großeltern in Gelsenkirchen. Er tapezierte ihr Wohnzimmer neu. So was konnte Mias Vater gut. Er konnte überhaupt eine ganze Menge. Als sie umgezogen waren, brauchten sie für nichts einen Handwerker. Mias Vater hatte alles allein gemacht: die Wohnung mit Laminat ausgelegt, die Dusche neu gekachelt und im Flur die Decke niedriger gehängt. Mias Mutter fand die Decke zu hoch. »Da bekomm ich Platzangst«, hatte Mias Mutter gesagt. Und schon hatte ihr Vater mit Spanplatten und Gips und Isoliermaterial und Punktstrahlern einen völlig neuen Flur geschaffen, den er zum Schluss sonnengelb gestrichen hatte. Fertig.

In dem sonnengelben Flur stand jetzt Mias Mutter, zog ihre Kostümjacke aus und hängte sie auf den Bügel, strich mit den Händen die Haarsträhne aus der Stirn zurück. »Wieso ausgerechnet die Türkei?«

Sophie gab ihrer Mutter einen zärtlichen Kuss. »Was hast du gegen die Türkei?«, fragte sie. »Da ist es doch schön. Ich kenne unheimlich viele Leute, die da Urlaub machen. Antalya, Izmir und so.«

Ihre Mutter warf einen flüchtigen Blick auf die Post, die auf dem Flurtisch lag, und legte sie seufzend wieder hin. Alles Rechnungen. Das hatte Mia auch schon gesehen.

Sie wedelte mit der Buchungsbestätigung vor dem Gesicht ihrer Mutter herum.

»Hier, das musst du lesen. Total super! Das Hotel ist neu eröffnet! Das ist doch überhaupt das Größte. Alles neu: von den Handtüchern bis zur Matratze. Nicht irgend so ein ekliges versifftes Teil. Nein: alles funkelnagelneu.«

»Ich weiß nicht«, sagte Mias Mutter unsicher, als sie an

ihnen vorbei in die Küche ging. »Zwei Mädchen, allein in die Türkei?«

Sophie und Mia tauschten Blicke. Das war typisch ihre Mutter. Immer überängstlich, immer besorgt, dass ihren Töchtern etwas zustoßen könnte. Als Mia und Sophie noch klein waren, waren sie in den Ferien immer an die Ostseeküste gefahren, wo das Wasser so seicht war, dass man nicht ertrinken konnte, wo es keine Wellen gab, die die kleinen Mädchen umwerfen konnten.

Noch im letzten Jahr hatten sie alle zusammen Ferien gemacht, diesmal an der Nordsee in Holland. Ihre Eltern hatten ein Apartment gemietet, das so winzig war, dass man sich darin kaum um die eigene Achse drehen konnte. Das Wetter war schlecht, es hatte gestürmt und gewittert, der Wind hatte an den Fenstern gerüttelt und sie konnten kaum mal einen Fuß vor die Tür setzen.

Zwei endlose Wochen lang hatten sie Rommee, Monopoly und Skat gespielt, Abend für Abend, bis ihnen die Augen zufielen. Jeden Morgen war ihr Vater zum Bäcker gelaufen, hatte Brötchen gekauft, jeden Mittag waren sie in der Strandbar gewesen, hatten Pommes und gegrillten Fisch gegessen, waren nachmittags einmal die Promenade rauf und wieder runter und hatten irgendetwas gespielt. »Ist das nicht wahnsinnig gemütlich, Kinder?«, hatte ihre Mutter immerzu wie beschwörend gerufen.

Ihr Vater hatte sich hinter der BILD-Zeitung versteckt, Mia und Sophie hatten mit ihren Discmen oder einem Buch endlos lähmende Stunden auf ihren Betten verbracht. Es gab keinen Fernseher in dem Apartment. Kein Radio. Es war ätzend langweilig. Trostlos. Aber keiner hatte gewagt, die Wahrheit auszusprechen. So hatten sie tapfer durchgehalten, zwei ganze Wochen lang, hatten zusammen gefrühstückt, Strandwanderungen unternommen, gegessen und geschlafen, auf engstem Raum. Danach war allen klar, dass dies der letzte gemeinsame Urlaub gewesen war.

Und jetzt also, zum ersten Mal Urlaub ohne die Eltern! Und zwar gleich mit dem Flugzeug! Richtig weit weg. Ha, herrlich.

»Antalya«, sagte die Mutter gedehnt, »das kann ich mir vorstellen, da ist eine Kollegin im Osterurlaub gewesen. Sie hat sehr geschwärmt.«

»Na, siehst du!«, rief Mia.

»Antalya ist europäisch«, sagte die Mutter. »Da ist es wie auf Mallorca oder wie an der Riviera.«

»Als wenn du da schon mal gewesen wärst«, sagte Mia spöttisch.

Sophie deckte den Tisch. Mittwochs gab es immer Kaltes: Sophie wickelte den Käse aus dem Pergamentpapier, holte die Wurstscheiben aus der Folie.

»Wer will Quark?«, fragte sie.

Keiner reagierte. Die Mutter saß am Tisch und studierte die Buchungsbestätigung.

»Neues Hotel«, sagte sie. »Das ist komisch.«

»Wieso ist das komisch?«

»Weil sie gleichzeitig schreiben, dass das Restaurant für dieses Essen da berühmt ist. Wie kann ein Restaurant berühmt sein, wenn es gerade erst eröffnet wurde?«

»Möglich, dass es das Restaurant schon lange gibt und

das Hotel jetzt angebaut wurde«, meinte Sophie. »Außerdem ist es doch egal, oder? Mia hat dieses supertolle Angebot entdeckt. Und du hast gesagt, wir finden nichts zu dem Preis. Lass Mia doch mal.«

Die Mutter schaute auf, lächelte Mia müde zu.

»Es fehlen 60 Euro«, begann Mia. »Aber vielleicht ...« Sie zögerte und schlang ihrer Mutter von hinten die Arme um den Hals. Die Mutter beugte den Kopf zurück und Mia fühlte, wie feucht die Stirn ihrer Mutter war, als sie ihr einen Kuss gab.

»Na?«, sagte die Mutter lächelnd, »was willst du mir damit sagen?«

»Ob du ... ob ihr ... ich meine ... 60 Euro ... Ich könnte sie von meinem Taschengeld zurückzahlen ...«

Die Mutter machte sich los, stand auf und ging in den Flur, kam mit ihrer schwarzen Ledertasche zurück und holte ihre Brieftasche heraus. Sie war bauchig und abgegriffen, und wenn man sie aufklappte, steckten innen unter einem Stück Sichtfolie verschiedene Fotos von Sophie und Mia als kleine Mädchen. Ein Weihnachtsfoto. Mia und Sophie in blauen Kleidern. Beide vor dem Weihnachtsbaum, in weißen Kniestrümpfen, dahinter der Baum mit den elektrischen Kerzen.

Hinter dem Weihnachtsfoto steckten all die anderen Fotos. Eines von Mias Vater, Urlaubsfotos, Fotos von den Großeltern und von Kevin, dem Patenkind der Mutter. Die Mutter war ganz vernarrt in den kleinen Kevin. Gerade strickte sie ein Jäckchen für ihn, in einem ganz komplizierten Muster.

Früher, als sie noch klein waren, mussten Mia und Sophie immer in selbst gestrickten, kratzigen Jäckchen und Mützchen herumlaufen. Sophie sagte manchmal, wenn Kevin nicht wäre, müssten sie noch immer als Opfer herhalten. Aber damit wollte sie ihre Mutter nur aufziehen. Die Mädchen liebten ihre Mutter, weil sie großzügig und herzlich war. Und weil ihre ständige Angst um die beiden Töchter nur Ausdruck ihrer Liebe für sie war. Das sagte die Mutter immer wieder: »Ich mach mir doch nur so viel Sorgen um euch, weil ich euch so liebe. Und Angst habe, dass euch etwas zustoßen könnte.«

Die Mutter dachte, es könnte ihnen etwas zustoßen, wenn sie im Kino waren. Sie dachte, es könnte Mia etwas zustoßen, wenn sie mit dem Fahrrad durch den Stadtpark fuhr. Ihr Vater lachte seine Frau aus. Er hatte keine Angst um seine Töchter – musste er auch nicht. Es war ja noch nie etwas passiert.

Die Mutter nahm einen Fünfzigeuroschein aus dem Portmonee und legte ihn auf den Tisch.

Mia hielt die Luft an. Sie wagte nicht, Sophie anzuschauen. Dann zog die Mutter einen Zwanzigeuroschein heraus und noch einen Zwanziger, legte alles aufeinander und schlug mit der flachen Hand darauf.

»So«, sagte sie, »das ist mein Beitrag. Vielleicht lässt Papa ja auch noch was springen.«

Mia fiel ihrer Mutter jubelnd um den Hals, küsste sie, drückte sie. »Du bist die beste Mama der Welt!«

Ihre Mama lächelte ein bisschen amüsiert, ein bisschen wehmütig.

»Hauptsache, ihr kommt heil wieder zurück.«

Mia lachte. »Mann, Mami, ans Zurückkommen denken wir erst mal überhaupt nicht! Wir wollen erst mal jede Menge Spaß haben!« Sie lief um den Tisch herum und knuffte Sophie in die Seite. »Und zwar *jede Menge* Spaß, verstehst du? Eine ganze Woche lang.«

»Das sind sieben Tage und sieben Nächte«, sagte Sophie und lachte.

»Und die werden ausgekostet! Stunde für Stunde. Wow!« Mia riss die Arme in die Luft und tänzelte um den Küchentisch herum, blieb stehen, atmete tief durch und strahlte ihre Mutter an. »Ich kann mich nicht erinnern, wann ich das letzte Mal so glücklich war! Samstag geht's los! Der reinste Wahnsinn!«

Später lagen Sophie und Mia auf dem Fußboden, vor dem aufgeschlagenen Atlas. Sophie hielt den Finger auf Istanbul und Mia fuhr mit der Bleistiftspitze die Schwarzmeerküste ab. Sie suchten Cayalkuhir. Aber sie konnten es nirgendwo entdecken.

Es gab viele Städte an der Schwarzmeerküste, Zonguldak, Sinop, Bafra, Samsun, aber sie wussten nicht einmal, wie weit ihr Ort von Istanbul entfernt lag. Der Maßstab war zu klein. Nur große Orte waren verzeichnet.

»Ich klär das dann morgen, wenn ich die Tickets hole«, sagte Mia.

»Wir müssen doch wissen, wie wir vom Flughafen dahin kommen«, sagte Sophie. »Ob mit dem Bus oder einem Taxi oder wie.«

Sie schauten sich an. »Stimmt«, sagte Mia, »das müssen wir klären.«

»Und wie lange die Fahrt vom Flughafen dauert, das müssen wir auch wissen«, sagte Sophie, »damit wir eine Vorstellung haben, wann wir im Hotel ankommen.«

»Hoffentlich noch, wenn es hell ist.« Mia warf sich auf ihre Schwester. »Und weißt du, was ich dann mache? Dann schmeiß ich meine Koffer aufs Bett, hol den Bikini raus und bin fünf Minuten später im Wasser!«

»Im Schwarzen Meer!« Sophie schloss die Augen. »Wie das schon klingt!«

»So weich. Und warm«, sagte Mia. »Ich sehe einen Strand mit bunten Liegestühlen …«

»Und Sonnenschirmen …«, fügte Sophie hinzu.

»Und dann eine Strandbar …«

Sophie lachte. »Und einen unheimlich gut aussehenden Typ, der Tretboote oder Surfbretter vermietet …«

»Oh, ja«, Mia rollte sich herum, verschränkte die Arme unter dem Kopf. »Ich lerne surfen. Das muss ein geiles Gefühl sein. Und dann lassen wir uns die Sonne auf den Bauch brennen, und abends machen wir die Altstadt unsicher.« Sie grinste. »Vergiss ja nicht, dein Häkeltop einzustecken.«

»Und du nicht das rote Top mit den Spaghettiträgern.«

»Einfach ausschlafen, so lange man will«, schwärmte Sophie. »Kein Wecker, der klingelt, keine Arbeit, die ruft …«

»Wir werden den Spaß unseres Lebens haben!« Mia sprang auf die Füße, warf sich auf Sophies Bett und strampelte vor Aufregung mit den Beinen. »Ich werde mich unsterblich verlieben …«

»So schnell?«, fragte Sophie amüsiert.

»Ja, und zwar in den tollsten Typen am ganzen Strand. Ah! Und abends gehen wir tanzen, Schwesterlein. In den wildesten Schuppen der Stadt.«

Sophie schlug den Atlas zu. »Weißt du was? Wenn wir ein Zimmer mit Balkon und Meerblick haben, frühstücken wir auf dem Balkon.« Sie breitete die Arme aus. »Wir lassen das ganze Frühstück einfach aufs Zimmer kommen.«

»Glaubst du, das geht?«

»Na klar, das kostet halt ein Trinkgeld. Aber macht nichts, wenn die Sonne scheint und wir von unserem Balkon das glitzernde Meer sehen ...«

»... und uns eine sanfte Brise ins Gesicht weht ...«

»... und wir frischen Orangensaft trinken ...«

»... oder leckeren Milchkaffee ...«

»... und irgendwelche Hefetaschen oder so was ... was Leckeres, Süßes ...«

»Mit nichts als einem Bikini am Leib.« Mia zog die Füße an den Körper.

»Ich muss mir die Zehennägel lackieren. Mit irgendeiner ultraschrillen Farbe. Und die Fingernägel. Kannst du mir die Augenbrauen zupfen?«

»Nein«, sagte Sophie, »weil du dann immer schreist, als würde ich dich massakrieren.«

»Ich schreie nicht, ich schwör's.«

Plötzlich stand der Vater in der Tür. Er hatte ein Bier in der Hand und lächelte. »Na? Ich hab schon alles gehört.« Er deutete auf Sophies Bett.

»Darf man sich da einen Augenblick hinsetzen?«

»Klar, Moment.« Sophie riss schnell die Klamotten vom Bett und strich die Bettdecke glatt.

Der Vater setzte sich. Er trug grau-schwarz gemusterte Socken, seine Schuhe hatte er ausgezogen. Die Ärmel seines hellblauen Hemdes waren aufgekrempelt. Die Mutter fand, dass dem Vater hellblaue Hemden am besten standen. Sein Gesicht war leicht gerötet.

»Ihr beiden Hübschen wollt also in die Türkei.«

Mia und Sophie nickten. Ihre Augen blitzten. Das sah der Vater. Er beugte sich vor und streichelte Mias Haare.

»Ich hab gehört, da fehlt noch ein kleiner Batzen Geld zu eurem Glück.«

Mia und Sophie warfen sich einen Blick zu. Der Vater zog aus der Hosentasche einen Hunderteuroschein.

»Vielleicht fällt da ja ein kleines Souvenir für die Eltern ab«, sagte er und legte Mia den Geldschein auf den Kopf.

Mia schloss die Augen.

Ich bin ein Glückskind, dachte sie. Ich habe die tollsten Eltern der Welt, die liebste Schwester, das schönste Leben.

Es ist zu schön, um wahr zu sein.

Protokoll: Sophie

Sophie: Ja, also ... also, womit soll ich anfangen?

Anwalt: Sag erst einmal, wie du heißt, woher du kommst und erzähl ein bisschen von dir.

Sophie: Ah, gut, okay. Also, ich heiße Sophie Kröger, bin 18 Jahre alt ...

Anwalt: Also volljährig.

Sophie: Ja, ja klar, volljährig. Das bin ich. Ich hab im Mai Geburtstag, am 7. Mai, um genau zu sein.

Anwalt: Du warst also auch schon achtzehn, als ihr diese Reise in die Türkei geplant habt.

Sophie: Ja, war ich. Wir haben so um Pfingsten angefangen rumzuspinnen, dass wir gerne einmal was alleine machen wollten, Mia und ich. Ohne unsere Eltern. Vorher sind wir immer nur mit den Eltern verreist. Aber das ist wahrscheinlich nicht wichtig.

Anwalt: So wie es aussieht, ist alles wichtig.

Sophie: Okay, gut. Ja. Wir wollten gar nicht unbedingt in die Türkei. Portugal wär genauso gut gewesen oder Spanien. Italien. Egal. Einfach nur weg in die Sonne, an den Strand, schwimmen, braun werden, Spaß haben.

Anwalt: Was genau meinst du mit Spaß haben?

Sophie: Nichts Schlimmes jedenfalls. Mia ist so eine Betriebsnudel, ein bisschen hyperaktiv, hat unser Hausarzt immer gesagt. Die braucht immer Rummel um sich herum. Ich kann mich gut alleine beschäftigen, ich les auch gern. Ich mach auch gerne Handarbeiten. Mia hält das nicht aus. Wir wollten uns mal einen Pullover stricken aus ganz kuscheliger Angorawolle. Als ich schon das Vorderteil und beide Ärmel fertig hatte, war sie immer noch beim Bündchen. Erst wollte sie ein viel zu kompliziertes Muster stricken, das hat nicht funktioniert, dann musste sie alles wieder aufribbeln und beim zweiten Mal hat sie das Strickzeug einfach in die Ecke gefeuert, als ihr eine Masche runtergefallen war. Ich hab den Pulli dann für sie zu Ende gestrickt und ihn ihr geschenkt. War mein Weihnachtsgeschenk. Den Pulli hat sie übrigens mit dabei. Da bin ich froh. Eigentlich war er viel zu warm. Aber jetzt, wenn ich an Mia denke, bin ich erleichtert, dass sie wenigstens den Pulli dabeihat. Läuft das Tonband überhaupt?

Anwalt: Keine Sorge, das läuft. Erzähl ein bisschen über deine Eltern, wie ihr erzogen seid.

Sophie: Wie wir erzogen sind?

Anwalt: Waren eure Eltern streng? Haben sie euch viel erlaubt? Oder wenig? Wie war das Vertrauensverhältnis zu euren Eltern?

Sophie: Das war in Ordnung. Ich meine, es gibt immer Sachen, die einem nicht gefallen. In allen Familien. Aber wenn Sie mich jetzt fragen, was genau ... Mia wollte abends immer nicht nach Hause. Wenn sie zum Geburtstag eingeladen war, zu Feten und so. Es hat ihr das Herz zerrissen, wenn sie gehen musste und andere noch bleiben durften. Sie hat ewig gebettelt und gefleht, dass unsere Eltern ihre Ausgehzeit verlängern. Aber da waren sie stur: Mia musste um elf zu Hause sein.

Anwalt: Auch, als sie schon sechzehn war?

Sophie: Ja. Ich habe manchmal gesagt: Hey, macht doch nichts. Sie ist bei Yvonne. Oder bei Janine. Da passiert nichts. Aber meine Mutter hatte immer so eine Angst um uns. Ich weiß auch nicht. Sie dachte, hinter jeder Straßenecke lauert ein Verbrecher, ein Vergewaltiger. Oder ein Drogensüchtiger. Ein Dealer, was weiß ich. Sie hatte immer Angst um uns.

Ich fand das immer irgendwie rührend. Aber Mia hat es genervt. Total genervt. Wenn sie nach Hause kam, abends kurz nach elf oder auch mal später, ging immer sofort das Licht im Schlafzimmer unserer Eltern an. Wenn sie sich im Bad einschloss, konnte man sicher sein, dass meine Mutter bereits im Flur auf und ab tigerte, um Mia auszufragen, wie es gewesen war. Das hat sie total genervt.

Komisch, wenn ich unterwegs bin, haben meine Eltern weniger Angst. Auch früher war das schon so. Ich kann jetzt natürlich so lange wegbleiben, wie ich will. Aber ich hab gar keine Lust. Meine Arbeit ist anstrengend. Wenn ich nicht genug Schlaf bekomme, kipp ich zwischendurch um. Ich brauch auch Ruhe. Ich bin gern zu Hause in meinem Zimmer. Mich nervt es auch nicht, wenn unsere Eltern da sind. Ich weiß nicht, was Mia immer hatte. Sie wollte immer raus, raus. Manchmal kam sie zu mir ins Zimmer und sagte: Hey, lass uns in Gedanken reisen. Und dann sagte sie irgendein Ziel: Jamaica, Island, Chile. Und dann stellten wir uns vor, dass wir da ankommen auf dem Flughafen, dem Bahnhof, irgendwo, und das Abenteuer beginnt. Mia hat unheimlich viel Fantasie. Als kleines Mädchen hat sie sich immer verkleidet und geschminkt. Und irgendwelche Rollen gespielt, mal war sie die Hexe, mal eine Ballerina. Oder Marilyn Monroe. Sie mag es gern, wenn sie im Mittelpunkt steht und alle sie bewundern. Vielleicht ist das Ganze nur deshalb passiert.

»Das sind eure Flugtickets.« Pinkus holte aus einem Plastikumschlag die einzelnen Voucher und breitete sie vor Mia aus. An diesem Tag hatte er viel zu tun. Er musste gleichzeitig ein älteres Ehepaar bedienen, das nach Mallorca wollte, und drei Spanierinnen, die einen billigen Flug nach Madrid brauchten. Das Telefon klingelte ununterbrochen. Er war in Eile. »Ihr fliegt ab Düsseldorf, hier steht die Uhrzeit.« Er tippte auf die rechte Seite des Flugtickets. »Und hier ist die Flugnummer. Bist du schon mal geflogen?«

Mia nickte, obwohl es nicht stimmte. Aber sie wollte vor Pinkus nicht so unerfahren erscheinen. Außerdem kannte sie den Düsseldorfer Flughafen ja wie ihre Westentasche. Sie wusste genau, wie man hierherkam und wo sich die großen Monitore befanden, auf denen die Flüge angezeigt wurden. Sie wusste, dass es drei Abflughallen gab. »Ihr fliegt in Halle C ab«, sagte Pinkus. »Mit der LTU. Siehst du, hier.« Er deutete wieder auf irgendeine Zahl. »Eineinhalb Stunden vor Abflug müsst ihr einchecken.«

Mia nickte. Ihre Wangen glühten. In zwei Tagen stehen Sophie und ich wieder hier, dachte sie. Mit unseren Koffern. Mit Sonnenbrille und Bikini. Der Wahnsinn!

»Und das hier ist der Hotelvoucher. Den gebt ihr gleich an der Rezeption ab. Hier steht: Doppelzimmer mit Halbpension. HP, das heißt Halbpension.«

Mia nickte.

Pinkus schob den Voucher und die Tickets in den Umschlag zurück. Er deutete auf einen weiteren Abschnitt. »Das ist für den Transfer vom Flughafen Istanbul zu eurem Hotel. Ihr fahrt mit dem Bus.«

»Ah!« Mia starrte auf den Zettel. »Und wo finden wir den Bus?«

»Müsst ihr euch durchfragen, keine Ahnung. In jedem Flughafen steht dick und fett über einem Schalter INFORMATION. Da zeigt ihr das Ding hier vor und dann helfen die euch weiter.«

»Gut.« Mia nickte. »Prima.«

»Ich weiß allerdings nicht, ob der Bus euch direkt bis zum Hotel bringt oder ob der irgendwo im Ort hält. Das steht hier nirgends.«

Das Ehepaar hatte mittlerweile den Flugplan studiert und wollte nun wissen, ob der Flug nonstop ging oder eine Zwischenlandung machte.

»Nonstop«, sagte Pinkus kurz, ohne nachzusehen, und wandte sich wieder an Mia. »Also, ihr fragt einfach, wenn euch was spanisch vorkommt.«

Mia grinste. »Oder türkisch.«

»Genau. Das Hotel ist neu im Programm, der Ort auch. Mehr kann ich euch auch nicht sagen. Aber ihr werdet jede Menge Spaß haben, so viel steht fest.« Er stopfte alles in den Umschlag aus rotem Plastik. »Und hier, die Rechnung.«

Mia nickte.

»Kommt noch die Mehrwertsteuer drauf«, sagte Pinkus, »und Flughafengebühren.«

Mia stockte: »Was? Was denn für Gebühren?«

»Das muss man immer bezahlen. Das kommt immer noch drauf. Insgesamt sind das jetzt«, er wedelte mit der Rechnung, »388 Euro. Alles komplett.« Er lächelte Mia an.

Mia verzog keine Miene. Sie holte das Geld aus der Tasche und zählte es ab. »Ich krieg zwei Euro wieder raus«, sagte sie.

Das Ehepaar hatte festgestellt, dass der Flug doch eine Zwischenlandung in Nürnberg einlegte.

»Wozu lässt man sich denn beraten«, sagte die Frau spitz, »wenn man dann doch nur eine falsche Auskunft bekommt?«

»Da hätte ich ja gleich im Internet buchen können«, sagte der Mann, nahm seine Frau am Arm und ging weg.

Pinkus schaute ihnen grimmig nach. »Macht doch, was ihr wollt.« Er gab Mia die zwei Euro. Er strahlte sie an. »Gute Reise. Und ganz viel Spaß wünsch ich euch. Du warst eine echt nette Kundin.«

Mia wurde ein bisschen rot bei dem Kompliment. Sie verstaute die Reiseunterlagen sorgfältig in einer Mappe in ihrer Schultasche.

Durch die Lautsprecher kam gerade wieder eine Durchsage: »Der Flug aus Chicago verspätet sich um eine halbe Stunde. Und Señor Montez aus Barcelona möchte sich am Informationsschalter melden.« Dann wurde ein Flug nach Dubai aufgerufen.

Wartet nur, Leute, dachte Mia, während sie lachend und tänzelnd die neuen lichtdurchfluteten Hallen durchquerte, bald gehören wir auch dazu. Meine Schwester und ich.

Bald sitzen wir auch in so einem Flugzeug. Und dann sind wir weg. Und ihr könnt uns alle mal ...

Sie merkte plötzlich, dass die Leute stehen blieben und sie anschauten.

Erschrocken legte Mia die Hand vor den Mund. Hatte sie etwa ein Selbstgespräch geführt und laut gelacht?

Peinlich, dachte Mia. Aber so peinlich nun auch wieder nicht. Ich bin eben glücklich. Ich verreise. Ich fliege weg!

Ein unbeschreibliches Gefühl von Leichtigkeit ergriff sie plötzlich, sie streckte jedem, der ihr entgegenkam, lachend die Zunge heraus. Die Leute blieben stehen, verblüfft, empört, amüsiert oder fassungslos, drehten sich zu ihr um und schauten Mia nach, bis sie durch die Glastüren verschwunden war.

Mia packte ihren Koffer: ein paar Sommerkleider, Bermudas, T-Shirts, Tops, ihren Glitzerrock, eine Strickjacke, ihren Angorapulli (für kalte Abende, falls es die in der Türkei überhaupt gab), Sonnenbrille, After-Sun-Lotion, Make-up, Wäsche, ein Badetuch, ihren Discman, CDs, ihre Plüschkatze und Tabletten gegen Durchfall, weil Sevda ihr erzählt hatte, dass die Deutschen in der Türkei von dem ungewohnten Essen so leicht Durchfall bekamen. Mit Sevda hatte Mia über ihren Urlaub gesprochen und Sevda beneidete Mia glühend, obwohl sie selber noch nie an der Schwarzmeerküste gewesen war.

Von Rojin, dessen Vater einen türkischen Imbiss in der Nähe des Duisburger Bahnhofs hatte, erfuhr Mia, was Kuzu Tandir war: Lammkeule aus dem Steinofen. Mia war sich sicher, dass sie nie Kuzu Tandir essen würde, weil sie Schafe total niedlich fand und Lämmer ganz besonders. Wie kann man Lämmer essen?, dachte sie.

Sophie hingegen sah das nicht so eng. »Schweine sind auch niedlich und wir essen immerzu Koteletts.« Obwohl das so nicht wirklich stimmte, denn ihre Mutter war inzwischen so etwas wie eine Vegetarierin geworden und so gab es bei Mia zu Hause nur noch sehr selten Fleisch und wenn, dann meistens Huhn.

Aber das Essen war sowieso das geringste Problem. Sie würden schon irgendetwas finden, was ihnen schmeckte, so viel war klar. Außerdem wollten Mia und Sophie beide abnehmen. Vielleicht konnte man da zwei Fliegen mit einer Klappe schlagen. Mal sehen.

Mia drückte die Schnappschlösser ihres Koffers zu. Das war nicht einfach. Zeitweise hatte sie Angst, der Koffer würde einfach aus den Nähten platzen. Dann, als sie es endlich geschafft hatte, fiel ihr Blick auf die Sandaletten und die rosa Turnschuhe, die unter dem Bett standen. Also alles auspacken und noch einmal von vorn.

Mia hatte ihre Lieblings-CD aufgelegt und summte beim Packen leise vor sich hin. Sie tänzelte zwischen Bad und ihrem Zimmer hin und her und warf ab und zu einen Blick in Sophies Zimmer. Ihre Schwester ging das Taschepacken anders an als Mia: Sophie legte jedes Kleidungsstück sehr sorgfältig zusammen und schichtete die Sachen ordentlich aufeinander, damit sie ja nicht zerknautscht wurden. Die Schuhe steckte sie in Stoffsäcke, das Sonnenöl kam in eine Plastiktüte, die T-Shirts wurden nach Farben und Größe sortiert. Mia lehnte staunend an der Tür.

»Man könnte denken, du willst auswandern«, sagte sie nach einem Blick auf die leeren Schrankfächer. »Hast du alles eingepackt, was du besitzt?«

»Nur meine schönen Sachen.« Sophie hatte den Kopf voller dicker Lockenwickler, was komisch aussah. Die Wickler gehörten eigentlich ihrer Mutter, aber Sophie benutzte sie manchmal, um ihrem Haar mehr Volumen zu geben, wie sie sagte. Sophies Haare waren das Auffälligste an ihr, sie waren schulterlang, rotbraun und glänzten. Mia hatte einen Kurzhaarschnitt. Ein Mal im Monat ging sie in den Frisiersalon, in dem Bärbel, Kevins Mutter, arbeitete, und ließ sich von ihr eine neue Frisur machen. Einfach so. Aus Spaß. Bärbel schnitt auch Sophie die Haare, aber immer nur die Spitzen, denn Sophie wollte ihre Haare lang wachsen lassen, um sie irgendwann zu einem dicken Zopf flechten zu können.

Es war zehn Uhr abends, in genau neun Stunden würde der Wecker klingeln. Die Sachen, die Sophie auf der Reise anziehen wollte, lagen schon auf einem Stuhl neben ihrem Bett bereit.

»Du weckst mich?«, fragte Mia.

Sophie nickte. »Keine Angst, ich verschlafe bestimmt nicht. Ich krieg vor Aufregung heute Nacht kein Auge zu.«

Sie küssten sich. Das hatten sie schon lange nicht mehr

gemacht, aber irgendwie war jetzt eine neue Zeitrechnung angebrochen.

Früher hatten Mia und Sophie der Mutter einen Gutenachtkuss gegeben, davor auch dem Vater. Jetzt gaben sie sich nur noch gegenseitig einen Kuss. Sie waren jetzt ein Team. Eine eingeschworene Gemeinschaft. Sie waren die Reisenden, die Urlauber.

Sie waren die Glückskinder, die morgen nicht mehr hier sein mussten, nicht mehr in Oberhausen, Gerkestraße 25, einer Straße, in der sich die Mietshäuser grau in grau aneinanderreihten, alle mit genau den gleichen Fensterfronten, mit roten Dachziegeln und Satellitenschüsseln auf jedem Balkon.

Mia lag in ihrem Bett unter dem Dach und hörte, wie der Regen auf das schräge Dachfenster trommelte. Sie schloss die Augen und versuchte, sich die Türkei vorzustellen. Eine helle Sonne über einem leuchtenden Land. Tiefblaues Wasser, ein paar Fischerboote vielleicht, eine Straße, in der Leben war, buntes Leben, Cafés und Restaurants, Discotheken, Kneipen, Geschäfte, der Basar.

Mia lächelte und malte sich aus, wie es wohl wäre, zum ersten Mal auf einem Basar einzukaufen, zu feilschen mit den Händlern. Sie wollte unbedingt Geschenke einkaufen. Jede Menge Geschenke. In der Umhängetasche, die an der Stuhllehne baumelte, steckte ihr Geld. Sie hatte sich Taschengeldvorschuss geben lassen: 100 Euro. Sie war reich.

Sophie hatte auch genug Geld dabei. »Und falls etwas passiert«, hatte die Mutter gesagt, »wisst ihr ja, dass ihr nur anrufen müsst.« Sie hatten gelacht.

»Okay, wenn wir dableiben wollen, weil es so schön ist, schickt ihr uns jeden Monat Geld, ja?«

Es war lustig gewesen. Sie hatten zum Abendessen Wein getrunken und auf den Urlaub angestoßen. Ihre Mutter war still gewesen, fast in sich gekehrt, irgendwie einsilbig, aber der Vater hatte laut und vergnügt gelacht.

»Eure Mutter macht sich Sorgen, das wisst ihr doch«, sagte er später. »Sie ist nun mal so, sie sieht überall Probleme.«

Mia versuchte einzuschlafen, aber es gelang ihr nicht. Zweimal knipste sie das Licht wieder an, stieg aus dem Bett, kontrollierte die Sachen, die sie zum Anziehen zurechtgelegt hatte. Einmal fiel ihr ein, dass sie die Eminem-CD doch nicht mitnehmen wollte, dafür lieber die alten Phil-Collins-Songs. Etwas Romantisches. Falls man sich verliebt. Da braucht man dann so was Gefühliges.

Einmal musste sie aufs Klo, obwohl sie sonst nachts nie ins Bad ging, und da sah sie, dass im Schlafzimmer ihrer Eltern noch Licht brannte. Die Tür war nur angelehnt. Sie konnte durch den Türschlitz das Bett ihrer Mutter sehen. Ihre Mutter hatte sich Kissen in den Rücken gestopft, sodass sie fast aufrecht saß. Sie las in einem Buch. Sie schob mit dem Mittelfinger die Brille höher auf die Nase, blätterte um und las weiter.

Mia schlich in ihr Bett zurück.

Als bei Sophie der Wecker klingelte und sie hellwach sofort aus dem Bett sprang, um Mia zu wecken, schlief diese noch wie tot. Sie war erst ein paar Stunden zuvor eingeschlafen und Sophie hatte Mühe, sie wachzukriegen.

»Was ist?«, fragte Mia verschlafen, als sich Sophies Gesicht in ihr Blickfeld schob. Noch immer hatte sie zwei dicke Lockenwickler im Haar, mit denen sie aussah wie eine Comicfigur.

»Wie siehst du denn aus?«

»Aufstehen, Schwesterchen! Es geht los!«

Mia runzelte die Stirn, wühlte sich verschlafen wieder in ihre warme Decke.

»Wir verreisen! Mia! Mann! Was ist los? Aufstehen!«

Da begriff Mia. Da war mit einem Schlag alles wieder da. Und in der nächsten Sekunde hatte Mia die Decke weggestrampelt, war aus dem Bett gefedert, ins Bad gestürmt und spritzte sich eiskaltes Wasser ins Gesicht.

Draußen regnete es. Der Radiomoderator, gut gelaunt, wie sein Beruf es verlangte, rief munter: »Das wird vielleicht ein Wochenende, Leute, da bleibt einem nur eins: im Bett abhängen.«

»Oder verreisen!«, lachte Mia.

Der Vater fuhr sie mit dem Auto zum Flughafen. Davon ließ er sich nicht abbringen.

»Mit all dem Gepäck«, sagte er, »ist das so doch viel besser. Ihr müsst euch damit später noch genug abschleppen.«

Mia und Sophie wagten nicht, ihrem Vater das auszureden. Er hielt es für einen Liebesdienst. Dabei wären die beiden Mädchen gern mit der Bahn gefahren, hätten sich gern in ein enges Zugabteil gequetscht, mit der Reisetasche, dem Koffer auf Rädern, Mias Rucksack und der Umhängetasche. Es hätte ihnen nichts ausgemacht. Es wäre schon Teil des Abenteuers gewesen. Wer weiß, vielleicht hätten sie ja schon im Zug die erste Bekanntschaft gemacht. Die ersten Adressen ausgetauscht mit anderen Typen, die auch irgendwohin wollten.

Schließlich war Ferienanfang, alle Leute wollten irgendwohin. Niemand hatte Lust, da zu bleiben, wo er immer schon gewesen war. Alles war in Bewegung. Alles swingte.

Und sie waren ein Teil davon.

Aber jetzt saßen sie erst einmal in dem Peugeot 404 des Vaters, ein senfgelbes Auto mit Schiebedach und Klimaanlage. Auf die Klimaanlage hatte der Vater bestanden, seit jenem heißen Sommer, in dem sie alle fast weggeschmolzen waren. Damals hatte der Peugeot-Händler nur dieses senfgelbe Modell auf Lager. Keinem in der Familie hatte die Farbe wirklich gefallen. Aber die Klimaanlage war entscheidender gewesen, das Wichtigste überhaupt, hatte der Vater behauptet.

Und schließlich bezahlte er ja. Danach war kein Sommer mehr so heiß gewesen und sie hätten es gut ohne diese Klimaanlage ausgehalten, dafür aber vielleicht ein metallicblaues oder ein silberfarbenes Auto gehabt. Die Mutter fand Silber am schönsten. Sophie Schwarz. Mia fand alle Farben annehmbar, Hauptsache kein Senfgelb.

Das Gepäck war im Kofferraum verstaut, Sophie saß vorn neben dem Vater, Mia hinten. Als sie über die Autobahnbrücke zur Auffahrt Oberhausen fuhren, sahen sie den

Stau.

»Papi, da ist Stau«, sagte Mia.

Ihr Vater warf einen flüchtigen Blick von der Brücke auf

die Autobahn. Er sah, wie die Laster dicht an dicht aufrollten, die Pkw, die Autos mit Wohnwagen oder Anhängern, Busse, Transporter. Alles voll.

Er lächelte. »Das löst sich gleich auf. Das ist nur bis zur Baustelle.«

Mia beugte sich vor. Sie umklammerte die Rücklehne. »Du willst nicht im Ernst da in den Stau reinfahren?«, rief sie panisch.

Der Vater setzte den Blinker, um in die Autobahnauffahrt abzubiegen. »Und ob ich das will«, sagte er. »Das ist der schnellste Weg.«

»Aber doch nicht, wenn ein Stau ist!«, schrie Mia. Sie schwitzte auf einmal und ihre Stirn glühte.

Sophie drehte sich zu Mia um. Sie wirkte ganz ruhig, auch wenn ihr Gesicht etwas blass schien. Sophie wurde immer bleich, wenn sie aufgeregt war.

»Papi macht das schon richtig«, sagte sie besänftigend.

Mia verdrehte die Augen.

»Okay, wie ihr meint«, schnaubte sie. »Wenn wir das Flugzeug verpassen, ist das ja nicht so schlimm. Dann ist nur unsere ganze Reise im Arsch.«

»Kannst du dich nicht ein bisschen anständiger ausdrücken?« Der Vater warf ihr durch den Rückspiegel einen langen Blick zu.

»Nicht, wenn ich aufgeregt bin.« Mia trommelte mit der Faust gegen das Seitenfenster. »Guck doch mal raus! Sieh dir das an!«

Aber da waren sie schon auf der Autobahn. Es gab kein Zurück mehr. Sofort schlossen andere Wagen auf und keilten sie ein. Rechts ein Reisebus aus Osnabrück, links ein holländischer Wohnwagen, vor ihnen ein Laster, der lange Riesenrohre transportierte.

»Na, prost Mahlzeit«, stöhnte Mia.

Ihr Vater presste die Lippen zusammen, blickte in den rechten Seitenspiegel, in den linken, nach vorn, in den Rückspiegel.

Mia hatte keine Ahnung, was er dachte, aber irgendwie wirkte er nicht mehr so cool und sicher wie noch vor zwei Minuten.

Und da hörten sie die Sirene. Eine Krankenwagensirene. Dann das Geheul eines Streifenwagens. Der Vater zog nach rechts, fuhr ganz dicht an den Bus aus Osnabrück heran, der auch auf den Standstreifen ausweichen wollte, aber nicht konnte, weil da bereits die Laster im Stop-and-go-Tempo voranschlichen. Sie bewegten sich mit ungefähr zwanzig Kilometer die Stunde vorwärts. Mia versuchte auszurechnen, wie lange sie bis zum Flughafen brauchen würden, wenn sie in dieser Geschwindigkeit weiterfuhren.

Es gelang ihr nicht, der Gedanke lähmte sie, die Vorstellung, jetzt hier in diesem blöden Verkehr festzustecken, während die anderen Passagiere schon eincheckten und sich zum Gate begaben, machte sie fast rasend.

Erst quetschte sich ein Einsatzfahrzeug an ihnen vorbei, dann ein Krankenwagen, dann noch ein Streifenwagen. Aus dem ersten hielt ein Polizist eine Kelle, auf der UNFALL stand.

»So ein Pech auch!«, fluchte der Vater. Er umklammerte das Steuerrad jetzt mit beiden Händen.

»Hättest du doch bloß auf uns gehört«, rief Mia aufgebracht, »dann würden wir jetzt schön über die Bundesstraße fahren.«

»Ich hab gedacht, es ist nur der kleine Stau vor der Baustelle«, sagte der Vater.

Denken ist eben Glückssache, wollte Mia sagen, schwieg dann aber doch. Was nützte es jetzt, wenn sie sich gegenseitig angifteten.

Die Wagen fuhren mittlerweile fast nur noch Schritttempo.

Mia sank tiefer in den Rücksitz. Sie schloss die Augen. Sie versuchte, sich nicht aufzuregen. Sophie regte sich ja auch nicht auf. Sophie sagte gar nichts, sondern holte die Zigarettenschachtel aus ihrer Tasche. Und das Feuerzeug. Dabei wusste sie, dass im Auto nicht geraucht werden durfte.

Mia beugte sich vor. »Zündest du dir eine an?«, fragte sie leise.

Sophie warf ihr einen Blick zu, dann sah sie zu ihrem Vater und nickte.

Mia streckte die Hand aus. »Gib mir auch eine!«

Es war das erste Mal, dass Mia in der Gegenwart ihres Vaters rauchte. Irgendwie verspürte sie das Bedürfnis, etwas zu tun, was ihrem Vater todsicher missfiel. Hätte er doch nur auf sie gehört!

Sie kamen an der Unfallstelle vorbei. Ein Auto war gegen die Leitplanke gefahren und stand jetzt da mit vollkommen eingedrücktem Kühler. Eine Frau saß mit blutendem Kopf wie benommen auf der Leitplanke, während der Sanitäter sich um jemanden kümmerte, der noch im Auto saß. Alles verbeult. Kurz dahinter sahen sie einen VW-Transporter, der auf dem Dach lag.

Sophie schloss die Augen. Mia sah, wie ihre Wimpern zuckten.

»Sehr gut«, sagte der Vater, »gleich geht's zügig weiter.«

Er warf einen Blick in den Rückspiegel. Er zwinkerte Mia zu. »Du mit deiner Panik«, sagte er amüsiert. »Hast schon gedacht, du verpasst das Flugzeug, was?« Er runzelte die Stirn. »Sag mal, rauchst du?«

Mia drehte das Fenster herunter und schnippte die Zigarette, von der sie nur wenige Züge genommen hatte, nach draußen. »Nur einen Zug«, sagte sie hastig. Sophie rauchte ruhig weiter, noch vier lange Züge, dann warf auch sie die Zigarette weg.

»Wisst ihr, dass das verboten ist«, brummte der Vater, »brennende Kippen aus dem Wagenfenster zu schnippen? Wisst ihr, dass ihr damit wer weiß was für eine Katastrophe auslösen könnt?«

Sie fuhren jetzt schneller und der Stau löste sich allmählich auf. Zum ersten Mal erschien ein Hinweis auf den Flughafen Düsseldorf.

»Gleich da«, rief der Vater triumphierend, »in fünfzehn Minuten sind wir am Terminal.«

Sophie und Mia sagten nichts. Mia saß weit nach vorne gelehnt, sodass sie zwischen den beiden Vordersitzen hindurch die Autobahn im Blick hatte.

Innerlich flehte sie: Bitte keine Baustelle. Kein Stau. Kein Unfall. Bitte, lass uns ungehindert durchkommen.

Sie kamen ungehindert durch. Genau vierzehn Minuten nach der Ankündigung des Vaters hielt der Peugeot vor der Abflughalle.

Sophie und Mia sprangen aus dem Auto, rissen die Kofferraumhaube auf und zerrten ihr Gepäck heraus. Der Vater hatte noch nicht einmal den Schlüssel aus dem Zündschloss gezogen, da standen sie bereits mit dem Gepäck auf dem Bürgersteig.

Mia schlang die Arme um seinen Hals und küsste ihn so flüchtig, dass ihre Lippen seinen Jackenkragen berührten.

»Tschüss, Pa«, sagte sie. »Und danke.«

Sophie lächelte. »Hoffentlich hast du zurück nicht wieder einen Stau«, sagte sie.

Der Vater lachte. »Dann ist es ja egal. Nur, dass deine Mutter mit den Croissants ein bisschen warten muss.« Für eine Viertelsekunde stellte sich Mia vor, wie ihre Eltern an diesem Morgen zusammen frühstückten. Wie sie es wohl genossen, mal alleine zu sein, einmal nicht die Zeitung mit den Töchtern teilen zu müssen, mal nicht das Radio auf volle Lautstärke zu haben, mal so lange im Bad bleiben zu können, wie man wollte, mal einfach das eigene Programm zu machen.

»Viel Spaß, ihr beiden!«, sagte Mia, und schon im Gehen fügte sie hinzu: »Und dass ihr keine Dummheiten macht.«

»Ihr aber auch nicht!«, rief der Vater. Er wollte sie noch in die Halle begleiten, am liebsten mit ihnen in der Schlange am Abfertigungsschalter warten. Aber das erlaubten die beiden nicht. Auf keinen Fall. Außerdem war da auch schon eine Politesse im Anmarsch, um die Autonummer des Wagens aufzuschreiben. Der Vater stand im absoluten Halteverbot.

»In einer Woche sehen wir uns wieder!«, rief er, während er die Wagentür öffnete.

Aber selbst daran wollte Mia nicht denken. Eine Woche war wenig oder viel, kam drauf an, wie man es betrachtete. Sie wollte in diese Woche so viel hineinpacken, dass sie sich wie ein Monat anfühlte, wie ein Jahr.

Die wichtigste Woche des Jahres sollte es werden, die schönste sowieso.

Sie schnappten sich ihr Gepäck und gingen in die Halle. Auf den Anzeigetafeln war ihr Flug nach Istanbul schon angekündigt. Abfertigungsschalter 12.

»Los, Sophie, nach links«, sagte Mia.

Sophie lachte. »Woher weißt du das?«

»Ich kenne mich hier eben aus«, sagte Mia stolz. »Verlass dich einfach auf mich.«

»Okay«, Sophie gab nach wie meistens, »ich verlass mich auf dich.«

»Dann kann ja nichts schiefgehen«, sagte Mia.

Protokoll: Sophie

Das Schlimme an den Last-Minute-Reisen ist ja, dass man sich auf sein Reiseziel nicht vorbereiten kann. Also, ich war nicht wirklich begeistert, als es hieß: Türkei. Ich meine, dass Antalya schön und Istanbul irgendwie eine gigantische, wuselige Stadt mit einer blauen Moschee am Bosporus sein soll, das wusste ich schon.

Und es ist schon irre, dass wir die ganze Kindheit und in der Schule immerzu mit Türken zu tun haben und trotzdem so wenig voneinander wissen. Ich meine, in Duisburg wohnen, glaube ich, vierzigtausend Türken. Oder fünfzigtausend?

Um den Hauptbahnhof herum werden fast alle Geschäfte von türkischen Betreibern geführt. Gemüseläden, Imbisse, Reisebüros – alles türkisch. Im MERCADO gibt es viele türkische Restaurants, da sehe ich oft die jungen Mütter mit ihren kleinen Kindern in Buggys und Kinderkarren, sie sitzen da und treffen sich mit Freundinnen. Sie haben ihre eigenen Gerichte, ihr Brot, ihren Tee, klar, weil sie das aus der Heimat kennen. Aber sonst benehmen sie sich wie wir. Sprechen natürlich Türkisch miteinander. Da hat man immer so nebeneinander hergelebt und trotzdem haben sich die Kreise nie berührt. Ich frage mich, wieso ich nie eine türkische Freundin in der Schule hatte. Es gab drei türkische Mädchen in unserer Klasse. Die waren alle richtig nett und die neue, Güngor, war sowieso die Beste in der Klasse, die war in Mathe ein Ass. Später ist sie dann aufs Gymnasium gewechselt. Aber zum Beispiel auf der Klassenreise, wo man sich ja näher kennengelernt hätte, war sie nicht mit dabei. Und ich hab nicht nach dem Grund gefragt. Heute denke ich: Vielleicht wollte ihr Vater nicht, dass sie mitfährt, weil sie da nicht unter Familienaufsicht war. In der Disco mit Jungs flirten, und abends gehen in so einer Jugendherberge natürlich auch ein paar Geschichten ab. Das war Güngors Eltern wohl nicht recht. Aber das gehört einfach dazu: die erste Liebe, der erste Kuss und so. Aber wie gesagt: Güngor war nie dabei. Sie kam auch nicht zu unseren Sommerfesten, den Schulfeten.

Heute finde ich es schlimm, dass ich so wenig darüber nachgedacht habe.

Na ja, und was unsere Reise anbetrifft, da hätten wir uns natürlich vorab informieren müssen, hätten auf jeden Fall mal in einen Reiseführer schauen müssen. Da gibt es ja dieses Buch: Kulturschock Türkei. Das ist klasse. Da kann man sich über alles informieren, über das Fremde, die andere Art zu denken, zu leben, wie Männer und Frauen miteinander umgehen. Die Unterschiede, warum Mädchen anders erzogen werden als Jungen. Wie Mädchen sich in der Öffentlichkeit benehmen müssen. Warum Familienehre so wichtig ist.

Und was strengstens verboten ist. Das steht da auch genau drin.

Ich weiß, man kann das auch im Internet abrufen, das

Auswärtige Amt gibt jede Menge Informationen raus für Türkei-Reisende. Wir können niemandem etwas vorwerfen, nur uns selbst. Aber irgendwie war nicht genug Zeit. Wir hatten ja nur zwei Tage für die Reisevorbereitungen und da denkt man eben mehr an Klamotten, Sonnenöl und Bikini als an Reiseführer.

Unser Fehler, ich weiß.

Und ich werfe mir vor, dass ich da viel zu sorglos rangegangen bin. Ich hab mich irgendwie mitreißen lassen von Mias Übermut und ihrer Begeisterung, ihrer erwartungsvollen Vorfreude.

Aber ich als die Ältere hätte mal innehalten und sagen müssen: Halt! Lass uns mal kurz nachdenken, Mia. Lass uns mal kurz überlegen, was es bedeutet, wenn wir in die Türkei fahren, und zwar nicht in eine der Touristenhochburgen wie Antalya, wo es, denke ich mal, ungefähr genauso zugeht wie auf Mallorca, sondern auf die andere Seite, die touristisch noch nicht so erschlossen ist. Wo der Islam noch eine viel größere Rolle spielt, die dörfliche Gemeinschaft, die alten Sitten. Wo man als Frau unheimlich schnell einen Fehler machen kann.

Ich liege nachts wach und denke, es ist deine Schuld, Sophie, du bist die Ältere, du hättest es wissen müssen.

Mia machte es nichts aus, dass Sophie im Flugzeug den Fensterplatz bekam. Immerhin finanzierte Sophie praktisch die ganze Reise.

Sie saßen in der zehnten Reihe, vor den Notausgängen, sodass sie ihre Lehnen nicht zurückkippen konnten. Aber auch das war okay. »Wir wollen ja nicht schlafen«, sagte Sophie lachend.

Neben Mia saß eine Türkin mit dicken Oberschenkeln und breitem Rücken. Sie ließ Mia nur die Hälfte ihres Platzes, den Rest brauchte sie für ihren massigen Körper.

Die Türkin hatte wunderschöne dunkle Augen und lächelte immerzu. Sie trug ein grellbuntes Kopftuch, das im Nacken verknotet war. Auch wenn sie die Augen geschlossen hielt, lächelte sie. Auf ihrem Schoß hielt sie eine Handtasche und während des Fluges schaute sie mindestens hundertmal hinein, als wolle sie sich vergewissern, dass sie auch ja nichts vergessen hatte.

»Ich fliege nach Istanbul«, sagte sie zu Mia, als beide von der Stewardess ihre Getränke in Empfang nahmen.

»Wir auch«, lachte Mia.

»Meine Familie lebt in Beykoz, ganz nah bei Istanbul. Meine Mutter, mein Vater, meine Tanten.« Sie seufzte. »Ich hab sie zwei Jahre nicht gesehen. Sie kommen alle zum Flughafen, um mich abzuholen.« Sie zeigte auf das Gepäckfach. »Da oben sind Geschenke für sie. Ich habe so viel Geld für Geschenke ausgegeben.«

Das Flugzeug brummte gleichmäßig und Mia stellte höchst zufrieden fest, dass sie überhaupt keine Angst hatte.

Sophie schaute unentwegt aus dem Fenster auf das weiße Wolken-Wattemeer. Der Pilot hatte durch Lautsprecher verkündet, dass es sonnig sei in Istanbul und schon achtundzwanzig Grad warm. Mittags, wenn sie landeten, würden es über dreißig sein.

»Ich liebe Deutschland«, sagte die Türkin, »aber noch mehr liebe ich meine Heimat.«

»Klar«, sagte Mia, »versteh ich.«

»Wir haben ein Gemüsegeschäft in Wuppertal«, sagte die Frau. »Kennst du Wuppertal?«

»Ein bisschen«, sagte Mia.

»Ich heiße Semsiye Allak«, sagte die Frau und lächelte freundlich. »Meine beiden Söhne fliegen auch mit, sie sitzen dahinten.« Sie drehte sich um und wedelte mit den Armen. »Mustafa und Mohammed. Es sind gute Söhne. Wir sind sehr stolz auf sie.«

Mia drehte sich nicht um. Aber sie lächelte.

»Meine Schwester und ich fahren ans Schwarze Meer«, sagte Mia. »Wir machen eine Woche Ferien.«

Semsiye lächelte.

»Und wer fährt mit euch?« Semsiye deutete auf ein älteres Ehepaar, das eine Reihe vor ihnen saß. »Sind das da eure Eltern?«

Mia lachte. »Nein, wir fahren allein.«

Semsiyes Lächeln erlosch. Ihre schönen großen, dunklen Augen wurden noch größer.

»Allein?«, wiederholte sie ungläubig.

»Ja, Sophie und ich machen unsere erste gemeinsame Reise.«

»Ohne Eltern? Ohne Brüder? Oder irgendwelche anderen Verwandten?«

Sophie beugte sich vor und klinkte sich ein.

»Ich bin schon achtzehn«, sagte sie. »Wir brauchen keine Aufpasser mehr.«

Semsiye rückte ein Stück von Mia ab. Sie musterte Mia abschätzig. Und Mia war es plötzlich irgendwie peinlich.

»Türkische Mädchen«, sagte Semsiye, »dürfen niemals alleine verreisen.«

»Und warum nicht?«

»Weil es nicht gut ist. Weil man das nicht tut. Weil Dinge passieren können.«

»Was denn für Dinge?«, fragte Mia.

»Wenn ich Töchter hätte, würde ich sie nur in Begleitung ihrer Brüder oder ihres Vaters verreisen lassen«, sagte Semsiye. »Oder ihres Onkels.«

»Was für Dinge?«, wiederholte Mia.

Semsiye seufzte. Sie strich mit den Händen über ihre Knie. »Dinge eben«, sagte sie, »Dinge, die nicht passieren dürfen.« Sie hob den Kopf und schaute Mia an. »Verstehst du denn nicht?«

Mia schüttelte den Kopf.

»Worüber redet ihr eigentlich?« Sophie beugte sich neugierig vor.

Mia grinste nur. »Keine Ahnung.« Sie strich eine Haarsträhne von Sophies Ohr zurück und wisperte: »Sie ist nett, aber total altmodisch, weißt du. Sie findet, dass Mädchen nicht allein verreisen sollten.«

Sevda aus ihrer Klasse, die auch Türkin war, hatte Mia glühend um die Reise beneidet und keine Einwände vorgebracht, weil sie mit ihrer Schwester allein fuhr.

»Ich würde so wahnsinnig gerne mitkommen«, hatte sie gesagt, »aber meine Eltern haben diesen Sommer keine Zeit. Und ich hab kein Geld.«

Ihre Eltern arbeiteten beide in einem großen öffentlichen Schwimmbad. Im Sommer war Hochsaison. Da konnten sie nie weg. Sevda fuhr mit ihren Eltern immer über Neujahr in die Türkei.

Sevda hatte überhaupt nichts dabei gefunden, dass Mia und Sophie allein ans Schwarze Meer reisen wollten.

Sevdas Eltern waren eben nicht altmodisch.

Den Rest ihres Fluges verbrachten Semsiye und Mia schweigend nebeneinander. Semsiye öffnete ab und zu ihre Handtasche, schaute hinein und ließ klickend den Verschluss zuschnappen.

Mia beugte sich zu Sophie vor und gemeinsam schauten sie nach draußen, an den Tragflächen vorbei auf eine in Sonnenlicht gebadete Landschaft.

Die Stewardess meldete sich zu Wort: »Wir haben jetzt unsere Reiseflughöhe verlassen und befinden uns im Anflug auf Istanbul. Bitte, bringen Sie Ihre Rücklehne wieder in eine aufrechte Sitzposition, klappen Sie die Tische vor sich hoch und stellen Sie Ihre elektronischen Geräte ab. Die Handys müssen nach wie vor ausgeschaltet bleiben. Versichern Sie sich schon mal, dass Sie gut angeschnallt sind.«

Sie sahen ein Meer von Häusern, die glitzernde See, dann wieder Häuser, dann weites, trockenes Land, dann einen grünen Park, dann leuchtete wieder das Meer. Das Flugzeug sank immer tiefer und die Häuser rückten näher und auf dem Meer fuhren große Schiffe. Sie sahen ein Minarett, den Turm einer Moschee.

Auch Semsiye wollte aus dem Fenster sehen und erdrückte Mia dabei fast.

Vor Aufregung atmete sie schwer. »Istanbul!« Begeistert drehte sie sich zu ihren Söhnen um. »Seht ihr! Istanbul!«

Die Söhne, die im Flugzeug ihre Sonnenbrillen nicht abgenommen hatten, zeigten keine Reaktion.

Bestimmt ist es ihnen peinlich, dass ihre Mutter so laut nach ihnen ruft, dachte Mia. Ihr wäre es auch peinlich gewesen.

Dann gingen die Nichtraucherzeichen an und eine Minute später ließ ein Rumpeln das Flugzeug erbeben und sie waren gelandet. Die Maschine rollte auf der Landebahn aus.

Semsiye tupfte sich den Schweiß von der Stirn. »Ich hab zu Allah gebetet, dass uns nichts passiert. Allah ist groß.« Sie streichelte plötzlich Mias Hand: »Und für dich bete ich auch. Allah möge dich beschützen.«

Mia und Sophie standen neben dem Gepäckband. Sie warteten zusammen mit den anderen dreihundert Passagieren aus Düsseldorf auf ihre Koffer.

Hinter den Absperrungen drängte sich die Menge der Abholer, es herrschte ein freudiges Rufen und Lachen und Winken. Überall erhitzte und aufgeregte Gesichter. Den vielen Türken, die mit ihnen in der Maschine gesessen hatten, sah man die Erleichterung und die Freude an, wieder einmal in der Heimat zu sein. Sie bewegten sich augenblicklich mit größerem Selbstbewusstsein, schritten mit einer anderen Sicherheit aus.

Riesige Gepäckstücke glitten langsam auf dem Gepäckband vorbei. Kartons von Philips und Siemens, Plastik- und

Jutesäcke, hellblau-weiß gestreifte IKEA-Taschen, die mit Schnüren zusammengebunden waren. Dann die Rucksäcke und Zelte einer deutschen Wandergruppe, Koffer, die aussahen, als gehörten sie wohlhabenden Geschäftsleuten, dann tauchte endlich Mias roter Kunstlederkoffer auf und wenig später auch die schwarze Reisetasche mit den gelben Henkeln, die sich Sophie extra für den Urlaub gekauft hatte.

Inzwischen gab es keine Kofferkulis mehr. Die beiden Mädchen schoben mühsam ihre Gepäckstücke zum Zoll vor. Zwei Zollbeamte in steif gebügelten Uniformen blickten ernst und streng auf jeden Passagier. Hin und wieder tippten sie auf eines der Gepäckstücke und befahlen die Leute barsch zur Kontrolle in die Kabine.

»Was suchen die eigentlich?«, flüsterte Mia, die alles ziemlich aufregend fand.

Sophie hob die Schultern. »Keine Ahnung. Was weiß ich, was alles verboten ist.«

»Sieht aus, als hätten die ihren halben Hausstand dabei«, sagte Mia.

Sie waren an der Reihe. Der Zollbeamte schaute Mia forschend an. Mia lächelte und gab sich ganz entspannt. »Hallo«, sagte sie.

Der Zollbeamte winkte sie durch. Dann tippte er auf Sophies Tasche.

»What is in here? Alcohol?«, fragte er.

Sophie schüttelte den Kopf. Sie bekam ein rotes Gesicht, wie immer, wenn sie verlegen war.

»No alcohol«, antwortete sie.

Der Zollbeamte nickte. Aber er wirkte nicht überzeugt. Er streckte gebieterisch die Hand aus. »Your passport!«

Sophie klaubte ihren Pass aus der Handtasche. Der Zollbeamte studierte den Pass.

»Ticket«, befahl er.

Die Tickets bewahrte Mia auf. Sie kramte in ihrer Tasche, bis sie endlich den Plastikumschlag mit den Flugscheinen und den anderen Papieren in der Hand hielt. Der Zollbeamte wurde ungeduldig. »Tickets«, wiederholte er.

Ihr Herz schlug schneller. Der zweite Zollbeamte winkte gerade Semsiye und ihre beiden Söhne durch. Die Jungen hatten noch immer die Sonnenbrillen auf, Spiegelsonnenbrillen, sie sahen sehr cool aus. Sie schenkten Mia nicht einen einzigen Blick. Aber Semsiye lächelte zu ihr herüber und Mia lächelte verstohlen zurück. Der Zollbeamte prüfte Sophies Ticket. Er nahm das zweite heraus. »Your ticket?«

»She is my sister«, sagte Sophie.

Der Zollbeamte nickte, warf einen Blick auf Mias Passfoto, dann musterte er Mia. Mia versuchte, so ungezwungen wie möglich zu lächeln.

»How long is your stay?«

»We don't stay in Istanbul«, sagte Sophie. »Look here.« Sie zeigte auf den Hotelvoucher. »We stay there.«

Der Zollbeamte nickte. Auf einmal wirkte er völlig desinteressiert. Er legte die Reiseunterlagen auf Sophies Tasche und winkte sie beide durch.

»Next«, sagte er, und winkte ein deutsches Ehepaar durch, das hinter Sophie und Mia in der Schlange stand.

Dann waren sie draußen. Sie schleppten ihre Koffer durch das Menschengewühl, vorbei an Taxifahrern, die sich ihnen aufdrängten, vorbei an Leuten, die Schilder mit Hotel- und Ortsnamen in der Hand hielten und sie immerzu anfassten, an ihnen zerrten und etwas riefen, was Mia und Sophie nicht verstanden.

»Und jetzt?«, fragte Mia. Vor ihnen ein unentwirrbares Knäuel von Autos, Taxis und Pkw, die sich gegenseitig blockierten, dazwischen Menschen mit Gepäckkarren, Zeitungsverkäufer, ein Junge, der aus einem Bauchladen heraus Sesamringe verkaufte, Lotterielosverkäufer, Bettler. Ein einziges Durcheinander.

»Oh Gott!«, stöhnte Sophie. »Das ist ja das reinste Chaos hier!«

Mia deutete mit dem Kopf auf die andere Straßenseite, jenseits der vierspurigen völlig verstopften Zubringerstraße: »Da stehen Busse!«

Ihren Reiseunterlagen lag ein Gutschein bei, auf dem »Bustransfer« stand. Darunter der Name Havas. Mit einem Kringel unter dem S. Das war alles.

»Meinst du nicht, wir sollten uns bei der Information erkundigen?«, fragte Sophie unsicher.

»Die schicken uns bestimmt auch nur rüber zum Busbahnhof.« Mia kramte ihre Sonnenbrille aus der Tasche und setzte sie auf. Energisch packte sie ihren Koffergriff. »Komm schon, das ist garantiert richtig, dahinten ist ein Zebrastreifen, da können wir über die Straße, ohne zu riskieren über den Haufen gefahren zu werden.«

Mia und Sophie hielten sich im Schatten des großen

Flughafendaches, um nicht in der prallen Sonne laufen zu müssen. Endlich hatten sie die Straße überquert und waren am Busbahnhof. Die Busse, große Überlandbusse und kleine Sammeltaxis parkten nach einem System, das nur für Eingeweihte durchschaubar war.

Verzweifelt versuchte Mia, die Stationen zu entziffern. Sie waren auf Türkisch geschrieben, aber die Hauptreiserouten auch auf Englisch. Ihr Ort war nicht dabei. Ein Junge wollte ihnen Kaugummis verkaufen, Mia schüttelte den Kopf, aber Sophie hielt den Jungen am Ärmel fest. »Where is our Bus? Look here.« Sie zeigte dem Jungen den Hotelvoucher. Der Junge schaute das Papier an, machte ein ernstes, wichtiges Gesicht und nickte.

»Komm«, sagte er. Er ging einfach los. Mia und Sophie blieben unsicher zurück. Der Junge drehte sich um, winkte ihnen.

»Come here!«, rief er. »Du deutsch?«

Mia lachte. »Sprichst du Deutsch?«

Der Junge kam zurück. Er lachte auch. »Ich liebe Schumacher«, rief er. »Und Daum.«

Mia wusste zwar, dass er mit Schumacher den Formel-1-Piloten meinte, der gerade wieder mal Weltmeister geworden war. Aber Daum?

»Trainer von Fußballclub Istanbul«, sagte der Junge. »Deutscher.« Er machte ein Siegeszeichen. »Guter Mann!«

Er winkte wieder und tänzelte vor ihnen her.

Mia und Sophie folgten ihm, zwischen den Bussen hindurch, die den Motor wegen der Klimaanlagen laufen ließen und die heiße Luft durch die Abgasrohre rauspusteten, genau gegen Mias nackte Beine. Ein Hindernislauf, vorbei an Auspuffrohren, Gepäckkarren, an Kofferbergen und Menschen, die wild gestikulierend aufeinander einredeten. So liefen sie einmal quer über den ganzen Busbahnhof.

»Ich weiß nicht«, stöhnte Sophie, »das ist doch Wahnsinn!«

»Wieso? Was denn?«

»Dass wir diesem Jungen hinterherlatschen. Wir kennen den doch überhaupt nicht.«

»Also, wenn du jetzt meinst, wir sollten jemanden fragen, den wir kennen ...« Mia blieb keuchend stehen und stellte ihren Koffer ab. Irgendwie war sie ziemlich gereizt und genervt. »Bitte sehr!«

Sophie ließ ihren Blick über die Menschenmenge gleiten, sah die Menschentrauben, die sich an den Bustüren bildeten, Männer, die im Schatten einer Säule hockten und mit einem Zahnstocher in ihrem Gebiss pulten, während sie scheinbar gleichmütig das Treiben beobachteten. Jemand wollte ihnen eine Sonnenbrille verkaufen.

»Thank you«, sagte Mia, »look. I have glasses.« Sie deutete auf ihre Brille. Der Mann zuckte mit den Schultern, als wolle er sagen: Was ist dein Schrottding gegen mein ultraschönes Exemplar?

Kleine Kinder drängten sich um einen Stand mit klebrigen Süßigkeiten. Ihre Mütter kauften die Naschereien eingerollt in schmale Papierstreifen. Sie redeten laut und schrill auf ihre Kinder ein. Elegant gekleidete Frauen standen neben Bäuerinnen mit geblümten, bodenlangen Röcken und Kopftüchern.

Menschen aus aller Herren Länder waren hier versammelt – Amerikaner, Franzosen, Italiener, Japaner. Da hinten stand ein Mann, der zwei lebendige Hühner, an den Beinen zusammengebunden, über seiner Schulter trug. Ein Mädchen in einem rosa Tüllkleid mit kleinen, weißen Blumen im Haar bestieg ernst und feierlich an der Hand ihres Vaters einen Bus und ein Stück weiter goss sich gerade ein Busfahrer eine Flasche Wasser über den Kopf, um sich danach zu schütteln wie ein nasser Hund. Zahllose Mücken und Fliegen schwirrten umher, überall lag Dreck. Inmitten des ganzen Chaos stand eine junge Frau und verkaufte Melonenstücke in kleinen Plastikbechern.

Der Junge deutete auf ein Schild, auf dem HAVAS BUS-TRAVELS stand. Er strahlte.

Dann fasste er Mias Koffer an der Kante und schob das Gepäckstück, während Mia an der anderen Seite zog.

»Ich glaube, da ist es!«, rief Mia Sophie zu.

Sophie war ganz blass. Ihre Haare klebten an ihrer Stirn. Sie wirkte erschrocken und verängstigt. Mia verspürte ein warmes Gefühl von Mitleid und Verantwortung für ihre große Schwester. Irgendwie hatte sie immer geahnt, dass sie in der großen weiten Welt besser zurechtkommen würde als Sophie.

Sophie war schon früher ein ängstliches, besonders braves Kind gewesen. Sophie hatte nie irgendwelche Dummheiten gemacht, hatte den Lehrern in der Schule nie üble Streiche gespielt. Sie hatte im Kino noch nie einen Horrorfilm gesehen und im Fernsehen keinen Porno. Sie hatte noch nie gekifft und trank Alkohol nur in winzigen Schlucken, und das auch nur bei Familienfeiern, während Mia das Zeug schon mit dreizehn, vierzehn Jahren fröhlich in sich hineingurgelte. Sophie beobachtete mit einer gewissen Fassungslosigkeit ihre kleine Schwester, die so unbändig war, so neugierig und immer alles ausprobieren wollte. Manches Mal war Mia auch schon der Gedanke gekommen, dass Sophie überhaupt nicht darunter litt, noch keinen Freund zu haben. Okay, sie hatte schon mal einen Jungen geküsst, Bernd Zimmermann, einer aus der Nachbarschaft, der jetzt eine Banklehre machte. Sie hatte auch einmal auf einer Reise nach Worms mit der Jugendgruppe der Kirche einen Jungen kennengelernt, mit dem sie dann heimlich und flüsternd in ihrem Zimmer lange Telefonate führte. Der Junge, Jonas Bürger, war einmal von Worms nach Duisburg gekommen – damals wohnten sie noch in Duisburg –, er war am Freitag angereist und wollte bis Sonntag bleiben, aber am Samstag saß er schon wieder im Zug zurück nach Worms.

Sophie schloss sich in ihrem Zimmer ein und Mia hatte nie erfahren, was eigentlich schiefgelaufen war. Sophie hatte morgens beim Frühstück gelächelt, vielleicht ein bisschen trauriger als sonst, aber das war alles. Irgendwann hatten sie alle Jonas vergessen und fragten nicht mehr nach ihm.

Das war Sophie, ihre große Schwester.

Mia hatte plötzlich den Wunsch, ihre Schwester in den Arm zu nehmen, mitten in diesem ganzen Trubel des Busbahnhofs.

»Sophie! Mensch! Lach doch! Guck doch mal da! Da steht HAVAS! Es ist alles in Ordnung!«

Sophie schaute Mia erschöpft an. Sophie hatte wunderschöne grüne Augen. Und eine sehr schmale Nase, die ihrem Gesicht etwas Zierliches und Zerbrechliches gab. Wenn sie aufgeregt war, zogen sich die Nasenflügel noch enger zusammen, so wie jetzt. »Ich finde das Ganze schlecht organisiert!«, stöhnte sie.

»Was glaubst du, was man für 169 Euro kriegt? Eine Taxifahrt ans Schwarze Meer? Komm schon. Ist doch alles total spannend.«

Der Junge stand vor ihnen, blickte mit großen Augen von der einen zur anderen, und versuchte zu verstehen, was sie redeten. Er zupfte Mia am Ärmel. Er streckte die Hand aus.

Mia hatte keine Ahnung, was er wollte. Er deutete auf ihre Tasche. »Tickets«, sagte er. Und dann schlug er sich gegen die Brust. Und deutete auf den Blechcontainer, der dem Busunternehmen Havas als Büro diente.

»Er will unsere Tickets haben«, sagte Sophie.

»Aber warum?«

Ohne das Ende ihrer Unterredung abzuwarten, riss der Junge Mia die Tickets für den Transfer einfach aus der Hand und stürmte in das Büro. Die Türen standen offen, man sah einen Ventilator, der sich surrend drehte.

»Los!«, rief Mia. »Hinterher!«

Der Junge hatte sich vorgedrängt. Er stand jetzt am Schalter und redete heftig auf einen Mann ein, der den Transfergutschein betrachtete und den Kopf schüttelte. Dann sagte der Mann etwas zu dem Jungen und Mia fragte sich, warum sie bislang keinen einzigen türkischen Satz von ihren Klassenkameraden gelernt hatte.

Der Junge drehte sich langsam zu Sophie und Mia um, die in der weit geöffneten Tür standen. Den Koffer und die Tasche hatten sie draußen gelassen und sie wollten sich nicht zu weit von ihrem Gepäck entfernen.

»Was ist los?«, rief Mia argwöhnisch.

Der Junge zuckte mit den Schultern, deutete auf den Mann. Er sagte: »Bus nicht.«

»Bus nicht? Wieso Bus nicht?«, rief Mia. Ihr Herz schlug schneller, sie wandte sich an Sophie. »Pass du auf das Gepäck auf.«

Sie ging zu dem Mann am Schalter. Sie fragte: »Do you speak German?«

»English«, sagte der Mann. Mia atmete tief durch. Endlich lohnte es sich, dass sie sich Jahr für Jahr in der Schule mit englischen Vokabeln abgequält hatte.

»We need a bustransfer to this city«, sagte sie und deutete auf ihren Hotelvoucher.

Der Mann sah auf den Hotelvoucher. Dann hob er den Kopf. »No city. That is a village, small. Very small. No bus to that village.«

»Was sagt er?«, rief Sophie von der Tür. Der Junge stand neben Sophie. Er hielt ihr seine Hand hin. Es sah entweder aus, als wolle er sich verabschieden oder als erwarte er ein Trinkgeld.

»Es gibt keinen Bus!«, rief Mia.

Andere Leute kamen herein. Eine türkische Familie. Alle redeten durcheinander. Der Mann hinter dem Schalter raufte sich die Haare und brüllte etwas zurück. Die Familie verstummte. Alle Augen richteten sich neugierig auf Mia.

»No bus?«, fragte Mia.

Der Mann schüttelte den Kopf.

»And now? What can we do?«

Der Mann am Schalter schnippte mit den Fingern. »Mohammed!« Der Junge, der noch immer mit ausgestreckter Hand vor Sophie stand, wirbelte herum. Er trottete zum Schalter zurück. Der Mann sprach auf Türkisch mit dem Jungen, der Mohammed hieß. Der Junge nickte.

»Okay«, sagte er schließlich zu Mia. »Komm, komm hier her.«

Als Mia etwas hilflos von dem Mann zu Mohammed schaute, nickte der Mann beruhigend. »He will take you to the bus. But you must buy a ticket.« Er tippte mit dem Finger auf den Transfergutschein. »This is no good.«

»Was sagt er?« Sophie war in Panik, das spürte man. Sophie verlor schnell ihr bisschen Selbstvertrauen und Mut, wenn irgendetwas nicht planmäßig verlief. Ganz anders als Mia, die Kräfte in sich wachsen fühlte, je schwieriger eine Situation wurde.

»Alles okay«, sagte sie. »Wir fahren mit einem anderen Bus.«

»Wieso? Wieso mit einem anderen Bus?«

»Frag nicht, komm«, zischte Mia. Der Junge war schon wieder draußen, umkurvte Busse und Menschenschlangen und drehte sich jede Sekunde winkend nach ihnen um.

Schließlich standen sie vor einem Bus, der so verstaubt und verdreckt war, dass man die Fensterscheiben kaum erkennen, geschweige denn hindurchsehen konnte. Der Bus hatte einen Dachgepäckträger, der mit den unförmigsten

Gepäckstücken beladen wurde. Dem Busfahrer, ein Typ mit offenem Hemd und einem Goldkettchen um den Hals, hing ein Zigarettenstummel von der Unterlippe. Er hatte ein ganzes Bündel Geldscheine in der Hand, das immer dicker wurde, je mehr Passagiere beim Einsteigen bezahlten.

»Dein Bus«, sagte der Junge.

»Wie viel kostet es denn?«, fragte Mia.

Der Junge ging zu dem Busfahrer. Er drängte sich nach bewährter Art einfach vor. Er zeigte auf Mia und Sophie und redete drauflos. Der Busfahrer hob den Kopf.

Der Junge kehrte zu ihnen zurück. »Zweihunderttausend Lire«, sagte er.

Mia riss die Augen auf. »Äh …« Sie warf Sophie einen fassungslosen Blick zu. »Hast du türkisches Geld?«

»Wieso denn? Woher denn?«, rief Sophie erregt. »Du wolltest ja gleich zum Bus. Ich hätte vorher …«

Oh, dachte Mia, Mist, verdammter.

Mia fragte sich, wieso sie mit den Leuten aus ihrer Klasse nicht wenigstens mal über die Währung in der Türkei gesprochen hatte. Als sie sich darüber unterhalten hatten, was dort alles wie viel kostete, hatten die anderen immer von Euro gesprochen, sodass Mia gar nicht der Gedanke gekommen war, dass man in der Türkei mit etwas anderem als dem Euro bezahlte.

Entschlossen ging sie auf den Busfahrer zu, der weiter ungerührt die zerfledderten Geldscheine entgegennahm und die Leute einsteigen ließ.

Auf Englisch fragte sie, ob sie auch mit deutschem Geld bezahlen könnten.

»Euro?«, fragte der Busfahrer.

Der Junge nickte heftig und der Busfahrer überlegte eine Sekunde, dann nickte er auch. »Dreißig pro Person«, sagte er.

Mia schluckte. »Dreißig Euro?« Sie schaute den Jungen an. »Thirty? Dreißig?«

Der Junge nickte.

Mia zitterte jetzt. Ihr war schwindlig von der Hitze, dem Staub, dem Körpergeruch der Umstehenden, dem süßen Parfüm, das sie einnebelte, sobald die Frau hinter ihr sich bewegte.

Sie sagte dem Busfahrer: »Das ist zu viel, so viel haben wir nicht. Wir haben einen Transferschein.«

»Wo ist der Schein?«, wollte der Busfahrer wissen.

Mia hielt dem Busfahrer den lappigen Zettel unter die Nase. Eingehend studierte der Busfahrer das Stück Papier. Die Frau hinter Sophie hob ihre Arme, um das Kopftuch zu richten, und wieder wehte eine Wolke von süßem Parfüm über sie hinweg.

Der Mann faltete den Transfergutschein zusammen und steckte ihn in seine Hemdtasche. »Okay. Zehn Euro.«

Mia warf ihrer großen Schwester, die hilflos und staunend alles beobachtete, einen triumphierenden Blick zu. Siehst du?, sollte der Blick heißen. Und pass mal auf, was jetzt kommt.

»Wir haben doch schon bezahlt. Wofür sind die zehn Euro?«, fragte sie.

Der Busfahrer musterte sie von Kopf bis Fuß. Dann schob er mit der Zungenspitze die Zigarette von der Unterlippe, und sie fiel zu Boden. Mia trat einen Schritt zurück, weil sie dachte, der Fahrer würde sie wieder aufheben wollen. Doch stattdessen zertrat er die Zigarette mit einer Drehung des Absatzes seiner staubigen Lederschuhe. Cowboymäßig sah das aus, irgendwie cool.

»Okay«, sagte er gedehnt. Er schnauzte den Jungen an, der daraufhin lachte und zu Sophie rannte. »Ein Euro für mich«, bettelte der Junge. »Bitte.«

Sophie kramte einen Euro aus ihrer Tasche. Der Junge schielte neugierig in ihr Portmonee.

Mensch, Sophie, wollte Mia rufen. Aber da sagte der Junge schon: »Zwei. Ich brauch zwei Euro.«

»Gib ihm nur einen!«, rief Mia.

Aber Sophie hatte ihm den zweiten bereits in die Hand gedrückt und Mohammed schlängelte sich schon wieder geschickt durch die Menschenmenge davon.

Der Busfahrer bedeutete ihnen, das Gepäck einem Jungen zuzuwerfen, der oben auf dem Dach die Sachen verstaute. Mia hatte noch nie versucht, ihren Koffer zu werfen. Sie unternahm mehrere Anläufe und das Resultat war jedes Mal mehr als peinlich.

Schließlich half ihr ein Mann, der wie ein Soldat gekleidet war. Wortlos nahm er ihr den Koffer ab und warf ihn auf das Dach, als wäre er leicht wie eine Feder. Dann schnappte er sich Sophies Tasche.

»Thank you!«, sagte Mia erleichtert.

Der Soldat verzog keine Miene. Er schaute Mia nicht einmal an. Er stieg in den Bus und setzte sich ganz hinten in die letzte Reihe.

Mia und Sophie entschieden sich für die vierte Reihe. »Na?«, sagte Mia stolz zu ihrer Schwester. »Wie haben wir das gedeichselt?«

Sophie atmete tief durch. »Bist du auch sicher, dass der Bus dahin fährt, wo wir hinwollen?«

Für einen Augenblick glimmte auch in Mia die Panik auf.

Vorsichtshalber stand sie noch einmal auf und ging zu dem Fahrer, der gerade den letzten Passagier abfertigte.

Sie fragte auf Englisch, wie lange die Fahrt dauern würde. »Vier Stunden. Ungefähr«, sagte der Fahrer.

Mia rannte zurück, holte den Hotelgutschein und hielt dem Fahrer den Schein hin. Sie deutete auf den Namen des Ortes. Der Fahrer nickte. »Vier Stunden«, wiederholte er. »Ich sag Bescheid, wenn wir da sind. Keine Angst.« Er lächelte zum ersten Mal.

Mia wäre ihm vor Erleichterung am liebsten um den Hals gefallen.

Fünf Minuten später fuhren sie los. Diesmal saß Mia am Fenster. Sophie hatte den Kopf zurückgelehnt und die Augen geschlossen. Ihre Finger hielt sie so fest ineinander verschlungen, dass ihre Fingerknöchel weiß hervortraten. »Ich hab jetzt schon Angst vor dem Rückweg«, flüsterte sie.

Mia lachte. »Mensch, Schwesterchen! Was ist los mit dir? Wir haben gesagt, wir wollen ein Abenteuer erleben. Und jetzt erleben wir eins! Hat doch alles gut geklappt!«

»Alleine hätte ich das nicht geschafft, das weiß ich«, flüsterte Sophie. Sie öffnete vorsichtig die Augen. Sie schaute sich um. Niemand interessierte sich für die beiden deutschen Touristinnen.

»Du hast doch mich!«, sagte Mia. Sie gab ihrer Schwester einen Kuss. »Auf mich kannst du dich verlassen«, sagte sie. »Weißt du doch.«

Der Busfahrer stellte das Radio an. Türkische Musik. Er angelte aus einer Zigarettenschachtel, die vorn auf dem Armaturenbrett lag, eine Zigarette und zündete sie an. Dann lehnte er sich zurück, beide Hände am Steuer, und sang den Schlager mit.

Der obere Teil der Windschutzscheibe war mit einer Fransengardine dekoriert, dunkelrot und glänzend. Im Fahrtwind, der durch das offene Seitenfenster blies, klimperten die Perlen am Ende der Fransen. Unter den Talismanen, die am Rückspiegel baumelten, erkannte Mia nur die Hand der Fatima. Sie war aus Silber und hing an einer silbernen Kette. Die Hand der Fatima ist ein Glückssymbol. Sie soll die Menschen beschützen.

Gut, dachte Mia, gut.

Draußen zogen die endlosen Vorstädte Istanbuls vorbei. Die Luft flimmerte vor Hitze. Einmal, als sie einen Hügel hinunterfuhren, glitzerte in der Ferne das Meer.

Mia hatte ihre Earphones eingestöpselt. Der Discman lag auf ihrem Schoß. Sie hörte Norah Jones, während draußen am Fenster die Türkei vorbeiglitt.

Es war ein ganz eigenes Gefühl, zu der ruhigen Musik durch eine vollkommen fremde Landschaft zu fahren, in einem Bus mit geblümten Stoffbezügen über den Sitzen, die nach Himbeerbonbons rochen. Bei jedem Schlagloch krachte und ächzte es unter ihren Füßen, als würde jeden

Augenblick das Fußbodenblech zerbersten. Als sie einmal die Kopfhörer herausnahm, hörte sie die Musik, zu der der Fahrer mit den Fingern auf das Lenkrad trommelte. Diese Musik machte sie schwindlig, die langen Töne, die auf- und abstiegen, das klang in ihren Ohren wie das Gewimmer eines Kindes.

Manchmal schaute sie zu Sophie hinüber. Ihre Schwester hatte die Augen geschlossen. Sophie wurde vom Busfahren immer schlecht. Sie hielt die Hände gegen den Magen gepresst und atmete durch den Mund, wahrscheinlich wegen des süßen Himbeergeruchs, dachte Mia.

Der Bus kletterte eine steile Bergstraße hinauf, rechts und links erhoben sich mit gelb blühendem Kraut bewachsene Felswände. Einmal sprang eine Ziege über ihren Weg und der Busfahrer bremste scharf, sodass Mia mit dem Kopf gegen die Rücklehne ihres Vordermannes schlug. Ein anderes Mal löste sich direkt vor ihnen Gestein aus der Felswand und der Busfahrer konnte nur mit einem waghalsigen Manöver ein Unglück verhindern.

Als sie den Gipfel erklommen hatten, breitete sich vor ihnen das atemberaubende, endlose Meer aus. Mia putzte mit ihrem Ärmel die Scheibe sauber, um besser sehen zu können, aber der Staub klebte von außen am Fenster. Sie sah alles wie durch einen gelben Filter. Dadurch wirkte es noch fremder, noch unwirklicher.

Wenn sie durch ein Dorf oder eine Stadt kamen, hielt der Bus an, dann stiegen Leute aus und der junge Beifahrer kletterte auf das Gepäckdach und warf Koffer herunter. Einmal sah Mia, wie ihr roter Koffer direkt an ihrem Fenster vorbeiflog. Sie schrie auf, kletterte über Sophie hinweg und rannte nach vorn.

»My … my …«, stammelte sie. Vor Schreck fiel ihr nicht das englische Wort für Koffer ein.

Sie stürzte nach draußen. Es war heiß wie in einem Backofen. Der Soldat war ausgestiegen und schnappte sich gerade sein Gepäck. Ihr roter Koffer lag aufgeplatzt auf dem Bürgersteig. Schnell stopfte Mia ihre Sachen zurück in den Koffer und drückte den Deckel zu. Sie stieg wieder in den Bus, den Koffer schleppte sie mit. Da fiel ihr wieder ein, dass Koffer auf Englisch suitcase hieß.

Der Chauffeur sagte nichts. Mia legte den Koffer auf einen freien Sitz. Der Fahrer musterte sie wortlos im Rückspiegel. Der junge Beifahrer stieg wieder ein. Er grinste Mia an. Und Mia lächelte schüchtern zurück.

»Was war los?«, fragte Sophie, als der Bus wieder anfuhr.

»Die hätten beinah meinen Koffer dagelassen«, stöhnte Mia. »Für die Rückreise brauch ich einen Lederriemen, damit er nicht immer aufgeht.«

Sie stieg wieder über Sophies Beine hinweg und ließ sich auf ihren Sitz fallen. Als sie gerade wieder Musik anmachte, tippte Sophie auf ihren Arm. »Wir fahren schon über vier Stunden«, sagte sie. »Wir müssten doch längst da sein.«

Mia riss die Augen auf, starrte auf ihre Uhr. »Stimmt!«, rief sie.

Der Bus fuhr die engen Serpentinen entlang, die halsbrecherisch nah am Abgrund entlangführten.

Vor jeder Kurve hatten sie das Gefühl, sie würden direkt ins Meer stürzen. Sophie hielt sich stöhnend den Bauch.

»Kannst du noch?«, flüsterte Mia besorgt.

Sophie nickte und öffnete halb die Lider. »Aber mir ist schlecht«, wisperte sie. »Wieso fährt der so schnell?«

Lastwagen, die ihnen entgegenkamen, hupten, und der Bus rutschte noch ein bisschen näher an den Abgrund, um den Lastern Platz zu machen, die schaukelnd vorbeifuhren.

Dann waren sie endlich wieder unten. Mia sah Fischerboote und bizarr geformte Felsen, die aus dem Meer ragten wie Steinriesen, wie alte verwahrloste Wehrtürme aus einer vergangenen Zeit. Sie fuhren durch ein Dorf, in dem gerade ein Fest stattfand. Der Bus wurde umringt von festlich gekleideten, fröhlichen Kindern. Sie alle hielten etwas in der Hand, was Mia nicht erkennen konnte. Der Busfahrer lachte. Er hielt an, ein kleines Mädchen kletterte hinein und schenkte dem Busfahrer eine Blume.

Sie hielten vor einer Moschee. Zwei Frauen stiegen aus.

Mia versuchte verzweifelt herauszufinden, wo sie waren. Sie verrenkte sich beinahe den Hals.

Als der Bus wieder anfuhr, drehte der Fahrer sich zu ihnen um. »Ten minutes!«, rief er.

»Hotel?«, fragte Mia.

Der Busfahrer nickte.

Sie fuhren jetzt durch eine Ebene. Manchmal war der Strand zum Greifen nahe, ein grauer, steiniger Strand. Überall lagen Fischerboote am Ufer, Netze waren auf den Steinen ausgebreitet.

Die Häuser waren kleine, niedrige, weiß getünchte Bauten. Ab und zu sah man einen alten Mann davor sitzen. Hühner flüchteten gackernd vor dem Bus. Zwei Jungen auf einem Fahrrad versuchten, mit dem Bus mitzuhalten, der eine saß mit nacktem Oberkörper auf der Lenkstange und schwenkte sein T-Shirt. Er lachte und die weißen Zähne blitzten.

Mia wandte den Kopf, um ihn noch länger zu sehen, als der Bus die Radfahrer überholte.

Dann wurde die Straße etwas breiter und der Asphalt sah recht neu aus. Der Bus rollte langsam in einen Ort hinein, der irgendwie schöner war als die, die sie zuvor passiert hatten. Mia erkannte eine Autowerkstatt, sie sah Gassen, die sie an Fotos aus Italien erinnerten. Eine von Kopf bis Fuß verhüllte Frau trat aus einer blau lackierten Haustür. Nur ein kleines Stoffgitter ließ ihre Augen frei. Sie sah aus wie die Frauen in Afghanistan. Mia hatte Fotos von diesen verschleierten Frauen gesehen und sich gefragt, wie man so überhaupt etwas erkennen konnte, wenn man auf der Straße lief.

»Hast du die Frau gesehen?«, flüsterte Sophie mit großen Augen.

»Ja«, sagte Mia. »Toll, nicht?«

»Was ist daran toll?«, wisperte Sophie.

Mia sagte nichts. Sie war zu aufgeregt.

Der Busfahrer hupte und ein Eselskarren machte Platz. Dann bogen sie nach links und auf einmal eröffnete sich vor ihnen ein Platz, auf dem ringsum Buden und Verkaufstische standen, die mit Bastmatten vor der Sonne geschützt waren. Vor den Buden drängten sich viele Menschen, Männer, Frauen, Kinder, dazwischen streunten Hunde umher. Ein Esel, der vor einen Karren gespannt war, hatte einen Sack über dem Kopf. Der Karren war bis oben hin mit Tomatenkisten beladen.

Mia sah ein gerupftes Huhn neben einem Kalbskopf liegen. Sie sah Fliegen, die den Kalbskopf umschwirrten, und einen Schlachter, der eine blutbefleckte Schürze trug. Dann waren sie schon weiter.

Eine Gruppe fröhlicher Mädchen, die alle ein Kopftuch trugen, tollte albernd über den Platz.

Dann hielt der Bus. Der Fahrer machte den Motor aus und drehte sich um. Er sagte etwas auf Türkisch.

Dann kam er zu Sophie und Mia. »Stopp«, sagte er.

Er beugte sich vor und deutete mit dem Zeigefinger nach draußen. »Your Hotel!«

Mia starrte durch die verschmutzte Scheibe. »Where?«, fragte sie.

»You ask«, sagte der Chauffeur.

Alle Leute im Bus drängten jetzt nach draußen. Mia wartete, weil sie ihren Koffer mit hinausschleppen musste.

Sophie presste ihre Hand gegen den Mund.

»Musst du etwa kotzen?«, rief Mia erschrocken.

Sophie schüttelte den Kopf, aber als sie endlich draußen waren, stürzte sie zu dem einzigen Baum, den sie entdecken konnte, und umklammerte ihn.

Sie hatten vor einem Café gehalten. Über der Tür stand: KIRAATHANE. Kleine runde Tische gruppierten sich unter einem schattigen Dach. An den Tischen saßen Männer.

Sie alle beobachteten das Treiben um den Reisebus.

Auf dem Tisch standen kleine Tassen, in denen sie rührten. Der Fahrer betrat das Innere des Cafés. Die männlichen

Passagiere setzten sich auf die freien Stühle, die Frauen blieben in der Nähe des Busses stehen, wo sie angeregt miteinander schwatzten.

Einer der Reisenden sprach kurz mit einem der Kellner, kurz darauf kam dieser mit einem Tablett voller Wasserflaschen und Limonaden zurück. Der Mann nahm das Tablett und brachte es den Frauen, die am Bus warteten.

Sophie und Mia standen etwas abseits, Mia hielt ihren Koffer umklammert. Der Beifahrer war auf dem Gepäckdach. Er hielt eine schwarze Tasche hoch und rief etwas.

Sophie blinzelte gegen die Sonne. »No!«, rief Sophie. »No!« Es war die falsche Tasche.

Einen Augenblick fürchtete Mia, jemand anderes hätte Sophies Tasche an einer der vielen Haltestellen mitgehen lassen. Aber da wuchtete der Junge schon ihre Tasche hoch. Die gelben Griffe leuchteten. Mia lachte erleichtert und nickte. »Yes! Yes!«, rief sie.

Der Junge schob die Griffe über seine Arme und kletterte mit der schweren Tasche vom Busdach herunter.

Mia wunderte sich, dass er die Tasche nicht auf den Boden warf, wie die anderen Taschen.

Er ging zu Sophie. Er lächelte. Er streckte die Hand aus.

»Er will Trinkgeld!«, flüsterte Sophie.

Sophie nickte. Der Junge blieb dicht vor ihnen stehen und schaute neugierig zu, wie Sophie umständlich ihr Portmonee herausholte.

»Zehn Cent?«, wisperte Sophie Mia zu. »Ist das genug?«

»Klar, weiß nicht, keine Ahnung«, sagte Mia.

Aber es war anscheinend genug. Der Junge ließ kommentarlos das Geld in seiner Hosentasche verschwinden und betrat das Café.

Offenbar machte der Bus hier Pause, bevor es an der Küste entlang in die Berge weiterging.

Mia holte die Hotelvoucher heraus. Entschlossen ging sie auf den ersten Kaffeehaustisch zu, an dem vier alte Männer saßen. Einer von ihnen hatte keine Zähne mehr, ein anderer war auf einen sehr schön geschnitzten Stock gestützt. Einer hob gerade seine Kaffeetasse an den Mund. Ein anderer kratzte sich am Hals.

Mia lächelte. Sie streckte die Hand mit dem Hotelvoucher aus.

»You know this Hotel?«, fragte sie.

Keiner der Männer beachtete Mia. Sie blickten einfach an ihr vorbei oder durch sie hindurch, als wäre sie Luft.

Ratlos wandte sie sich vom Tisch ab. Sophie sprach mit einer der Frauen, die am Bus standen. Die Frau schüttelte immer wieder heftig den Kopf. Und Sophie zuckte mit den Schultern. Sie winkte Mia heran.

Mia ging zu ihnen. Sie zeigte der Frau den Hotelvoucher, doch sie schüttelte den Kopf. Sofort waren sie von den anderen Frauen umringt, die das reihum wandernde Stück Papier jedoch auch nur ratlos betrachteten.

Aber sie lächelten freundlich und eine der Frauen machte ein Zeichen, dass sie jemanden fragen würde. Mia erlaubte ihr, den Zettel mitzunehmen. Argwöhnisch folgten sie der jungen Frau mit ihren Blicken. Die Frau hielt einer anderen, die bepackt mit Plastiktüten gerade aus dem Basar kam, den Zettel unter die Nase. Die Frau stellte ihre Plastiktüten ab und ein Apfel rollte heraus, den ein kleiner Junge, offenbar ihr Sohn, sofort wieder aufhob, am Hosenbein rieb und in die Tüte zurücktat.

Die Frau schob ihr Kopftuch etwas aus der Stirn. Sie sah zu Mia und Sophie herüber, die beide tapfer lächelten, obwohl ihnen heiß war und die Fahrt sie erschöpft und sehr angestrengt hatte.

Dann kam die Frau zurück. Sie reichte ihnen den Zettel und deutete auf die Frau mit den Tüten. »Geh du da«, sagte sie auf Deutsch. »Die Frau kennt.«

Mia und Sophie schauten sich an. Sophies Augen leuchteten plötzlich voller Dankbarkeit.

»Sie sprechen Deutsch!«, rief sie.

»Nur bisschen. Ich arbeiten Berlin«, sagte die Frau. Aber sie sagte es so scheu und ganz leise und schaute dabei immer wieder zum Kaffeehaus. Wahrscheinlich saß ihr Mann da, trank Kaffee und beobachtete sie.

Plötzlich tauchten zwei Mopeds auf, die den Bus und die Gruppen umkreisten. Ein rotes und ein schwarzes Moped. Die Typen, Jungen in Mias Alter, trugen keinen Sturzhelm. Einer hatte einen Pferdeschwanz. Er trug ein Polohemd und helle Hosen. Der andere hatte ganz kurz rasierte Haare und trug ein kurzärmeliges, gestreiftes Hemd, das bis zum Bauchnabel aufgeknöpft war und sich im Fahrtwind blähte, sodass sein Rücken aussah wie ein Ballon.

Die beiden lachten und riefen sich auf Türkisch etwas zu. Bei der dritten Runde wurden sie immer langsamer und bremsten.

Mia hatte sie die ganze Zeit beobachtet. Sie sah, dass der

Junge mit dem Pferdeschwanz ganz neue Camper-Schuhe trug. Er stützte sich auf seinen Lenker. »Seid ihr aus Deutschland?«, rief er. Er sprach ohne Akzent.

Mia hielt die Luft an. Dann strahlte sie und rannte auf den Jungen zu. »Ey!« Sie bekam kaum Luft vor Begeisterung. »Ihr sprecht Deutsch?«

Der Junge mit dem Pferdeschwanz deutete auf seinen Freund. »Er nicht, aber ich.« Er streckte Mia lässig die Hand hin.

Mia schüttelte seine Hand und lachte.

»Ich heiße Kemal«, sagte er. »Mein Freund hier heißt Gürcen.«

»Ich heiße Mia!« Mia strahlte. »Hey, das ist ein Glück. Ich dachte schon, wir sind hier verloren. Die können hier ja nicht mal Englisch!«

»Wieso sollen die auch Englisch sprechen? Bis vor zehn Jahren haben die hier keinen Touristen gesehen. Du sprichst ja auch kein Türkisch.«

Mia schoss das Blut in die Wangen. »Und was machst du hier?«, fragte sie schließlich.

Kemals Miene verschloss sich. Er gab keine Antwort. Stattdessen redete jetzt sein Freund auf Türkisch. Kemal übersetzte: »Mein Freund fragt, ob ihr im Hotel Hvelzu Konak wohnt.«

»Ja! Stimmt! Woher weiß er das?«

»Weil es das einzige Hotel hier ist.«

 »Ist es gut?«, fragte Mia begierig.

Kemal und Gürcen tauschten einen Blick. Gürcen sagte wieder etwas auf Türkisch.

»Es gehört einem Onkel von ihm«, erklärte Kemal. »Es ist wirklich gut.«

»Oh, schön, ich freu mich.« Mia sah jetzt aus den Augenwinkeln, dass Sophie ihr Zeichen gab. Verstohlen, aber auch ungeduldig.

»Ich glaube, ich muss wieder rüber zu ihr.«

»Wer ist die?«, rief Kemal ihr nach. Er meinte wahrscheinlich Sophie.

»Meine Schwester!« Mia rannte zu Sophie zurück, ihre Schritte waren beschwingt, geradezu ausgelassen. »Ich hab schon die ersten Leute kennengelernt!«, rief sie. »Ist das nicht klasse?«

Sophie schulterte ihre Reisetasche. »Diese Frau bringt uns zum Hotel«, sagte sie. »Komm, los.«

Mia fasste den Henkel ihres roten Koffers. Dabei schaute sie sich noch einmal um. Sie sah die Männer auf ihren Kaffeehausstühlen, ihre verschlossenen Gesichter, die eng zusammengezogenen Brauen. Sah, wie alle sie anstarrten. Die Passagiere waren längst wieder in den Bus eingestiegen, der abfahrbereit mit laufendem Motor dastand.

Der Platz war heiß und staubig. Die Jungen hatten ihre Mopeds gewendet und brausten davon. Von den Frauen schenkte keine ihnen mehr ein Lächeln. Die Atmosphäre war auf einmal fast feindselig.

Die Frau marschierte los, ohne ihnen ein Zeichen zu geben. Ihre Miene war ernst. Sie schleppte in jeder Hand mehrere Plastiktüten und der kleine Junge hielt sich an ihrem Rock fest. Der Junge schaute sich immer wieder verstohlen zu ihnen um.

»Irgendwie«, sagte Sophie, »hab ich das Gefühl, das war nicht gut.«

»Was war nicht gut?«

»Dass du mit diesen Typen geredet hast.«

Mia blieb stehen. »Hey, was war daran denn falsch?«, fragte sie trotzig.

»Das weiß ich auch nicht«, sagte Sophie. »Aber es war falsch.«

Mia zog den Koffer hinter sich her. Sie bogen in eine schattige Gasse ein. Bäume überragten die hohen Mauern. Es roch angenehmer hier und im Schatten der Gasse war es kühler als auf dem Platz.

Wenn sie sich anstrengte, konnte Mia sogar das Meer ahnen, irgendwo am Ende der Gasse, hinter der letzten Kurve.

Protokoll: Sophie

Sophie: Ich glaub, das Tonband läuft nicht.

Anwalt: Moment. Doch, es läuft.

Sophie: Sie müssen doch schon jede Menge Material haben.

Anwalt: Aber nicht genug. Lange nicht genug.

Sophie: Schreibt das eigentlich jemand ab?

Anwalt: Ja, mein Büro. Es dient nur als Hintergrundmaterial. Für mein Plädoyer muss ich ein möglichst genaues Stimmungsbild zeichnen. Ich muss den Richter überzeugen, dass Mia ganz unschuldig in diese Sache hineingeraten ist.

Sophie: Aha.

Anwalt: So war es doch, oder?

Sophie: Ja, ja, so war es.

Anwalt: In unserem Gespräch gestern hast du gesagt, dass Mia unschuldig ist. Das glaubst du doch immer noch?

Sophie: Klar.

Anwalt: Vielleicht wird das Gericht dich als Zeugin laden, da wäre es dann sehr wichtig, dass du auch erklären kannst, warum du Mia für unschuldig hältst. Wie ihr da reingeraten seid in diese ganze Situation. Unschuldig.

Sophie: Ja.

Protokoll: Kemal

Ich heiße Kemal Alkahtib. Ich bin 17 Jahre alt. Vor sechs Monaten bin ich mit meiner Familie in die Türkei zurückgekommen. Vorher haben wir in Berlin-Kreuzberg gewohnt, Skalitzer Str. 56. Ich habe dort die Realschule besucht, bis zur 10. Klasse. Aber ich musste noch vor meinem Realschulabschluss die Schule abbrechen, um mit meinen Eltern in die Türkei zurückzugehen. Berlin ist meine richtige Heimat. Mein Zuhause.

Wenn ich an meine Freunde in Berlin denke, an meine Schule, an meinen Computerkurs, bekomme ich jedes Mal Kopfschmerzen. Es war eine schöne Zeit. So wird es nie wieder sein. Das weiß ich jetzt. Aber ich wollte es nicht glauben. Ich wollte meinen Eltern glauben, die immer gesagt haben: Die Türkei ist unsere Heimat. Unsere Seelen sind in der Türkei, bei den Seelen der verstorbenen Großeltern. Wenn Ramazan kam, war mein Vater immer krank vor Sehnsucht. Da ist er jeden Tag in die Moschee gegangen, um zu beten. Er hat uns verboten, zu essen und zu trinken, weil der Islam es verbietet, in der Fastenzeit während des Tages zu essen und zu trinken. Am Ende des Ramazan haben wir ein großes Fest gefeiert, das Zuckerfest, mit allen Freunden meiner Eltern. In unserer Straße haben viele Türken gewohnt, fast nur Türken, später sind dann auch ein paar Iraner und Leute aus Afghanistan dazugezogen. Aber mit denen hatten wir wenig Kontakt. Wir Türken sind immer unter uns geblieben.

Mit meinen Freunden habe ich nicht Türkisch gesprochen, sondern Deutsch. Deutsch kann ich besser als Türkisch, auch heute noch. Ich denke in Deutsch und ich träume in Deutsch.

Ich bin nach Deutschland gekommen, als ich drei Jahre alt war. Meine ältere Schwester, Aylin, war damals fünf, sie und eine andere Tante mussten auf mich aufpassen. Meine Eltern haben in dem Gemüsegeschäft gearbeitet, das dem Schwager meiner Mutter gehörte. Morgens um sechs sind sie aus dem Haus, abends um acht zurückgekommen. Wir haben viel draußen gespielt auf dem Spielplatz im Görlitzer Park.

Als ich in die Schule kam, konnte ich schon gut Deutsch. Schule fand ich immer cool. Die meisten meiner Freunde hatten keinen Bock auf Schule, ich schon. Das fiel mir eben alles leicht.

Ich spreche auch ziemlich gut Englisch. Ich würde gerne in die Computerbranche einsteigen. Da spricht man nur Englisch. Englisch ist überhaupt die internationale Sprache Nummer eins. Ich will auch mal nach Amerika. Aber jetzt, wo ich hier sitze, bin ich mir nicht mehr sicher, ob ich das packe.

Hier ist noch das letzte Jahrhundert. Alles so rückständig, so altmodisch, alles von gestern.

Mein Vater wollte meine Schwester mit einem Verwandten aus Izmir verheiraten. Er heißt Sir. Er ist zwanzig Jahre älter als meine Schwester und ihm fehlt ein Bein. Er hatte einen Autounfall; da kann er ja nichts für, aber Aylin fand ihn ganz furchtbar. Sie liebte ihn nicht. Sir spricht kein Wort Deutsch. Er arbeitet für einen Imam in Izmir. Aylin musste hier immer ein Kopftuch tragen und durfte nicht mal allein einkaufen gehen. Es musste sie immer einer aus unserer Familie begleiten. Sir ist sehr gläubig. Meine Schwester und er waren nie allein. Er kam einmal in der Woche und dann tranken wir Tee und aßen zusammen, und die ganze Familie saß herum und meine Schwester fürchtete sich.

Aylin liebt ja einen Franzosen. Aber das durfte mein Vater nicht wissen. In Berlin haben sich die beiden immer heimlich getroffen. Er heißt André. Er war Austauschschüler und ist dann irgendwann zum Studium wieder nach Paris zurückgegangen und hat gehofft, dass Aylin nachkommt. Aber Aylin wurde von meinem Vater auf Schritt und Tritt bewacht. Es ist wie im Mittelalter, ich fass es nicht. Meine Mutter sieht die ganze Sache schon etwas anders, aber sie würde es nie wagen, meinem Vater offen zu widersprechen.

Mein Vater sagt, es gehe um seine Ehre. Um die Ehre der Familie. Um das, was der Koran uns erlaubt und verbietet.

Wissen Sie, was Seref ist? Das ist die Würde, die ein Mann besitzt. Für meinen Vater ist Seref das Wichtigste im Leben.

Er sagt, Aylin sei diesem Verwandten aus Izmir schon seit Langem versprochen gewesen. Sir hat seit zehn Jahren für die große Hochzeit gespart, er wollte 250 Leute einladen und drei Tage lang feiern. Na ja.

Ich gehe hier nicht mehr zur Schule, das lohnt sich nicht. Ich soll eine Arbeit bekommen beim neuen Telefonamt. Aber erst im Dezember. Vorher ist keine Stelle frei. Sie sagen alle, das sei eine gute Arbeit. Mein Vater ist stolz auf mich. Meine Mutter auch.

Meine kleinen Brüder gehen hier in die Schule. Sie spielen Fußball mit den anderen Kids und kennen schon die ganzen türkischen Popstars. Die interessieren mich überhaupt nicht, ich höre immer nur die deutschen und die amerikanischen Charts. Meine Schwester hat für Celine Dion geschwärmt.

Mir tut der Kopf weh. Ich weiß nicht, was richtig ist und was falsch.

Gürcen hab ich durch Zufall kennengelernt, am Strand. Ich bin abends immer am Meer gewesen, um nachzudenken. Oder um meine Musik zu hören. Wo mich keiner stört. Meine Schwester durfte abends nicht aus dem Haus, ich schon. Ich kann machen, was ich will.

Gürcen arbeitet in einer Kfz-Werkstatt. Die verkaufen auch Motorräder und Mopeds. Er kann sich immer eins ausleihen, von den gebrauchten, die verkauft werden sollen.

Gürcen ist cool. Er hat mir gefallen. Er will auch weg von hier. Er will nach Istanbul, er träumt davon, in einem großen Autohaus zu arbeiten.

Gürcen ist bisher nie aus der Türkei rausgekommen. Ich hab ihm viel von Deutschland erzählt. Was da abgeht. Das kann er kaum glauben. Aber es ist ja Tatsache. Eine total andere Welt.

Na ja, da sind dann auf einmal Mia und ihre Schwester aufgetaucht. Ich dachte: Wow! Ist ja wie im Film! Ein Mal am Tag kommt der Bus aus Istanbul und jedes Mal fahren wir hin und gucken, wer aussteigt. Immer sind es langweilige Leute, Geschäftsleute, Verwandte, irgendwas.

Und da kamen diese beiden Mädchen an. Die sahen so deutsch aus, ich hab gedacht, mich zerreißt es. Da war auf einmal alles wieder da, die alte Zeit, die Schule, Berlin, das coole Leben da.

Die Ältere, Sophie, wirkte ein bisschen schüchtern und irgendwie ängstlich. Ist vielleicht auch verständlich. Ist ja ein Kulturschock, wenn du aus Duisburg losfliegst und dann hier landest. Aber die Jüngere, Mia, war cool. Die war total neugierig, die ist so ein offener, lebenslustiger Typ. Na ja, und dann stand Mia so da in ihren Jeans, dem T-Shirt und dem lässig um die Taille geknoteten Pulli und schaute sich um.

Und ich dachte: Endlich passiert mal was.

»Wie fandst du ihn? Komm, sag mal! Sei doch nicht so verklemmt!« Mia gab ihrer Schwester einen zärtlichen Stups.

Das Hotelfenster zum Innenhof war weit geöffnet, eine sanfte Brise bewegte die Gardine.

»Keine Ahnung, von wem du redest.« Sophie räumte gerade ihre Sommerkleider aus dem Koffer. Im Schrank hingen drei Bügel aus Metall, diese einfachen Dinger, die man in Reinigungen umsonst bekommt. Sie hatten nicht daran gedacht, Bügel mitzunehmen. Es war nicht ganz klar, wie sie sich nun einigen würden. Vielleicht einfach alles über einen der drei Stühle hängen? Die würden sie ohnehin nicht brauchen, schließlich würden sie kaum Zeit in diesem Zimmer verbringen. Deshalb war es auch egal, dass von der Decke eine grässliche Glaskugel baumelte, die abends, wenn es dunkel war, bestimmt ein eiskaltes ungemütliches Licht verbreitete, und dass die Steppdecke aus geblümter Kunstseide war. An der Wand hing ein Foto von einer Moschee. Vielleicht die Hagia Sophia, hatte Sophie gemeint. Ein schönes Bild, wenn man sich erst mal daran gewöhnt hatte.

Das Bad war okay. Hässliche bunte Kacheln, aber die Dusche funktionierte und der Vorhang ließ sich immerhin so weit zuziehen, dass beim Duschen nicht gleich alles unter Wasser stand. Insgesamt war es ganz okay, auch wenn es nicht wirklich neu aussah. Aber Mia hatte keine Lust, darüber nachzudenken, warum man dieses Haus als neues Hotel angepriesen hatte.

»Na von wem schon, von Kemal natürlich! Dem Typ mit dem Pferdeschwanz!«

Sophie ließ sich neben ihre Reisetasche auf das Bett plumpsen. Sie starrte Mia an. Mia hatte sich bis auf ihren Slip und den BH ausgezogen, eilte trällernd hin und her, räumte ihre Sachen ins Bad, schob die Schuhe unters Bett, legte die T-Shirts auf den Schrankboden. Unten rechts. Links war für Sophie reserviert, das hatten sie so abgemacht.

»Sag bloß, du weißt schon, wie er heißt!«

»Klar weiß ich das. Wir haben uns gleich bekannt gemacht.« Mia pustete die Haare aus der Stirn und strahlte ihre Schwester an. »Das ist hier nicht Sibirien! Der war doch total süß, der Typ, oder?«

»Keine Ahnung.« Sophie schob die Tasche missmutig zur Seite. »Ich hab nicht so genau hingeguckt. Ich hab bloß gemerkt, wie uns alle angestarrt haben.«

»Ja und? Sollen sie doch! Meine Güte!« Mia kniete sich vor Sophie hin und streichelte ihre Knie. »Schwesterchen! Sei doch nicht immer so ängstlich! Die haben uns angestarrt, weil wir Deutsche sind, das kennen die halt nicht so. Na und? Ich hab früher die Türken auch so angestarrt, möchte ich wetten.«

»Hast du nicht«, sagte Sophie.

»Woher willst du das wissen? Warst du immer dabei, wenn ich einkaufen war? Kannst du dich noch an das eine türkische Geschäft erinnern? Neben Asen?«

»Der Gemüsehändler? Der nachher dichtgemacht hat?«

»Genau. Die Frauen, die da einkauften, waren doch fast genauso vermummt wie hier. Ich weiß noch, dass die Frauen selbst im Sommer so verhüllt waren, als würde es im nächsten Augenblick einen Schneesturm geben ...« Mia umarmte ihre Schwester. »Die werden sich schon noch an uns gewöhnen.«

Sie sprang auf, lief ans Fenster und schaute in den Innenhof. »Wir sind ja bestimmt nicht die einzigen Touristen hier. Das ist ja nicht das Ende der Welt.«

»Aber vielleicht sind wir die einzigen jungen Mädchen, die alleine reisen«, sagte Sophie. »Erinnere dich daran, was die Frau im Flugzeug gesagt hat.«

Mia breitete die Arme aus. Sie lachte. »Ja und? Dann haben wir wenigstens keine Konkurrenz.«

Sie ging zu dem Stuhl, zerrte das unterste Sommerkleid aus dem darauf liegenden Stapel, mit dem Erfolg, dass das ganze Bündel zu Boden rutschte, und streifte sich das Kleid über den Kopf. Sie band ihre Haare mit einem Gummi zusammen, den sie über das Handgelenk gestreift hatte.

»Also«, sagte sie, »was machen wir als Erstes? Erkundungsgang durch die Stadt? Oder an den Strand? Oder was essen? Hast du Durst? Erst mal das Hotel abchecken? Du hast die Wahl.«

Nachdem sie einmal tief durchgeatmet hatte, sagte Sophie: »Ich würde am liebsten erst mal hier einräumen. Das Zimmer irgendwie wohnlich machen. Mir geht das alles zu schnell, Mia.« Sie stöhnte. »Mann, wir haben die ganze Woche Zeit! Es muss doch nicht alles in der ersten Sekunde passieren.«

Mia schluckte. Wortlos beugte sie sich unter das Bett und zog die Sandalen hervor. Stehend und auf einem Bein balancierend schlüpfte sie in die Schuhe. Sie wollte sich nicht neben Sophie setzen. Sophie saß da wie ein Häufchen Elend. Kein bisschen Entdeckerfreude im Gesicht, kein bisschen Unternehmungsgeist! Und Abenteuerlust!

»Okay«, sagte Mia enttäuscht, »dann geh ich alleine. Und wann treffen wir uns?«

»Wann du willst.«

»In einer Stunde? Oder was?« Mia schaute auf die Uhr.
Es war inzwischen halb fünf Uhr nachmittags, sie hatte keine Ahnung, wann die Sonne in dieser Gegend unterging.

Der Innenhof jedenfalls lag schon im Schatten. Nur die Krone der Palme wurde noch golden von der Sonne angestrahlt. Von irgendwoher wehten die Klänge türkischer Musik zu ihr herüber. In der Ferne bellte ein Hund. Die Luft fühlte sich samtig und warm an.

Ihr Zimmer lag im zweiten Stock. Wenn Mia sich weit aus dem Fenster lehnte, konnte sie einen Weinlaubengang sehen, ganz grün und dicht wie ein Dach. Da schwirrte eine ganze Spatzenkolonie herum und andere, größere Vögel, die zirpten und zwitscherten und piepsten. Ein ungeheures Leben war das.

»Und was ist mit dem Schlüssel?«, fragte Mia, als sie zur Zimmertür ging.

Sophie zuckte die Schultern. Sie lächelte hilflos und ein wenig schuldbewusst. »Den kannst du hier lassen, ich geh nicht weg. Ich warte auf dich.«

Mia zögerte. Sie ging noch einmal zu Sophie zurück. »Alles in Ordnung?«

Sophie lächelte. Sie streichelte Mias Arm. »Klar.«

»Und wieso kommst du dann nicht mit?«

»Weil ich nicht so schnell bin wie du. Ich muss mich erst mal eingewöhnen, du kennst mich doch.«

»Aber man kann sich nur eingewöhnen, wenn man weiß, wo man ist. Und das weiß man nur, wenn man rausgeht und die Umgebung erkundet.«

»Dafür hab ich ja dich.« Sophie wedelte mit der Hand, als könne sie nicht erwarten, dass Mia endlich losstapfte. Als könne sie nicht erwarten, endlich ihre Ruhe zu haben. Nicht erwarten, den Stuhl ans Fenster zu schieben, sich hinzusetzen, sich eine Zigarette anzuzünden und einfach nur hinauszuschauen, in den Himmel über dem Schwarzen Meer, den Himmel über der Türkei. Und um zu begreifen, dass man auf einmal ganz woanders war. In einer ganz anderen Welt.

Morgens noch im eigenen Bett aufgewacht, in Oberhausen, und abends Tausende Kilometer weit weg. Das war doch etwas Besonderes. Das musste man doch erst sacken lassen.

Mia hatte einige Umwege gemacht und sich dabei einmal fast im Labyrinth der schmalen Gassen verirrt, bis sie den Weg zum Strand entdeckte. Die Straßennamen waren auf Türkisch, alle Hinweisschilder auch. Hier hatte man noch nicht an die Touristen gedacht. Hier gab es vielleicht überhaupt keine Touristen.

Die weißen Häuserwände glühten noch von der Hitze des Tages. Der Himmel färbte sich erst rosa, dann orange und dann hellviolett. Einmal erspähte sie das Minarett einer Moschee.

Ein Junge mit einem Tretroller fuhr vor ihr her. Mia merkte erst später, dass sie ihm folgte, dass sie auch rechts in eine Gasse einbog, wenn er rechts einbog, dass sie auch einen Platz überquerte, wenn der Junge das tat.

Die Häuser wurden niedriger und bunter. Sonnengebleichte Farben – Orange, Hellblau, Türkis. Mia versuchte sich die Gärten vorzustellen, die sich dahinter verbargen. Vielleicht sahen sie ähnlich aus wie der Innenhof des Hotels, vielleicht gab es dort auch Palmen oder einen anderen

Schatz, einen Olivenbaum. Eine Zitrone. Etwas, das nach fremden Ländern, Abenteuern, Schönheit, Exotik und Urlaub duftete.

Mia lächelte jeden an, der ihr entgegenkam. Die Männer schauten weg. Aber die Frauen nicht. Die Frauen gingen langsamer, als wollten sie sich mehr Zeit nehmen, Mia zu betrachten. Mia in ihrem Sommermini, ein Schnäppchen von H&M mit Glockenrock und Trägern, die oben auf der Schulter zu Schleifen gebunden wurden. Ein gelbes Kleid mit kleinem rotem Rankenmuster. Bis jetzt hatte sie es erst ein Mal getragen, an dem einzigen warmen Juni-Tag vor fünf Wochen. Und seit jenem Tag träumte sie davon, in genau diesem Kleid durch Gassen zu gehen wie diesen, an Gärten vorbei, die sich geheimnisvoll hinter Mauern verbargen, über Plätze, auf denen Eselskarren abgestellt waren und Männer auf bunten, hölzernen Klappstühlen im Schatten saßen und rauchten.

Der kleine Junge auf dem Roller schaute sich zu ihr um. Er lachte. Seine weißen Zähne blitzten. Er stieß sich kraftvoll ab und stellte sich mit beiden Füßen auf das Trittbrett. Es ging also abwärts. Dem Meer entgegen.

Der Strand war so plötzlich da und war so weiß und leuchtend, dass es Mia die Sprache verschlug. Der Junge hatte seinen Roller irgendwo in den Sand fallen lassen und war losgelaufen zu den Fischerbooten am Ende des Sandstrandes. Mia konnte einen zementierten, überdachten Platz erkennen, ringsherum lagen Fischernetze ausgebreitet. An einer Steinplatte in der Mitte des Platzes waren Männer damit beschäftigt, Fische auszunehmen. Beim Näherkommen sah Mia, dass sie die Fischköpfe einfach auf den Boden warfen, wo sich bereits kleine Blutlachen gebildet hatten.

Als die Männer Mia entdeckten, hielten sie in ihrer Arbeit inne. Das Gespräch verstummte. Sie wandten sich jäh von ihr ab.

Mia ging unbefangen auf sie zu. Sie war neugierig.

»Hallo«, sagte sie freundlich.

Keiner antwortete ihr. Einer der Männer, er trug ein weißes Hemd mit aufgerollten Ärmeln und hatte eine Sonnenbrille ins Haar gesteckt, versenkte gerade zwei silberne Fische ohne Köpfe in einer Plastiktüte.

Ein anderer schüttete einen Korb voll glitzernder Fische, klein wie Heringe, auf die Steinplatte, und sofort begannen Männerhände in diesem Fischgemenge zu wühlen und zu sortieren.

Ein Mann mit einem roten Käppi, der einen Zigarettenstummel zwischen den Zähnen hin und her schob, bückte sich hinter den Steintisch und hatte im nächsten Augenblick einen Tintenfisch in der Hand. Mit langen, armdicken rosaweißen Fangarmen.

»Iiiih!« Mia schüttelte sich und verschränkte die Arme vor der Brust. Die Männer lachten plötzlich und redeten miteinander und Mia hatte das Gefühl, dass man über sie sprach, aber sie verstand kein Wort. Sie wandte sich ab, drehte den Männern den Rücken zu und schaute aufs Meer. Wie es glitzerte im roten Licht der untergehenden Sonne! Wie deutlich und scharf sich der Horizont abzeichnete, eine Linie wie mit einem Messer geschnitten. Wie alles leuchtete und klar hervortrat, der Steinhang rechts, aus gelbem Sandstein, darüber eine Schicht von grünen Pflanzen, die sich in jeden Spalt, in jede Ritze des Felsens schmiegten.

»Hello!«, rief plötzlich eine Stimme zu ihr herüber.

Mia drehte sich um.

Der Mann mit dem weißen Hemd hielt eine große Muschel hoch. Eine schöne, schimmernde Muschel, perlweiß.

»Oh«, sagte Mia, »hübsch.«

Sie ging auf ihn zu, zurück zu den Fischern, und nahm ihm die Muschel aus der Hand. Sie hob sie an die Nase. Die Muschel roch nach Tang und Meer, nach Salz. Sie roch gut.

Der Mann presste ihr die Muschel ans Ohr.

Es war Mia ein bisschen peinlich, weil die anderen Männer lachten. Aber sie wollte kein Spaßverderber sein. Die Männer waren so alt wie ihr Vater. Mindestens. Manche sahen wie Opas aus. Der Mann im weißen Hemd war vielleicht fünfzig. Mia konnte es nicht so genau schätzen.

Sie hielt die Muschel an ihr Ohr und lauschte. Sie wusste, dass es Muscheln gab, die den Gesang der Meere aufbewahren konnten. In ihrem Innern hatte sich das ewige Rauschen und Raunen des Meeres verfangen und konnte nicht mehr hinaus. Man musste sich konzentrieren, wenn man das Meer hören wollte, und möglichst alle anderen Geräusche um einen herum aussperren.

»O, yes«, rief Mia, »I can hear it! Ich kann es hören!« Sie lachte die Männer an, die verlegen auf ihre Fußspitzen schauten.

»Mein Bruder hat die Muschel gefunden«, sagte jemand plötzlich auf Deutsch. »Aber nicht hier. Hier gibt es solche Muscheln nicht.«

Mia hob überrascht den Kopf. Sie drehte sich um. Ein Mann stand vor ihr, so alt, dass er ohne weiteres ihr Großvater hätte sein können. Er hatte drei weiße und zwei Goldzähne im Mund, und wenn er lachte, sah man die Lücken dazwischen. Der Mann deutete auf einen der Fischer, der gerade die Netze zusammenlegte und sich nicht um die anderen kümmerte.

»Sprichst du Deutsch?«, fragte der Mann.

Mia nickte. Sie lachte. Sie dachte, schade, dass Sophie nicht hier ist, dass Sophie das nicht miterlebt!

»Ich komme aus Deutschland. Ich bin Deutsche«, sagte sie.

»Wo in Deutschland?«, fragte der Mann.

»Duisburg«, sagte Mia.

Der Mann lächelte. »Und ich«, sagte er, »Dortmund. Ich hab bei der Müllabfuhr gearbeitet. Zwanzig Jahre. Aber jetzt bin ich hier in meine Heimat zurück.«

Mia nickte. »Es ist schön hier«, sagte sie. »Viel schöner als in Dortmund bei der Müllabfuhr.«

»Ja.« Der Mann lächelte. »Da nur Arbeit, schlechte Wohnung. Immer sparen. Alles für die Familie hier in Cayalkuhir. Für ein gutes Leben.«

Plötzlich sagte einer der Männer etwas.

Und da hörte Mia die laute schrille Stimme einer Frau. Sie redete auf Türkisch. Es hörte sich an, als würde sie schimpfen und fluchen.

Die Männer, die Mia umringt hatten, traten einen Schritt
zurück. Die Frau rannte über den Strand auf sie zu. Sie hatte ihre Röcke gerafft, um schneller laufen zu können, die

eine Hand hielt sie zur Faust geballt hoch in die Luft gereckt. Sie schien sehr aufgebracht zu sein.

Die Frau war jung, vielleicht dreißig Jahre alt. Sie hatte ihre langen lockigen Haare unter einem Kopftuch versteckt, aber das Tuch rutschte nach hinten und die Haare lösten sich.

Sie sah schön aus in ihren bunten Röcken, die um ihre Beine schlugen. Mia konnte den Blick gar nicht von ihr reißen. Wortlos nahm der Mann Mia die Muschel aus der Hand und wandte sich von ihr ab. Der Mann mit dem weißen Hemd drehte jetzt die Öffnung der Plastiktüte mit den Fischen fest zusammen und stapfte auf die Frau zu. Er rief ihr etwas zu. Die Frau schrie zurück. Sie hatte den Arm immer noch erhoben. Ruhig drückte der Mann ihn herunter. Die Frau schimpfte noch immer. Der Mann sprach besänftigend auf sie ein und schließlich gingen sie gemeinsam zu den Häusern am anderen Ende des Strandes zurück.

Als Mia sich umdrehte, waren alle Männer wieder eifrig beschäftigt. Stumm arbeiteten sie vor sich hin und blickten nicht auf.

Mia lächelte ein bisschen verlegen.

Aber keiner beachtete sie mehr.

Also spazierte Mia weiter den Strand entlang, vorbei an den Fischerbooten, schaute sich hier und dort eines der Boote genauer an, sah aufs Meer hinaus, das sich in der untergehenden Sonne allmählich dunkel verfärbte.

Auf einmal erklang der Ruf des Muezzin vom Minarett. Mia strengte ihre Augen an, aber sie konnte auf dem Minarett niemanden sehen. Vielleicht wurde das Gebet durch

Lautsprecher übertragen, die oben am Turm angebracht waren.

Mia setzte sich in den Sand. Sie ließ die Sandkörner durch die Finger rieseln auf ihre nackten Beine, die Knie, die Oberschenkel. Sie streifte ihre Sandalen ab und grub ihre rot lackierten Zehen in den Sand.

Die Fischer schoben ihre Boote ins Wasser. Das Meer war ruhig und glatt, wie ein Spiegel.

Sie konnte jedes Geräusch hören, das die Boote oder die Ruder im Wasser machten. Die Bucht bildete einen Halbkreis wie ein altes Amphitheater. Deshalb hallte es auch so. Deshalb war es einerseits ganz still und andererseits war jedes Geräusch so deutlich zu hören.

Mia versuchte sich an das Meeresrauschen im Innern der Muschel zu erinnern. Das Meer war vollkommen ruhig, so als hielte es zum Abend hin den Atem an.

Auf einmal hörte Mia Schritte im Sand. Es war nur das leise Knirschen der Sandkörner, das sie hörte. Mehr nicht, aber sie wusste, dass jemand auf sie zukam, sich ihr näherte.

Sie lächelte, sie schaute nicht hin. Sie wusste, dass es Sophie war, ihre Schwester, die sich endlich entschlossen hatte, das Hotelzimmer zu verlassen, um das alles hier live zu erleben.

Gleich würde Sophie sich neben sie setzen.

Die Schritte brachen ab.

»Ist das nicht wahnsinnig schön hier, Sophie?«, murmelte Mia und schloss lächelnd die Augen. »Wieso setzt du dich nicht?« Stille.

Mia hob den Kopf und öffnete die Augen. Und hielt die Luft an.

»Hallo«, sagte Kemal. »Hab mir gedacht, dass du am Strand bist.«

Mia sagte nichts. Sie war zu überrascht, dass es nicht Sophie war. Sie starrte Kemal an wie einen Geist.

Kemal hockte sich neben sie in den Sand und zog eine Zigarettenschachtel aus der Hosentasche.

»Rauchst du?«, fragte er und hielt ihr die Packung hin. Mia schüttelte abweisend den Kopf. »Ich dachte, es wäre meine Schwester«, sagte sie.

Kemal grinste sie an. Er fingerte das Feuerzeug aus seiner Hosentasche und steckte sich eine Zigarette zwischen die Lippen.

»Wär auch besser«, erwiderte er, nachdem er einen tiefen Zug getan hatte, »wenn du mit deiner Schwester hierher kommen würdest. Wär echt besser.«

»Ach«, sagte Mia verständnislos. »Und wieso wär das besser?«

»Weil du eine Frau bist«, erwiderte Kemal. Er nahm noch einen Zug und tippte die Asche in den Sand. Es fielen nur zwei, drei kleine graue Aschenkrümel herunter und trotzdem dachte Mia, schade, der Sand war so weiß, so sauber.

»Eine Frau«, sagte Kemal, »sollte hier nicht allein spazierengehen.«

»Ich geh nicht spazieren«, sagte Mia aufbrausend. »Ich sitze hier. Ich wollte nur an den Strand. Ich bin hierher gekommen und da waren dann die Männer mit ihren Fischen und und und ... nichts.«

Einen Augenblick dachte sie an die schimpfende Frau und an den Mann im weißen Hemd, der die Öffnung der Tüte so fest zugedreht hatte, als wolle er jemandem den Hals umdrehen.

»Eine Frau«, sagte Kemal, »geht nirgendwohin. Jedenfalls nicht hier in diesem Ort.«

Mia spürte, wie sie einen heißen Kopf bekam, spürte, wie Trotz und eine Mischung aus Auflehnung und Angst in ihr aufwallte.

»Aber ich bin keine Frau! Ich bin 16!«, rief sie.

Kemal blieb sitzen. Er schlang seine Arme um die Knie, die Zigarette zwischen Mittelfinger und Zeigefinger der rechten Hand geklemmt. Er schnippte die Asche weg.

»Noch schlimmer«, sagte er lässig.

Mia verdrehte die Augen. »Oh Mann, du tust gerade so, als ob ...«

»Als ob was?« Kemal zog das Gummi aus seinen Haaren, ließ seine schwarze, glänzende Mähne auf die Schultern fallen, legte den Kopf in den Nacken und fasste die Haare fest erneut zum Zopf zusammen, zwirbelte das Gummi wieder herum.

Mia schüttelte den Sand aus ihren Sandalen und zog sie wieder an. »Mann! Wir wollten hier Spaß haben!«

Kemal federte hoch. Er war ziemlich sportlich. Er kam aus dem Sitz einfach so hoch. Toll.

Er lachte. »Keine Sorge, ihr habt ja mich.«

Protokoll: Kemal

Ich hab mich schon immer gern in der Rolle des Beschützers gesehen. Ich bin der älteste Junge in unserer Familie. Ich hab immer den Beschützer gespielt. Wenn mein Vater nicht da war, dann lag die Verantwortung für meine Familie bei mir. Einmal musste mein Vater für zwei Wochen nach Süddeutschland, da hat er mich vorher beiseite genommen und gesagt: »Kemal, hör mir gut zu, du musst jetzt unsere Ehre verteidigen.«

»Was für eine Ehre?«, hab ich gefragt. Ich dachte, er meint etwas Bestimmtes.

»Die Familienehre«, hat mein Vater daraufhin geantwortet. »Die musst du jetzt verteidigen. Ich zähle auf dich. Pass auf, dass nichts passiert, was die Ehre unserer Familie beschmutzt.«

Ich hab ihm die Hand darauf gegeben. Ich hab es ihm versprochen. Ich weiß noch, wie stolz ich war!

Mein Vater hat mir an dem Tag eine neue Jacke gekauft und eine neue Hose, wir waren zusammen im Kaufhaus, mein Vater und ich. Andere Jungen müssen mit ihren Müttern einkaufen gehen, auch so Sachen wie Unterwäsche.

Das ist doch superpeinlich, wenn die Mütter da in der Männerabteilung stehen und die Boxershorts hochhalten und ihren Sohn angucken und sagen: »Die sieht doch schick aus.« Als wenn Mütter wüssten, was für Unterwäsche ihre Söhne gut finden.

Ich bin immer mit meinem Vater einkaufen gegangen und danach in ein türkisches Kaffeehaus. Egal, jedenfalls hatte mir mein Vater damals, als ich dreizehn war, das Versprechen abgenommen, die Familienehre genauso wie er zu schützen.

Also hab ich gefragt, was muss ich machen?

»Aufpassen«, hat mein Vater gesagt, »Tag und Nacht. Lass sie nicht aus den Augen.«

»Ja, klar, aber worauf genau aufpassen?«

»Auf deine Schwestern«, hat er gesagt. »Dass sie nichts Unehrenhaftes tun.«

»Mhmh.«

Ich wusste bis zu diesem Tag eigentlich nicht so genau, was unehrenhaft für ein Mädchen ist. Es hatte mich auch nicht interessiert. Das war Weiberkram. Ich hatte, ehrlich gesagt, nie darauf geachtet, was meine Schwestern machten. Ich meine, die leben in einer anderen Welt. Die halfen meiner Mutter in der Küche, ich saß am Computer in meinem Zimmer. Zum Mittagessen hat man sich manchmal gesehen, manchmal abends zusammen vor dem Fernseher gesessen. Das war's eigentlich.

Dabei mag ich meine Schwestern. Aylin, die große, sowieso, weil sie so schön ist und alle Jungen sich nach ihr umdrehen. In meiner Schule sagten sie immer: »Hey, Kemal, was ist mit deiner Schwester?«

»Was soll mit ihr sein?«, fragte ich.

»Ist die noch Jungfrau?«, fragten sie.

Und ich sagte: »Willst du eine blutige Nase? Ja?«

Meine kleine Schwester heißt Cela. Das ist die Abkürzung von Cerasela. Sie ist zwei Jahre jünger als ich.

Na ja. Also, mein Vater war jedenfalls kaum weg, da hat Aylin angefangen, sich zu schminken. Wir fuhren zusammen in der U-Bahn und ich saß ihr gegenüber, und irgendwie dachte ich: Hey, was ist anders an deiner Schwester? Und dann hab ich gesehen, dass sie total geschminkt war. Das machte sie sonst nie.

Jedenfalls war es mir vorher noch nie aufgefallen. Wir waren auf dem Weg von der Schule nach Hause. Wir hatten uns zufällig auf dem U-Bahnhof getroffen. An diesem Tag trug Aylin noch ihr Kopftuch. Aber am nächsten Tag hatte sie es angeblich vergessen. Und ihre Augen waren schwarz umrandet. Und sie trug hohe Schuhe.

»Mama«, sagte ich, »wie findest du denn das, was Aylin macht?«

»Sieht doch hübsch aus«, sagte meine Mama. »Aber sag es Papa nicht.«

»Hey«, sagte ich, »aber ich muss auf euch aufpassen!«

Ich vergesse nie, wie meine Mutter mich angesehen hat. Streng, fast wütend. »Auf mich musst du nicht aufpassen«, hat sie gesagt. »Du bist mein Sohn, verstehst du? Du bist 13 Jahre, ich bin 43, dreißig Jahre älter als du. Ich kann sehr gut auf mich alleine aufpassen.«

Mama und Aylin haben viel getuschelt. Das fiel mir auf einmal auf. Früher hab ich auf so was nie Acht gegeben. Aber jetzt musste ich ja, ich hatte es meinem Vater versprochen.

Aber sie wollten mir nie verraten, worüber sie redeten. Deshalb hab ich zu Cela gesagt: »Du spielst jetzt mal Spion.«

»Was ist ein Spion?«, hat Cela gefragt.

Sie wollte erst nicht, aber dann hab ich ihr erzählt, dass unsere Familienehre auf dem Spiel stehe und dass Papa ganz fest an uns glaube, und da hat sie gesagt: »Gut, ich werd sie belauschen.«

Jedenfalls hat sie herausgefunden, dass meine Schwester auf eine Party gehen wollte. Nicht ein Schulfest, das wär ja okay gewesen, nein, eine Party, zu der ein Junge sie eingeladen hatte, ein Franzose! Den hatte sie über eine Freundin kennengelernt, er war Austauschschüler und kam aus Lyon. Seine Gasteltern gaben für ihn eine Party und er konnte einladen, wen er wollte. Und da wollte Aylin hin. Und Mama hatte es ihr erlaubt. Und ich sollte es nicht wissen!

So haben die versucht, mich auszutricksen. Aber ich hab ganz cool gesagt: »Leute, das wird nichts.«

Soll ich sagen, was ich an dem Tag gemacht hab? Ich hab die Wohnungstür abgeschlossen, alle Schlüssel abgezogen und versteckt. Die kamen einfach nicht raus.

Also, das war eine Tragödie. Aylin hat geheult und geschrien, ihr ganzes Make-up war verschmiert.

Und Mama war so wütend, hat mich ohne Ende beschimpft. Hat gesagt: »Du wirst wie dein Vater. Du wirst genau wie dein Vater!«

»Ist doch prima«, hab ich gesagt, »ist doch gut.«

Da wurde meine Mutter ganz ruhig, sie setzte sich,

strich ihr Kleid glatt, ich seh noch heute, wie ihre Hände gezittert haben, und sie sagte: »Gar nicht gut. Gar nicht gut ist das, Kemal.«

Und dann hat sie angefangen zu weinen. Dass sie ihrer Tochter ein besseres Leben wünsche als ihres. Mehr Freiheit. Und dass sie Aylin wünsche, sie würde sich einfach mal verlieben, nur um zu wissen, wie das ist. »Ich weiß es nämlich nicht«, hat sie gesagt.

Können Sie sich das vorstellen? Meine Mutter sitzt da vor mir, vor ihrem 13-jährigen Sohn, sie hat drei Kinder und ungefähr 50 Verwandte, mit denen sie feiert und redet und bei Beerdigungen Totenwache hält, und sie sagt: »Ich weiß nicht, wie es ist, verliebt zu sein!«

Aylin ist vor mir auf die Knie gegangen, nachdem alles andere nichts genützt hat. Sie hat mich angefleht, ich solle sie doch gehen lassen. Hat so getan, als hinge ihr Leben davon ab. Als würde sie sich aus dem Fenster stürzen, wenn ich sie nicht auf die Party lasse.

»Ich bring sie doch hin«, sagte meine Mutter, »ich hol sie auch wieder ab. Es kann gar nichts passieren. Da sind erwachsene Leute dabei, das sind anständige Menschen. Wieso dürfen alle Mädchen hin, nur nicht meine Tochter? Weil sie eine Türkin ist? Ist Türkin zu sein etwas Schlechtes? Dann will ich keine Türkin mehr sein.«

Und so weiter und so weiter.

Cela hat auf ihrem Bett gelegen, die Hände gegen die Stirn gepresst und sich nicht gerührt. Als ich zu ihr ging und mich auf ihr Bett fallen ließ, hat sie sich langsam aufgerichtet und mich mit riesengroßen Augen angesehen.

»Wie ist es ausgegangen?«, hat sie gefragt.

Ich hab den Kopf gesenkt, die Hände zwischen den Knien verborgen. Und geschwiegen. Lange. Ich hab lange einfach nur geschwiegen.

Bis Cela an mir vorbei aus ihrem Zimmer ging.

Kurz darauf ist sie zurückgekommen. Sie stand da in der Tür, ein schwarzer kleiner Schatten.

»Kemal«, hat sie geflüstert, »sie sind weg!«

»Ich weiß«, hab ich gesagt.

»Hast du sie weggelassen?«, hat sie gefragt.

»Ja, hab ich.«

»Hast du ihnen den Schlüssel zurückgegeben?«

Sie ist wieder aufs Bett geklettert.

»Ja, ich hab ihnen den Schlüssel gegeben.«

»Und Mama bringt Aylin jetzt dahin?«

»Ja, Mama bringt sie hin und Mama holt sie wieder ab.«

Und wissen Sie, was dann passiert ist? Da hat meine kleine Schwester sich auf mich geworfen, hat mich umarmt und geküsst und immer gerufen: »Kemal, ich liebe dich! Du bist der tollste Bruder der Welt!«

Wir haben alle abgemacht, dass wir meinem Vater nichts sagen, kein Wort. Er sollte es nicht erfahren. Er sollte denken, Aylin war immer schön brav zu Hause. Und wir haben auch nichts verraten. Aber ich hab mich ziemlich scheiße gefühlt, weil ich meinen Vater betrogen hatte, weil ich sein Vertrauen missbraucht hatte. Das war schwer. Richtig schwer. Das können Sie nicht verstehen. Aber für einen Vater ist die Familienehre das Allerallerheiligste.

Wenn er wüsste, dass Aylin damals, mit 16, allein auf

einer Party war und mit wildfremden Jungen getanzt und gelacht hat! Er würde mich heute noch dafür umbringen.

Na ja, aber das Schlimmste war, dass sich Aylin natürlich unsterblich in diesen Franzosen aus Lyon verknallt hat. Frauen sind wirklich unberechenbar.

Ich hab echt die Schnauze voll von Frauen. Das Theater, das unsere Familie wegen Aylin mitgemacht hat …

Ich hatte mir schon davor vorgenommen, mich nie in eine Frau zu verlieben. Ich bleib immer cool.

Aber dann ist eben dieser Bus gekommen und hat Mia und Sophie ausgespuckt. Und ich dachte: Endlich mal jemand, der nicht so verbohrt und so hinterwäldlerisch ist wie die ganze Sippe hier. Ich meine, das sind gute Menschen, wirklich. Aber eben anders. Sie ticken anders, und sie glauben, manche Sachen seien ihr gutes Recht.

Männer haben Rechte, die die Frauen eben nicht haben. Denken sie.

Männer dürfen Touristinnen anmachen, weil die ja alle leicht zu haben sind. Denken sie jedenfalls. Weil die Frauen aus Deutschland oder Dänemark oder der Schweiz sich anders anziehen. Sexy eben. Deshalb denken sie, man muss sie nicht respektvoll behandeln. Männern ist alles erlaubt. Eine Frau darf sich bei uns im Bus nicht mal neben einen Mann setzen, schon gar kein junges Mädchen. Ist tabu. Eine Frau darf auch nicht allein ins Kaffeehaus. Oder ins Restaurant. Absolut tabu.

Tut mir leid, dass ich das Mia nicht so gesagt hab. Aber ich nehme an, sie hätte mir sowieso nicht geglaubt.

Sophie hatte ihre Haare gewaschen, die Fußnägel neu lackiert, ihre Augenbrauen gezupft und die Beine rasiert. All die Dinge, zu denen sie vor dem Urlaub nicht mehr gekommen war. Sie hatte bis zum letzten Tag gearbeitet und dann auch noch Überstunden gemacht, wegen der Personalknappheit im Altenheim.

Sophie konnte den Gedanken nicht ertragen, die alten Leutchen einfach schnell abzufertigen. Es war ihr egal, ob sie eine Stunde länger blieb oder nicht.

Und nun brauchte Sophie einfach ein bisschen Zeit für sich, um von dem Berufsstress auf Urlaub umzuschalten. Manchmal wünschte sie, sie wäre nicht nach der 10. Klasse abgegangen. Wenn sie Abitur gemacht hätte, wäre sie immer noch Schülerin und hätte elf Wochen im Jahr Ferien statt nur drei.

Sie hatte bei offenem Fenster auf dem Bett gesessen, während sie ihre Nägel lackierte, hatte hin und wieder den Kopf gehoben und in die Palme und den tiefblauen Himmel dahinter geschaut.

Sie hatte auf die Geräusche im Haus gehorcht, die fremden Laute, die Stimmen von Menschen, die sie noch nie gesehen hatte. Sie hatte sie lachen hören und dann hatte eine Frau gesungen. Es hatte schön geklungen.

Als Mia endlich ins Hotel zurückkam, erhitzt und erfüllt von den vielseitigen Eindrücken all ihrer Erlebnisse, war Sophie wie verwandelt. Sie trug ihren hellgelben Sommerrock und über dem schwarzen Top eine durchsichtige Bluse. Strahlend und unternehmungslustig tänzelte sie vor Mia auf und ab.

»Du siehst ja super aus!«, staunte Mia. »Wow! Geht's dir gut?«

Sophie lachte. Sie nickte. »Klar geht's mir gut.«

»Ah! Mir auch!« Mia warf sich auf das Bett und strampelte mit den Beinen. »Es geht mir einfach mega-super-gut. Rat mal, wen ich getroffen hab.«

»Keine Ahnung.«

»Kemal! Den Typ mit dem Pferdeschwanz! Irrer Zufall, was? Der lief mir am Strand direkt in die Arme. Ich hatte gerade ein bisschen mit den Fischern gequatscht, weißt du, gar nicht weit von hier ist der Anlegeplatz für die Fischerboote, und da …«

Mia plapperte wie ein Wasserfall. Sie sprang zwischendurch immer wieder auf, rannte ins Bad und warf einen prüfenden Blick in den Spiegel. »Hab ich schon Farbe bekommen? Die Leute in meiner Schule sollen ausflippen, wenn sie mich sehen!«

Das Hotel hatte zwei Stockwerke. Auf jedem Stockwerk gab es 14 Zimmer. Sieben rechts und sieben links. Die Zimmer mit den ungeraden Zahlen gingen zum Innenhof hinaus, die mit den geraden Zahlen zur Straße.

»Innenhof ist besser«, stellte Mia fest. »So schön exotisch irgendwie. Mit den Vögeln und der riesigen Palme. Total klasse.«

Unten in der Halle saß eine türkische Familie inmitten von Kofferbergen.

Ein Gast stand an der Rezeption. Er war dick und trug ein grell gestreiftes Hemd, das über seinem Bauch spannte.

Er redete laut und heftig. Er regte sich über irgendetwas auf. Die Frau an der Rezeption, die auch Mia und Sophie empfangen hatte, schüttelte immer wieder ruhig den Kopf. Sie nickte Mia und Sophie zu.

Bei ihrem Erkundungsgang gelangten sie in einen Raum, er war groß, ohne Fenster und leer bis auf die Stühle, die an den Wänden aufgestapelt waren. An der gegenüberliegenden Wand lehnten Tischplatten.

»Bestimmt so eine Art Bankettsaal«, sagte Mia. Ehrfürchtig bestaunten sie den prachtvollen Kronleuchter aus geschliffenem Glas.

Dann fanden sie den Weg zum Innenhof. Eine schwarzweiß gefleckte Katze, die auf der Türschwelle gelegen hatte, ergriff mit großen Sprüngen die Flucht. Rechts und links neben der Tür standen Tontöpfe, in denen Geranien wucherten und Hibiskus mit leuchtend gelben und orangefarbenen Blüten. Unter einem schattigen Baum waren im Halbkreis weiße Plastikstühle aufgestellt. Auf dem Tisch standen benutzte Kaffeetassen und Schnapsgläser.

Ein Hühnchen spazierte zwischen den Stühlen herum, blieb stehen, scharrte und pickte. Das Hühnchen nahm keine Notiz von ihnen.

Sie folgten entlang der Gartenmauer dem geteerten schmalen Weg, der an einer Laube vorbeiführte. Ein Stück weiter stand ein kleiner Brunnen in Form eines Löwenkopfs, aus dem ein Wasserrinnsal in ein blaues Emaillebecken lief. Aus dem feuchten Boden unter dem Wasserbecken wucherten dunkelgrüne Farne.

Sie liefen weiter, immer entlang der efeuüberwucherten

Mauer, bis sie zu einem Stall kamen. Die Stalltür war nur halb geöffnet. Es stank.

Und es war dunkel.

Irgendetwas rührte sich in dem Stall, sie hörten das Rascheln von Stroh und Atemgeräusche. Mia trat vorsichtig ins dämmrige Innere ein, stieß gegen eine Schubkarre und stolperte um ein Haar über eine Harke. Da hörten die Mädchen die Zicklein. Sie meckerten leise.

In einem Verschlag standen vier Zicklein im Stroh und schauten sie an. Erschrocken, aber auch neugierig.

»Seid ihr süß!«, flüsterte Mia hingerissen. Die kleinen Ziegen kamen vorsichtig näher. Mia streckte ihre Hand aus und die Tiere schnupperten daran, stupsten immer wieder mit ihren kleinen kalten Nasen dagegen. Auf einmal waren sie gar nicht mehr ängstlich.

»Habt ihr Hunger?«, fragte sie.

Sie schaute sich um. »Hast du eine Ahnung, was Ziegen fressen?«

»Gras, schätze ich«, sagte Sophie. »Und Blätter oder so was.«

»Genau, klein geschnittene Möhren, Äpfel. Oh, ich weiß was!« Mia strahlte. »Wir gehen auf den Basar und kaufen was für die Ziegen, ja? Und dann füttern wir sie jeden Tag. Vielleicht dürfen sie ja auch mal raus. Ziegen sollen ja unheimlich folgsam sein. Und klug.«

Als sie wieder in den Innenhof kamen, räumte ein junges Mädchen mit weißer Schürze gerade das schmutzige Geschirr ab.

»Hallo«, sagte Mia freundlich.

Das Mädchen nickte, lächelte schüchtern und arbeitete hastig weiter. Mia und Sophie wollten ihr dabei helfen, das Geschirr zusammenzustellen. Aber sie merkten, dass dem Mädchen das gar nicht recht war. Sie wedelte immer mit der Hand, flüsterte etwas auf Türkisch und schaute ängstlich zum Haus.

»Besser, wir lassen das«, schlug Sophie vor. »Sonst denkt sie, wir wollen ihr den Job wegnehmen.«

Sie setzten sich und schauten dem Mädchen zu, wie sie das Geschirr auf dem Tablett aufstapelte und es im Laufschritt ins Haus zurücktrug.

Mia und Sophie streckten ihre Beine aus, legten die Köpfe in den Nacken und schauten in den Himmel, der mit einem Mal schon fast schwarz war.

»Hier wird es viel schneller dunkel als bei uns«, stellte Mia fest.

»Aber alles andere ist besser«, stellte Sophie fest. Sie atmete tief durch. »Ich kann es immer noch nicht fassen«, sagte sie, »dass wir es geschafft haben. Raus aus Duisburg. Und mitten hinein ins Paradies.«

Plötzlich stand die junge Kellnerin wie aus dem Nichts wieder vor ihnen. Sie deutete zum Haus. »Restaurant«, sagte sie. Mia und Sophie folgten ihr und gingen an der Küche vorbei. Zwei Frauen hoben gerade einen schweren Topf vom Herd. Sie hatten schweißnasse Gesichter. Auf dem Tisch lag ein Berg Zwiebeln. Daneben stand ein Korb mit Tomaten. Ein köstlicher Geruch stieg ihnen in die Nasen.

Erst da merkten Mia und Sophie, dass sie einen Mordshunger hatten. Seit Stunden hatten sie nichts mehr gegessen.

»Jetzt schlemmen wir, bis wir platzen!«, wisperte Mia ihrer Schwester zu

Die Kellnerin stieß eine Glastür auf. »Restaurant«, sagte sie noch einmal mit einer auffordernden Bewegung.

Das Restaurant war ein großer, weiß getünchter Raum, hell ausgeleuchtet, mit vielen viereckigen Holztischen. Die Fenster des Restaurants gingen zur Straße hinaus, aber die Gardinen waren vorgezogen, weiße Dralongardinen mit Spitzenbesatz. Auf den Fensterbrettern standen bunte Plastiktöpfe mit Grünpflanzen.

Nur drei Tische waren eingedeckt. Auf jedem Tisch standen eine Wasserkaraffe und eine Brotschale.

Der Ecktisch war besetzt, die Familie mit den drei kleinen Kindern hatte sich dort niedergelassen. Alle drehten sich zu ihnen um und starrten sie an.

Die Kellnerin deutete auf den mittleren Tisch. Sie lächelte freundlich.

Mia und Sophie schauten sie erwartungsvoll an. Das Mädchen sagte etwas auf Türkisch.

Mia zuckte hilflos mit den Schultern. »Do you speak English?«, fragte sie hoffnungsvoll.

Das Mädchen schüttelte den Kopf.

»Deutsch?«

Wieder schüttelte das Mädchen den Kopf. Sie deutete zur Küche und lief fort.

Sekunden später kam sie mit der Suppe zurück. Sie duftete nach Fisch, Knoblauch und frischen Tomaten. Danach gab es Fleischbällchen in Paprikasoße. Mia schenkte ihnen Wasser ein.

Während sie aßen, kamen weitere Gäste. Alles Türken. Die Kellnerin hatte alle Hände voll zu tun. Allmählich füllte sich das Restaurant mit Stimmen und Lärm.

Die anfängliche Unsicherheit, die Mia und Sophie gespürt hatten, schwand und sie unterhielten sich prächtig.

Das Fleisch war so scharf gewürzt, dass Mia sich ein Bier bestellte.

Sofort spürte Sophie die Blicke der anderen Restaurantbesucher. In der hintersten Ecke saß ein Mann mit zwei Frauen, die beide verschleiert waren. Jedes Mal, wenn sie die Gabel zum Mund führten, hoben sie den Schleier. Sie machten das so geschickt, dass man es kaum sah.

Mia war fasziniert, sie konnte kaum den Blick von den beiden Frauen wenden. Aber auch die Frauen starrten neugierig zu ihnen hinüber. Zwei Welten, die sich begegneten.

»Wir fallen auf«, raunte Mia.

Sophie schaute verlegen auf ihren Teller. »Ist mir ein bisschen unheimlich.«

Mia lachte. »Wieso denn? Ich find's cool, dass wir so anders aussehen. Wir sind hier echt die Attraktion.«

Kinder kamen an ihren Tisch. Das heißt, sie blieben im Abstand von einem Meter vor ihnen stehen, die Arme vor der Brust verschränkt, und schauten sie an. Mia hätte gerne mit ihnen geredet. Als sie etwas auf Deutsch sagte, liefen die Kinder kichernd zu ihren Eltern zurück.

»Dann eben nicht«, sagte Mia achselzuckend und bestellte noch ein Bier. Die Frauen starrten Mia an, während sie trank. Demonstrativ wischte Mia sich mit dem Handrücken über die Lippen. Die Frauen schauten weg.

Sie aßen noch einen süßen, in Honig getränkten Kuchen und dann verließen sie das Hotel.

Die Straße, in der das Hotel stand, wurde von einer schönen altmodischen Straßenbeleuchtung erhellt, die alles in ein romantisches gelbes Licht tauchte. Es waren viele Leute unterwegs. Mittags in der Gluthitze waren die Gassen verlassen und menschenleer gewesen, jetzt war alles mit Leben erfüllt. Autos und Eselskarren, Motorräder, Mopeds und Lieferwagen fuhren auf den Straßen umher.

Sie kamen in eine Straße mit modernen Geschäften, vor einem Möbelgeschäft blieben sie besonders lange stehen und bestaunten den exotischen Geschmack der Leute aus Cayalkuhir. Sie hatten offenbar eine Schwäche für schillernde Damastbezüge und Betten mit geschnitzten, goldverzierten Kopfenden.

Sie entdeckten einen Jeansladen, in dem ausschließlich Männer einkauften, sodass sie sich nicht hineinwagten, einen Autoverleih und ein Internetcafé. Das war aber geschlossen. Sie blieben vor der geschlossenen Tür stehen und versuchten, die Öffnungszeiten zu entziffern.

»Absolut cool«, schwärmte Mia, »dass die hier so was haben. Und ich dachte zuerst, die sind vollkommen hinterm Mond.«

Als sie weiterschlenderten, überlegte Mia laut, wem sie alles eine E-Mail schicken könnte. Sie hatte ihr Adressbuch im Hotel zurückgelassen, später würde sie es nach den E-Mail-Adressen ihrer Freunde durchforsten.

Sie kamen wieder an den Platz, an dem sie der Bus abgesetzt hatte. Wieder stand ein Bus da, um den sich eine Menschentraube scharte.

In den umliegenden Kaffeehäusern war fast jeder Tisch besetzt. Überall spielte eine andere Musik. Die vielen Töne vermengten sich zu einem Klangteppich, der irgendwie exotisch und fremd, aber auch aufregend war.

Mia hatte vor Begeisterung einen heißen Kopf. »Komm«, sagte sie, »wir gehen was trinken.«

Sophie blieb stehen. »Wo willst du denn was trinken?«

»Egal.« Mia schaute sich um. Es gab vier kleine Kaffeehäuser rund um den Platz, alle waren hell erleuchtet und voller Leben. Sie deutete auf das Kaffeehaus, unter dessen rotweiß gestreifter Markise ein paar Plastiksessel standen.

»Da gehen wir hin«, sagte sie entschlossen und ergriff Sophies Hand.

Sophie war wie immer zögerlich. »Da sitzen nur Männer!«, sagte sie.

»Na und?« Mia lachte. »Gleich nicht mehr.«

»Mia, das geht nicht.« Sophie machte sich los. »Wir können uns doch nicht zu den ganzen Männern setzen.«

»Und wieso nicht?«, fragte Mia trotzig.

»Weiß ich auch nicht.«

Zwei junge Frauen kamen ihnen entgegen. Die eine mit Kopftuch und einem langen, unförmigen Kleid, die andere hatte eine modische Kurzhaarfrisur und trug einen weißen Hosenanzug. Ein größerer Kontrast war gar nicht denkbar. Die beiden gingen Arm in Arm an Mia und Sophie vorbei.

»Wir setzen uns dahin, wo die sich hinsetzen«, entschied Mia. »Dann sind wir wenigstens nicht die einzigen Frauen.«

Aber die beiden setzten sich nirgendwohin. Sie steuerten auf eine schmale, erleuchtete Gasse zu und im nächsten Augenblick waren sie verschwunden.

»Okay.« Mia holte tief Luft und deutete auf das Kaffeehaus mit den gestreiften Markisen. »Wir gehen dahin. Ich brauch jetzt eine Cola.«

Sophie zögerte. Sie spürte die Blicke der Männer auf sich, die an den Kaffeehaustischen rauchten, tranken und Domino spielten.

Mit einem Mal fühlte sie sich schrecklich unwohl. Ihre weißen Beine, die weißen runden Knie, ihre weißen Arme, alles erschien ihr mit einem Mal irgendwie nackt.

»Hätte ich bloß eine lange Hose angezogen!«, wisperte Sophie.

Mia lachte unbekümmert. »Aber wieso? Du siehst doch süß aus!«

»Ja, aber …« Sophie beendete den Satz nicht.

Mia hatte einen kleinen Tisch mit drei leeren Stühlen entdeckt und steuerte ihn zielstrebig an.

Ein Kellner wischte gerade die Tischplatte mit einem Lappen ab, als sich Mia und Sophie an den anderen Gästen vorbei zu dem Tisch durchschlängelten.

Ganz plötzlich war es, als würden alle Gespräche abrupt abbrechen. Das Summen und Raunen, das Schwatzen, das den Platz erfüllte, verstummte mit einem Mal.

Sophie schluckte. Sie hielt krampfhaft ihre Handtasche vor der Brust. Mit großen Augen schaute sie Mia an. »Lass uns gehen«, flüsterte sie.

Aber Mia hatte sich bereits gesetzt. Sie zog den Stuhl näher an den Tisch heran und lächelte den Kellner an, der sie keines Blickes würdigte, und sagte: »Two Cokes, please.«

Der Kellner schüttelte den Lappen aus, nahm das Tablett mit den benutzten Gläsern und balancierte es zurück zur Theke.

Mia schaute ihm nach, dann sah sie zu Sophie. »Hat der mich nicht verstanden?«

Am Nebentisch saßen zwei ältere Männer. Sie rückten von Mia und Sophie ab, während sie sprachen.

Alle anderen starrten zu ihnen herüber. Mia tat, als mache ihr das nichts aus. Im Gegenteil, sie schien es fast zu genießen, so viel Aufmerksamkeit auf sich zu ziehen. »Schön hier.« Sie atmete tief durch. »Gefällt mir. Gute Stimmung, oder?«

Sophie brachte keinen Ton heraus, sie hatte einen dicken Kloß im Hals.

Hinter der Theke stand der Wirt und schenkte Bier aus. Aus der Durchreiche zur Küche wurden Kaffeetassen gereicht. Der Kellner stellte frische Aschenbecher auf das Tablett. Mia und Sophie konnten ihn die ganze Zeit beobachten, und als er wieder in ihre Richtung lief, hatte er keine Gläser mit Cola dabei.

»Mhmh«, machte Mia und verschränkte stirnrunzelnd die Arme vor der Brust. »Ich glaub, der hat mich wirklich nicht verstanden.«

Sie warteten, bis der Kellner seine Bestellungen verteilt hatte, dann hob sie die Hand und schnippte laut mit den Fingern.

»Hallo!«, rief sie. »Hallo? Kellner?«

Der Kellner drehte sich sehr langsam um und schaute Mia an. Er blickte ihr direkt in die Augen, sah dann wieder weg und verschwand im Inneren des Kaffeehauses.

Mia blies empört die Backen auf. »Wie findest du denn das? Will der uns nicht bedienen oder was?«

In diesem Augenblick kamen quer über den Platz drei junge Typen gelaufen. Schlaksig, lässig, die Hände in den weiten Hosentaschen. Mit leuchtend weißen Nike-Turnschuhen schlenderten sie über den Platz. Einer trug eine Sonnenbrille im Haar, der andere hatte eine rote Baseballkappe falsch herum auf dem Kopf. Der dritte schob ein Fahrrad, auf dessen Gepäckträger ein Gettoblaster festgebunden war. Aus dem Radio plärrte laute Musik, die alle anderen Geräusche übertönte.

Endlich wandten die Männer ihre Blicke von Sophie und Mia und sahen zu den Typen. Jemand rief ihnen etwas zu, woraufhin der Junge mit dem Fahrrad lachte und die Musik noch ein bisschen lauter stellte.

Sie blieben vor dem Kaffeehaus stehen. Der Junge mit der Baseballkappe deutete mit dem Kopf auf den Tisch von Mia und Sophie. Die anderen starrten jetzt auch zu ihnen herüber. Der Junge stellte die Musik ab, schnürte den Gettoblaster los und ging gemeinsam mit seinen Begleitern ins Kaffeehaus hinein.

Mia verfolgte die Typen aus den Augenwinkeln. Sie stellten sich an die Bar oder besser lümmelten sich an die Bar mit aufgestützten Ellenbogen, klopften Zigaretten aus den Schachteln und rauchten tief inhalierend. Mia und Sophie schenkten sie keine Beachtung.

Irgendwie erschien es den Mädchen albern, in diesem Kaffeehaus zu sitzen, inmitten von vielen Leuten, und zu spüren, dass sie nicht bedient wurden. Das war alles sehr seltsam.

»Vielleicht wollen die unser Geld nicht«, meinte Mia.

Der Junge an der Bar hatte seine Sonnenbrille aufgesetzt. Er kam auf ihren Tisch zu. Er tat sehr lässig, legte zwischendurch einem der Männer die Hand auf die Schulter, deutete einem Kartenspieler auf eine Karte und ging weiter.

Wie zufällig stand er plötzlich vor ihrem Tisch.

»Merhaba«, sagte er.

Mia lachte. »Was?«

»Hallo«, sagte der Typ.

»Oh, hallo.«

»Ihr deutsch?«, fragte der Junge. Er nahm seine Sonnenbrille ab. Er sah irgendwie schleimig aus. Sophie mochte ihn nicht.

»Red doch nicht mit dem«, murmelte sie.

Die Männer vom Nachbartisch lehnten sich vor, mit hochgezogenen Schultern. Man merkte, dass sie aufmerksam mithörten.

»You speak English?«, fragte Mia.

Der Typ nickte. Er nahm den freien Stuhl und setzte sich rittlings darauf. »You are from England?«, fragte er.

Die anderen beiden Typen lehnten jetzt mit dem Rücken am Tresen und beobachteten die Szene.

»Hör auf, mit dem zu reden!«, flüsterte Sophie, ihr Gesicht glühte. Sie hatte überhaupt keinen Durst mehr. Am liebsten wäre sie aufgestanden und weggegangen.

Aber Mia wollte nicht klein beigeben. Sie hatte immer schon viel mehr Mut gehabt als die ängstliche, vorsichtige Sophie.

»We are from Germany«, sagte Mia freundlich. »Do you know Germany?«

Der Junge schüttelte den Kopf. Er schnippte mit den Fingern. Die Jungen am Tresen drückten ihre Zigaretten aus und kamen zu ihnen herüber.

»Mann! Mia!«, wisperte Sophie, »das ist doch Mist!«

»Wieso denn«, flüsterte Mia zurück, »die sind doch nett.«

»Die sind überhaupt nicht nett!«, wisperte Sophie.

Und schon standen die anderen beiden vor ihnen. Einer trug das Radio unter dem Arm.

»Hi«, sagte der mit dem Radio.

Mia lachte. »Hi, kann irgendeiner von euch vielleicht Deutsch?«

Der mit der Baseballkappe schüttelte den Kopf. »At school we learn only English. Not German.«

Mia zuckte mit den Achseln. Egal. Hauptsache, man konnte sich irgendwie unterhalten. Mia hatte einmal zwei Wochen bei einer englischen Familie verbracht. Das war in Southampton gewesen, einer schönen Stadt im Süden von England, direkt am Meer. Leider hatte ihre Gastfamilie jedoch den ganzen Tag gearbeitet, sodass Mia die meiste Zeit allein gewesen war. Als sie wieder nach Deutschland zurückgekommen war, hatte sie ungefähr so viele Vokabeln gewusst wie vorher.

Sophie hatte sich nie für Fremdsprachen interessiert. Sie

hatte immer das Gefühl gehabt, dass sie vollkommen unbegabt sei. Natürlich sprach sie ein bisschen Englisch, immerhin hatte sie es sechs Jahre in der Schule gehabt. Aber das meiste war längst vergessen.

Also war es wieder einmal Mia, die die Unterhaltung aufrechterhielt.

Die Jungen wollten woanders hingehen, so viel war schnell klar geworden. Mia versuchte, ihnen zu erklären, dass sie eine Cola bestellt hätten. »Aber die kommt nicht«, sagte sie.

Die Jungen schauten sich an und grinsten.

»Ihr sitzt nicht im Familienbereich. Im aile cay bahcesi«, sagte der mit der Baseballkappe.

»Und was ist das?«, fragte Sophie. Die drei schauten sich wieder an und grinsten. Der mit der Sonnenbrille legte Sophie den Arm um die Schulter. »Ist egal.«

Sophie versuchte, ihn abzuwehren. Der mit dem Radio sagte etwas zu seinem Freund, woraufhin er schließlich abließ von Sophie.

Der Kellner kam an ihren Tisch. Er sagte etwas. Die Jungen lachten. Einer zog sein Portmonee und zahlte.

Dann forderten sie Mia und Sophie auf mitzukommen.

»We know a good place«, sagten sie.

Mia lachte. »Okay.«

Sie verließen gemeinsam den Platz, gefolgt von hundert Augenpaaren.

Der Junge schnürte wieder das Radio aufs Fahrrad, der mit der Sonnenbrille fasste Mia um die Taille und drängte sich an sie.

»Hey!«, rief Mia. »Keep off!«

Der Junge ließ sie sofort los, schaute sich um und hob die Arme, um allen zu zeigen, dass er nichts gemacht hatte. Die anderen lachten. Sie deuteten auf eine beleuchtete Straße gegenüber dem Eingang zum Basarviertel.

»Mia«, flüsterte Sophie, »ich finde, wir sollten ins Hotel zurück.«

»Ist doch nicht dein Ernst!«, rief Mia empört. »Weißt du, wie spät es ist? Zehn Uhr! Willst du im Ernst am ersten Urlaubstag um zehn ins Bett?«

»Wir sind heute unheimlich früh aufgestanden.«

»Ja, aber du hast den ganzen Nachmittag im Hotelzimmer rumgehangen. Verstehst du das unter Urlaub?« Sie sprachen hitzig miteinander, halblaut, und drehten dabei den Jungen den Rücken zu.

Die Jungen warteten in einiger Entfernung. Sie gaben sich lässig und selbstbewusst. Das ärgerte Sophie. Aber sie konnte Mia nicht erklären, was sie eigentlich störte und wovor sie Angst hatte.

»Also gut.« Mia lenkte ein. »Wir gucken uns den Laden an, von dem sie erzählt haben. Und wenn er dir nicht gefällt, dann sagen wir Danke, das war's. Okay?«

Sophie nickte halbherzig. Mia winkte den Jungen. Sie nahmen die Hände aus den Taschen und kamen auf sie zu.

»Okay«, sagte Mia, »we can go. Is it far?«

Nur zehn Minuten, sagten die Jungen. Der mit der Baseballkappe sagte immer wieder: »Good place. Nice place«, und nickte ernsthaft. Er sah von den dreien am nettesten aus. Sie liefen nebeneinander auf dem Fahrweg der Straße.

Einmal kam ihnen ein Auto entgegen und sie mussten ausweichen. Es waren auch jetzt, abends um zehn, Familien mit kleinen Kindern unterwegs. Die Leute kannten sich, viele grüßten die Jungen, einmal blieb auch ein Ehepaar stehen und redete mit dem Jungen, der das Fahrrad schob. Alles wirkte ganz entspannt und harmlos.

»Siehst du«, flüsterte Mia Sophie zu, »alles in Ordnung.«

»Du weißt doch gar nicht, was die gesagt haben«, zischte Sophie.

Mia umarmte ihre große Schwester. »Sei doch nicht immer so ein Angsthase!«

Der Ort, an den die Jungen sie brachten, war ein hell erleuchtetes Haus. Vor der Tür standen Jungen in Gruppen herum, rauchten und diskutierten.

Aus dem Haus, dessen Fenster alle erleuchtet waren, dröhnte eine türkische Variante von Rockmusik. Durch die offenen Fenster konnte man Jungen sehen, die miteinander tanzten. Auf einer Bank an der Hauswand saßen zwei Mädchen mit Kopftüchern, die zusammen eine Illustrierte anschauten.

Mia fragte, was das für ein Haus sei.

»Our school«, sagte der Junge lachend. »Not any more. But before.«

»Vielleicht so eine Art Jugendhaus oder Freizeithaus«, meinte Mia.

Sie folgten den Jungen in den großen Raum. Es gab einen
provisorischen Tresen, das heißt, eine Ecke mit Cola und Fanta und Bierkisten und zwei Typen, die die Flaschen he-

rausnahmen, öffneten und weiterreichten, einer verwaltete die Kasse. Es sah wirklich aus wie eine von Jugendlichen organisierte Fete.

»Es ist okay, oder?«, flüsterte Mia.

Sophie nickte. Sie hatte noch andere Mädchen entdeckt, eine Gruppe von vier Mädchen, die alle Kopftücher trugen, aber modische Sachen, und in einer Ecke des Raumes ganz ausgelassen und fröhlich miteinander tanzten.

Die Jungen spendierten Cola. Sie stellten sich mit ihren Spitznamen vor. Erdo, Abdo und Mehdi. Mehdi war der mit der Sonnenbrille, Abdo der mit der Baseballkappe und Erdo der mit dem Fahrrad.

Sie standen mit ihren Drinks auf der Straße vor dem Haus und bewegten sich ein bisschen nach der Musik. Der Abend war warm, über ihnen leuchteten die Sterne.

Mia fragte Erdo, der neben ihr stand, ob er die Mädchen kannte. Er warf einen kurzen Blick hinüber und nickte.

»Aus der Schule?«, fragte Mia.

Erdo nickte erneut, mit ziemlich gleichgültiger Miene.

Die Mädchen schauten immer mal wieder zu ihnen herüber und jedes Mal lächelte Mia, aber die Mädchen lächelten nicht zurück, schauten nur mit großen Augen.

Die vier Tänzerinnen hörten auf zu tanzen, sie lehnten sich an die Häuserwand und schauten ebenfalls zu Mia und Sophie.

Sophie musste aufs Klo. Jemand zeigte ihr den Weg. Gerade mal zehn Sekunden später war sie mit hochrotem Kopf wieder da.

»Was ist?«, fragte Mia.

Sophie schüttelte verlegen den Kopf.

»Ich denke, du musst aufs Klo?«

»So dringend nun auch nicht«, murmelte Sophie.

»Ah«, sagte Mia, »verstehe. Es ist eklig, stimmt's?«

Sophie nickte nur.

Mia gab ihrer Schwester einen kleinen ungestümen Kuss. »Du bist echt süß«, rief sie, »du fürchtest dich wirklich vor allem.«

Sophie sah ihre Schwester an. »Ich möchte ins Hotel«, sagte sie. »Bitte.«

Mia seufzte. Schließlich nickte sie.

Als Abdo fragte, was los sei, erklärte Mia, dass sie müde wären und in ihr Hotel wollten. Sofort waren die drei bereit, sie dorthin zu begleiten. Das war gut, denn Mia hätte, so selbstbewusst sie auch tat, den langen Weg zurück nicht gefunden.

Irgendwann konnte Sophie in ihren Sandaletten nicht mehr gehen. Sie hatte sich eine Blase gelaufen. Erdo bot an, sie vorn auf der Lenkstange zu schieben.

Sophie zögerte.

Aber Mia sagte: »Mann! Feigling!« Und so setzte Sophie sich auf die Lenkstange und Erdo schob das Rad. Sein Atem war nah an Sophies Gesicht und als sie versuchte, sich weiter zurückzulehnen, streifte er wie zufällig mit den Armen ihren Oberschenkel. Abdo erzählte Mia von einem schönen Beach. Der schönste Beach der ganzen Gegend. Am Wochenende sei es dort zwar sehr voll, aber unter der Woche wunderbar. Er erzählte ihr, dass sie nachts im Meer schwimmen würden. Nachts sei es viel schöner als am Tag.

Je länger sie sprachen, desto besser verstanden sie sich. Er legte seinen Arm um Mias Schultern. Das störte Mia nicht. Die Jungen in ihrer Schule machten das auch oft. Sie hatte mit diesen Berührungen kein Problem, im Gegensatz zu Sophie.

Sie mussten lange gehen, bis sie endlich am Hotel waren.

»Lass die ja nicht mit rein!«, wisperte Sophie, als sie vom Rad herunterkletterte.

»Glaubst du, ich bin blöd?«, gab Mia zurück.

Die Jungen warfen einen neugierigen Blick in die Empfangshalle des Hotels und erklärten, dass sie sich das Haus gerne mal etwas genauer ansehen würden, da es erst vor einem Monat eröffnet habe.

»Wie ist euer Zimmer?«, fragte Abdo.

Mia lachte. »Schön.«

»Groß?«, fragte Erdo. »Wie groß ist das Bett?«

»Ziemlich groß«, sagte Mia.

Die Jungen riefen sich etwas auf Türkisch zu und lachten laut.

Da hatte Mia genug. »Okay«, sagte sie, »nice to meet you. We go to bed.«

Abdo fragte, ob sie nicht mit ins Bett kommen könnten, aber das war als Scherz gemeint. Denn sie lachten, als Mia ihnen einen Vogel zeigte.

Protokoll: Kemal

Ich hab sofort am nächsten Morgen erfahren, was los gewesen ist. Bei uns im Ort bleibt nichts geheim. Alle haben erzählt, dass Abdo und seine Jungs zwei deutsche Mädchen aufgerissen hatten. Sie wussten alles von ihnen: Namen und Hotel, wie lange sie bleiben würden.

Das Entscheidende war ja, dass Mia und Sophie ohne irgendwelche Verwandten gekommen waren, ohne Begleitung. Also ohne Schutz. Sie waren Freiwild. Und die Jagd hatte schon begonnen. Aber das wussten sie nicht. Sie dachten, hier in Cayalkuhir ist es so wie in Deutschland, wie in irgendeiner Stadt im Ruhrgebiet. Hab ich ja am Anfang auch gedacht. Deshalb mach ich ihnen überhaupt keinen Vorwurf. Überall sonst wäre es total okay gewesen, wie Mia sich verhalten hat. Jedenfalls an dem ersten Tag. Aber nicht hier, nicht bei uns.

Die Töchter dürfen nur in Begleitung ihrer Eltern oder ihrer Brüder auf die Straße. Wer mit 15 kein Kopftuch trägt, ist schon verdächtig. Eltern, die ihre Töchter in Jeans rumlaufen lassen, werden schief angesehen. So ist das bei uns. Am Strand zeigen sich die Mädchen nie, und wenn, dann nur vollkommen bekleidet. Weil das aber keinen Spaß macht, in der Hitze mit Kopftuch und langem Rock am Strand zu sitzen, gehen sie gar nicht erst da hin.

Die Sache mit dem Kaffeehaus hätte ich ihnen erklären können. Das hab ich mir auch zum Vorwurf gemacht, dass ich Mia nicht gewarnt hatte.

In unserem Ort gehen Frauen nicht in diese Art von Kaffeehäusern. Und sie setzen sich schon gar nicht auf die Terrasse, wo sie angestarrt werden können wie Tiere in einem Zoo. Jedes Restaurant hier bei uns hat ein Extrazimmer oder einen getrennten Garten für Frauen oder Mädchen wie Mia und Sophie. Nur, dass die Mädchen bei uns sowieso kein eigenes Geld haben, um sich in ein Kaffeehaus zu setzen. Es ist eben alles anders.

Schwer zu erklären und ich weiß, es klingt auch blöd, dass die Mädchen viel weniger Freiheit haben als die Jungen. Ich weiß ja, wie meine Schwester sich fühlte. Wie in einem Käfig. »Ich werde von meinen Eltern gefangen gehalten«, sagte sie immer. Aber es war nur mein Vater, der sie gefangen hielt, meine Mutter war darüber unglücklich. Das weiß ich. Aber sie wagte nichts zu sagen. Gegen meinen Vater hat sie keine Chance. Er bestimmt ganz allein, was in unserer Familie geschieht. Und es geht immer um die Ehre, um Namus.

Die Ehre darf nicht verletzt werden. Die Töchter müssen als Jungfrauen verheiratet werden, egal wie alt sie sind. Sie dürfen vorher mit keinem Jungen geschlafen haben. Bei uns gibt es sogar noch Familien, die lassen bei ihrer Tochter den Jungfräulichkeitstest machen, dabei ist das nach dem Gesetz längst abgeschafft. Die Familienväter sind immer im Stress, weil sie Angst haben, die Frauen könnten ihre Ehre verletzen.

Mein Vater hat meinen Schwestern eingebläut, dass sie die Augen immer gesenkt halten müssen, wenn sie auf die Straße gehen. Niemals einen Mann ansehen! Niemals einem Jungen zulächeln! Das könnte schon die Ehre der ganzen Familie verletzen. Verrückt, was?

Meine Schwestern dürfen es nicht zulassen, dass ein Junge oder ein Mann sie einfach nur freundschaftlich umarmt oder ihnen den Arm auf die Schulter legt. Das ist schon ein Test, ob sie noch mehr mit sich machen lassen.

Ich meine, dass Sophie vorne auf dem Rad von Erdo gesessen hatte, das war eine unglaubliche Geschichte! Sie hatte von diesem Augenblick an schon als ehrlose Frau gegolten. Und dann ihre freizügige Kleidung. Ich weiß genau, was meine Freunde gedacht und wie sie nachher über Mia und Sophie hergezogen haben. Ich weiß es einfach. Und ich finde es furchtbar. Aber sie sind so erzogen. Sie waren nie in Deutschland. Sie kennen auch nicht das Leben in Istanbul.

Ich meine, in Istanbul lassen die Mädchen sich schon lange nicht mehr von ihren Vätern vorschreiben, wie sie sich zu benehmen haben. In Istanbul gehen sie Arm in Arm mit ihrem Freund spazieren, küssen sich auf offener Straße, wohnen zusammen, auch wenn sie noch nicht verheiratet sind. Da leben sie wie in Westeuropa. Jedenfalls in einigen modernen Stadtteilen. An der Universität sowieso. Da ist alles wie in Barcelona oder München. Hier leben die Mädchen und Frauen in einer Art Gefängnis, das die Familie für sie errichtet hat.

Sie werden Tag und Nacht beobachtet und bewacht, beschützt und kontrolliert. Wir Jungen dagegen können alles machen.

Das ist doch verrückt: Die Mädchen dürfen einen Jungen nicht mal anlächeln, aber die Jungen dürfen mit einem Mädchen Sex haben, ohne dass jemand sie bestraft. Wie soll das gehen?, frage ich mich. Aber erzählen Sie das mal Leuten wie meinem Vater. Er schwört auf die Traditionen, die alten Sitten.

Letzte Woche hat eine Familie ihre eigene Tochter zu Tode gesteinigt, weil sie schwanger und nicht verheiratet war. Sie ist von ihrem Onkel vergewaltigt worden. Aber man hat nicht den Onkel bestraft, sondern die Frau ... Es hat in allen türkischen Zeitungen gestanden. Alle haben sich aufgeregt über diesen mittelalterlichen Horror. Frauen haben die Tote beerdigt. Das war ein Protest, denn im Islam tragen immer nur Männer die Särge mit den Toten. Im Fernsehen haben sie es gezeigt und gesagt, dass das Gesetz solche Familienrache verbietet. Gut, das war in einem kurdischen Dorf an der Grenze zu Syrien. Aber ich denke, so was könnte hier auch passieren.

Damals als ich in Berlin wohnte, haben wir praktisch immer nur über Sex geredet. Über Frauen. Das war einfach so, das hat was mit dem Alter zu tun, mit den Hormonen. Und hier ist es genauso: Alles dreht sich um Sex.

Irgendwie also ganz normal. Aber wenn diese Jungen überhaupt keinen Kontakt zu den Mädchen haben dürfen, ich meine, nicht einmal im Bus nebeneinander sitzen! Da suchen die sich natürlich andere Möglichkeiten. Und das sind eben die Touristinnen.

In der Türkei hat es sich rumgesprochen, dass Mädchen aus anderen Ländern viel freier erzogen sind. Dass sie flirten, dass sie sich küssen lassen und abends in die Disco gehen.

Bei uns dürfen Jungen natürlich in die Disco. Aber was ist eine Disco ohne Mädchen? Also müssen wir immer versuchen, ausländische Mädchen zu finden, mit denen man Sachen machen kann, die hier mit türkischen Mädchen verboten sind. In Antalya ist das leicht. In Antalya oder Izmir oder Istanbul ist ja sowieso alles anders.

Als das Hotel gebaut wurde, hagelte es Proteste. Die Alten fürchteten, dass jetzt lockere Sitten einziehen und dass die Leute im Ort die Gesetze des Islams nicht mehr so sorgfältig beachten würden. Der Imam hat beim Freitagsgebet in der Moschee gegen den Verfall der Sitten gewettert und vor den Gefahren für uns Jugendliche gewarnt. Die Jungen haben das natürlich anders gesehen. Nachts sind sie in das noch im Bau befindliche Hotel eingestiegen, um die Badezimmer anzusehen. Türkische Bäder sehen anders aus, besonders türkische Toiletten, wir haben nur ein Loch im Fußboden und wir reinigen uns mit Wasser und Seife, mit der linken Hand. Wir nehmen kein Papier. Ich meine, ich bin in Deutschland aufgewachsen. Ich weiß, wie ein Hotelzimmer aussieht und ein Bad für internationale Gäste. Ich weiß das. Aber viele Jungen hier im Ort wussten das nicht.

Die Zeitung war voll von Geschichten über die Reiseveranstalter, die kamen, um den Strand zu begutachten und die Attraktionen, die unser Ort zu bieten hat.

Der Bürgermeister wollte eine Discothek bauen, weil Touristen so was wollen. Aber das hat er bis heute nicht durchsetzen können. Der Bürgermeister, der jung und ziemlich modern ist, kämpft gegen den Imam, der alles Westliche verbieten möchte.

Seit das Hotel eröffnet wurde, sind die Kaffeehäuser rund um den großen Platz mittags immer voller Leute, die sehen wollen, wer mit dem Bus ankommt, um die Touristen anzustarren. Anfangs kamen nur Türken aus Istanbul, dann aber eine Gruppe Engländer und dann eine Reisegruppe aus Dänemark. Blonde Mädchen mit blauen Augen. Boah, da war was los. Wir sind den Mädchen hinterhergestiegen. Sie konnten keinen Schritt alleine tun. Wir haben sie nie aus den Augen gelassen. Aber damals haben wir uns noch nicht gewagt, mit ihnen zu reden.

Es ist uns Dorfbewohnern ja strengstens verboten, das Hotel zu betreten. Das hat der Imam mit dem Hotelbesitzer ausgehandelt. Kein Junge darf rein. Weder an die Bar noch ins Restaurant. Deshalb lungern viele draußen vor dem Hoteleingang herum. Manche warten die ganze Nacht, sitzen da auf dem Bordstein, rauchen und warten. Andere cruisen mit ihren Fahrrädern herum oder ihren Mofas. Die ganze Nacht kannst du die Mofas hören, den Motorenlärm in den engen Gassen. Der Wahnsinn. Ich sag Ihnen was: Seit dieses Hotel gebaut wurde, ist Cayalkuhir nicht mehr, was es früher mal war. Da bin ich genau der Meinung wie mein Vater. Und meine Mutter. Wie alle unsere Verwandten.

Früher war alles ganz klar geregelt. Die Alten haben sich

sicher gefühlt, weil sie die Jungen unter Kontrolle hatten. Und die Frauen.

Aber auf einmal, als das Hotel aufmachte, war niemand mehr sicher. So schnell geht das.

Ich find's ja gut. Ich meine, es musste was passieren. Es konnte ja nicht so weitergehen, dass hier manche Leute wie im Mittelalter leben, während die in Istanbul so tun, als gäbe es keinen Islam, keine islamischen Gesetze.

Mir tut es bloß unheimlich leid wegen Mia. Was die deswegen durchmachen muss.

Ich meine, ich bin sicher, dass Mia nichts Falsches tun wollte. Dass sie niemanden provozieren wollte. Mia wollte nicht die Würde unseres Ortes verletzen, sie wollte nicht den Islam beleidigen. Egal, ob sie an einen anderen Gott glaubt oder an gar keinen Gott.

Mann, Mia war 16, als das passierte. Sie hatte sich wahnsinnig auf diesen Urlaub gefreut, das hatte sie mir gleich am Anfang erzählt, und sie wollte einfach ein bisschen Spaß haben. Mehr doch nicht. Und dann hat sie irgendwann nicht gemerkt, wie weit der Spaß hier gehen darf. So wurde sie zu einer ehrlosen Frau. Ich hab geahnt, dass so was passieren könnte. Und ich habe sie nicht gewarnt.

An ihrem zweiten Urlaubstag frühstückten Mia und Sophie im Innenhof. Unter einem Olivenbaum waren zwei Tische gedeckt, einer für die türkische Familie, der andere für Mia und Sophie.

Die türkische Familie war gerade im Aufbruch, als die

Mädchen kamen. Sie grüßten freundlich und Sophie musste das Spielzeug des kleinen Jungen bestaunen, eine Art Dinosaurier aus Gummi.

Die Kellnerin brachte Brot, Butter und Honig, Orangensaft und Kaffee. Die Sonne strahlte von einem azurblauen Himmel herab und es ging ein leichter Wind. Der Olivenbaum malte Schattenkringel auf Tisch und Stühle, Mia setzte ihre Sonnenbrille auf, lehnte sich zurück und breitete die Arme aus.

»Schwesterchen!«, rief sie. »Sag einmal, wie toll es hier ist!«

»Es ist toll hier!«

»Und sag, wie supergut wir es getroffen haben.«

»Wir haben es supergut getroffen«, sagte Sophie.

Mia lachte zufrieden. Sie nahm die Sonnenbrille wieder ab und schaute ihre Schwester an. Das alles war ihr Werk.

»Weißt du, was wir jetzt machen, wir rufen die Eltern an. Und erzählen ihnen, wie toll es hier ist. Wo ist dein Handy?«

Sophie kramte das Handy aus ihrer Tasche.

»Vorwahl von Deutschland ist 0049«, sagte Mia.

Sophie warf ihrer kleinen Schwester einen langen Blick zu. »Glaubst du, ich weiß das nicht?«

»Aber ich will auch mit Mami sprechen«, sagte Mia, während Sophie auf das Freizeichen wartete.

Sophie nickte.

»Mami?«, rief sie. »Ich bin's, Sophie. Hi, wie geht's denn so im langweiligen Deutschland?«

Ein Spatz landete auf dem Frühstückstisch, pickte einen Brotkrümel und flog wieder davon. »Es regnet in Oberhausen? Echt? Oh, ihr Armen. Hier ist es wunderschön. Heute bekommen wir bestimmt dreißig Grad.«

»Lass mich doch mal!« Mia schnippte ungeduldig mit den Fingern.

Sophie sagte noch etwas zu ihrer Mutter und gab den Hörer weiter.

»Mami?«, rief Mia. »Rat mal, wo wir gerade sind. Also, wir sitzen hier im Innenhof unseres Hotels ... Ja, das Hotel ist prima. Alles in Ordnung. Ja, wir haben auch ein Bad. Balkon? Nee, aber wir haben eine große Palme direkt vor unserem Fenster. Echt der Wahnsinn. Hier im Innenhof gibt es einen Zitronenbaum, einen Orangenbaum, Oliven, alles, was du willst. Es ist das Paradies! Total schön! Und gleich gehen wir an den Strand. Gestern haben wir ein paar Typen kennengelernt ... Mami, hör doch mal zu. Also, das waren ganz normale Jungen. Ja, so alt wie wir, sechzehn, siebzehn oder achtzehn. Natürlich türkische Jungen. Hier gibt es keine Ausländer. Außer Sophie und mir.« Sie lachte und zwinkerte Sophie zu, die gerade Honig auf ihr Brot träufelte. »Das Hotel ist ganz neu! Die sind hier irgendwie auf Tourismus noch nicht so eingestellt. Aber das ist ja das Tolle! Ich hätte überhaupt keine Lust, in so einen überlaufenen Ort zu fahren. Das hier ist Abenteuer pur, weißt du? Verstehst du? Hier soll es auch einen superschönen Strand geben. Und da gehen Sophie und ich jetzt gleich hin. Wir haben unsere Badesachen schon gepackt ... Ja, ja, keine Angst, wir cremen uns ein. Mit Lichtschutzfaktor Tausend. Sophie, hast du einen Sonnenhut? Mama macht sich schon wieder Sorgen.«

Mia reichte Sophie das Telefon, die ihr bereits erwartungsvoll die Hand entgegenstreckte.

Sophie sagte: »Mami? Ich bin achtzehn, ich weiß, dass ich aufpassen muss. Klar ist die Sonne hier gefährlicher. Wir sind nicht ganz blöd, Mami. Ja, ja, ich pass auf meine Schultern auf. Also, jetzt wird das zu teuer. Geht's denn Papi gut? Schön, grüß ihn schön, ja, gib ihm ein Küsschen.«

»Von mir auch!«, rief Mia.

»Von Mia auch«, sagte Sophie. Und das Gespräch war beendet.

In der Hotelhalle wartete ein etwa dreißigjähriger Mann auf sie. Er trug ein weißes T-Shirt und schwarze Hosen. Er wollte ihnen ein Auto vermieten. Aber Sophie hatte noch keinen Führerschein. Er versuchte, sie zu einer Tour in die Berge zu überreden. Als Mia und Sophie kein Interesse zeigten, wollte er ihnen einen Bootsausflug verkaufen. Zu einer romantischen kleinen Insel. Er sprach sehr gut Englisch und hatte Charme. Aber Mia und Sophie blieben standhaft und lehnten alle Angebote ab.

»Wir sind nur eine Woche hier«, sagte Mia auf Englisch. »Wir wollen keinen Stress, keine Termine, nur am Strand liegen und braun werden.«

Der Mann nickte lächelnd und es schien, als könne er das verstehen.

Er fragte, ob Mia und Sophie die Strände denn schon kennen würden.

Mia erzählte ihm, dass sie gestern schon alles über die Strände gehört hätten.

»Von wem?«, fragte der Mann.

»Von drei Jungen, die wir gestern Abend kennengelernt haben.«

Der Mann nickte. »Passen Sie gut auf«, sagte er.

»Worauf?«, fragte Sophie.

»Auf alles«, erwiderte der Mann.

Mia lachte. »Wir kommen klar, keine Sorge.«

»Ist es denn hier gefährlich?«, fragte Sophie erschrocken und sofort verängstigt.

Der Mann schüttelte den Kopf, er lächelte. »Im Allgemeinen nicht. Es ist eine ruhige Gegend hier. Aber Sie sollten immer vorsichtig sein. Waren Sie schon einmal in der Türkei?«

Als Mia und Sophie verneinten, zog der Mann eine Visitenkarte, auf der »Tourist Guide« stand, und legte sie auf den Tisch.

»Vielleicht haben Sie ja doch irgendwann Lust auf einen Ausflug«, sagte er. »Dann rufen Sie mich bitte an. Wir sind das einzige Tourismusbüro hier in der Gegend. Wir können Ihnen bei allen Angelegenheiten helfen.« Auf der Visitenkarte stand sein Name: Celal Bayar. Und eine Adresse im Zentrum des Ortes. Daneben eine Telefonnummer. »Unser Büro ist von morgens neun Uhr bis nachmittags zwei Uhr besetzt«, sagte Celal.

Sie bedankten sich mit Handschlag.

Die Hotelbesitzerin hatte von der Rezeption aus das Gespräch beobachtet, ohne sich jedoch einzumischen. Erst als der Reiseführer das Hotel verlassen wollte, rief sie ihm etwas zu. Der Mann blieb stehen, erwiderte etwas, grüßte und verließ das Hotel. »Was machen wir damit?«, fragte Sophie.

»Papierkorb«, sagte Mia lässig.

Aber Sophie stecke die Karte in ihre Umhängetasche. »Man weiß nie«, sagte sie, als Mia die Augen verdrehte.

Der Weg zum Strand war heiß und steinig.

Ein Hund folgte ihnen mit eingekniffenem Schwanz. Sobald sie stehen blieben, drehte er ab, rannte ins Meer und paddelte einfach drauflos. Wenn sie weitergingen, kam er wieder heraus, schüttelte sich, sodass die Tropfen meterweit sprühten, und nahm die Verfolgung wieder auf. Es war ein Mischling mit dunkelbraunem, zotteligem Fell und einem weißen Ohr.

Außer dem Hund sahen sie lange kein Lebewesen. Dennoch war Mia sich sicher, dass sie den richtigen Weg eingeschlagen hatten, so, wie Abdo es ihr beschrieben hatte. Sie mussten über einen Felsen klettern, der mit Disteln überwachsen war. Dann kamen schöne runde Felsen, die wie Rücken von Walfischen aussahen. Sie waren jetzt vielleicht dreißig Meter über dem Meer und hatten einen weiten Blick über die Fischerbucht, die weiß getünchten Häuser, die den Strand säumten, auf Gärten und Häuser mit Dachgärten, wo die Wäsche im warmen Sommerwind zum Trocknen hing.

Der Hund, der ihnen bis hierhin gefolgt war, wurde im-

mer zutraulicher. Als Mia und Sophie sich auf einen der runden Felsbuckel setzten, um zu verschnaufen, kam er schwanzwedelnd näher. Er schlich in immer engeren Kreisen um sie herum. Schließlich kam er so nahe, dass sie ihn streicheln konnten. Er stank. Sein Fell war nass und sandverklebt. Er hatte hellbraune, warme Augen und seine Zunge hing weit aus dem aufgerissenen Maul.

»Er hat Durst«, sagte Mia mitleidig.

»Pech gehabt.« Sophie schaute sich um. »Hier gibt es kein Wasser.«

Sie hatten eine Wasserflasche aus dem Hotel mitgenommen. Mia holte die Flasche aus ihrer Badetasche und goss etwas Wasser in eine Felsmulde. Sofort stürzte sich der Hund gierig darauf.

Sie gingen weiter, aber der Hund folgte ihnen nicht mehr. Er hatte umgedreht, ohne sich zu verabschieden.

»Undankbarer Köter«, schimpfte Mia.

Sie folgten dem Trampelpfad zwischen den Felsen und kamen an einen Platz, der dicht mit Ginster bewachsen war. Es roch betörend. Die gelben Ginsterblüten leuchteten vor dem türkisfarbenen Meer.

»Schade, dass wir keinen Fotoapparat mitgenommen haben«, seufzte Sophie.

Ihr Vater besaß eine Kamera, ein ziemlich wertvolles Gerät. Er hatte ihnen angeboten, den Apparat mitzunehmen. Aber dann hätten sie erst lernen müssen, wie man ihn bedient, und ständig in der Angst gelebt, ihn zu verlieren.

»Wir machen die Fotos eben einfach mit unseren Augen und unseren Herzen«, sagte Mia. »Ich weiß zum Beispiel ganz genau, dass ich dieses wunderbare Bild nie vergessen werde. Schau mal.« Sie streckte den Arm aus und deutete auf ein weißes Boot, das genau auf der Horizontlinie dahinsegelte. Über ihnen kreisten Möwen. Von Zeit zu Zeit stießen sie heisere Schreie aus. Drei Möwen hockten nebeneinander auf einer Felsklippe und starrten reglos auf das Meer.

»Wenn es mir mal schlecht geht«, sagte Mia, »dann mach ich einfach die Augen zu und stell mir genau diesen Platz vor. Die warmen Felsen, die Sonne, diese schöne Farbe vom Meer, den weißen Sand, das Schiff am Horizont.«

»Und vergiss nicht, dir den Geruch zu merken. Ginster riecht wie Vanille«, fügte Sophie hinzu.

»Und das Meer nach Salz.« Mia lachte ausgelassen. »Wir werden noch richtige Dichter, was?«

Der Weg hinab zum Strand war übersät mit Unrat, zerknülltem Papier, Plastikflaschen, Tellern, Bechern, alles zerbrochen und weggeworfen. Es lagen Bierflaschen und Coladosen herum. Sie bemühten sich, an dem Dreck vorbeizusehen. Sie wollten sich die Schönheit der Umgebung nicht durch so was verderben lassen.

Als sie schließlich ihre Füße auf den puderweichen Sand setzten, hatten sie beide einen heißen roten Kopf.

»Nächstes Mal nehme ich meinen Sonnenhut mit«, sagte Sophie.

»Du hättest auf Mami hören sollen.«

Sophie nickte. »Gut, dass sie uns nicht sieht.«

»Nachher cremen wir uns gleich ein.«

Sie liefen hinunter bis zum Ufer, streckten ihre Zehen ins Wasser. Das Meer war kühler, als sie erwartet hatten. Aber wunderbar klar, sauber und einladend. Sie schauten sich nach einem Lagerplatz um.

»Eigentlich egal«, meinte Mia lachend, »wir sind sowieso die Einzigen hier.«

Der Strand war sehr viel sauberer als der Weg dorthin. Als ob jemand vor kurzem aufgeräumt hatte. Vielleicht hatte aber auch nur eine besonders große Welle den Dreck mit ins Meer gespült.

Sie zogen ihre Kleider aus, breiteten die Handtücher und die Bastmatten aus. Dann cremte Mia Sophies Rücken und Sophie Mias Rücken ein. Und Arme, Gesicht, Hals, Bauch, Beine. Alles kam dran, sehr gewissenhaft.

Ihre Mutter hatte einmal an der Nordsee einen Sonnenbrand bekommen, der war so schlimm gewesen, dass sie in der Nacht einen Arzt hatten kommen lassen müssen. Seitdem hatte die Mutter einen Horror vor zu viel Sonne. Sie hatte für Mia und Sophie Sonnenhüte gekauft. Aber die sahen so lächerlich und unmodern aus, dass Mia und Sophie sich nicht überwinden konnten, sie mit an den Strand zu nehmen.

Es gab kaum Schatten in der Bucht. Nur wenn man sich ganz dicht an die runden Felsen setzte, konnte man, wenn die Sonne etwas wanderte, vielleicht ein bisschen Schatten abbekommen.

Aber Mia und Sophie wollten ja sowieso braun werden. Mia setzte sich auf die Bastmatte, zog Slip und BH aus und zog ihren Bikini an. Es war ein gelber Bikini mit rotem Muster. Der BH machte aus ihren kleinen Brüsten einen richtig ansehnlichen Busen. Ihr Bauch war ganz weiß.

»Eklig, so weiße Haut«, sagte Mia. Mit einem geübten Griff prüfte sie ihren Bauchspeck. »Ich muss abnehmen«, stellte sie fest. Sophie hatte ihren blauen Badeanzug angezogen. Sophie war eine gute Schwimmerin, eine Weile hatte sie im Schwimmbad trainiert. Deshalb trug sie immer noch diesen hochgeschlossenen Swimsuit aus dünnem elastischem Material. »In dem Ding«, sagte Mia, »kriegst du keinen braunen Bauch und keinen braunen Rücken.«

»Macht doch nichts.« Sophie holte ihren Discman heraus und legte ihn auf ihrer Bastmatte bereit.

»Gehst du nicht ins Wasser?«

»Klar, aber nicht sofort. Ich muss mich erst ein bisschen eingewöhnen.«

Mia baute sich vor ihr auf. Ihr Körper warf einen kurzen Schatten, der gerade reichte, um Sophies Beine zu bedecken.

»Du musst dich immer erst an alles gewöhnen«, stöhnte Mia.

Sophie lächelte, sie setzte ihre Earphones auf. »Was hörst du?«, fragte Mia.

Sophie schüttelte nur den Kopf, um anzuzeigen, dass sie ab sofort nicht mehr gestört werden wollte, und streckte sich auf ihrer Matte aus.

Mia rannte ins Meer. Sie lief in großen Sprüngen und stakste wie ein Storch durchs flache Wasser. Sie ließ das Wasser rechts und links aufspritzen und schlug mit flachen Händen auf die Wasseroberfläche. Sie juchzte, warf sich kopfüber in eine Welle, drehte sich, strampelte, machte Rückenkraul, Brustschwimmen, tauchte unter, öffnete die Augen und sah einen silbernen Fischschwarm, der sich eilig davonmachte. Sie kam wieder an die Wasseroberfläche, wo glitzernd die Sonne auf den Wellen tanzte.

Sie ließ sich treiben, spielte toter Mann. Das Wasser war nicht mehr kalt, sondern wunderbar angenehm.

Hier geh ich nie wieder raus, dachte Mia, während sie sich auf dem Rücken von den Wellen wiegen ließ.

Einmal schwappte eine Welle über ihr Gesicht und Wasser lief in ihren Mund. Sie verschluckte sich und musste husten. Strampelnd reckte sie den Kopf aus dem Wasser. Sie schaute zum Ufer.

Der Strand sah verändert aus. Mia sah ein paar dunkle Flecken am Ufer. Sie schaute genauer hin. Und sah, dass lauter Typen um ihren Badeplatz herumlungerten.

Mia holte tief Luft und kraulte so schnell sie konnte zum Ufer zurück.

Sie waren gekommen. Nicht nur Erdo, Abdo und Mehdi, auch Kemal war da. Und sein Freund Gürcen. Sie trugen alle Badehosen und hockten im Kreis um Sophie herum.

Sophie saß aufrecht da, steif wie ein Brett. Sie hatte ein Badetuch um ihren Körper geschlungen und wirkte sehr angespannt, beinahe panisch.

Einer der Jungs hatte ihre Earphones aufgesetzt. Ein anderer probierte Sophies Sonnenbrille. Einer trank Wasser aus einer Flasche.

Mia rannte. Sie wedelte schon von weitem mit den Armen. Sie lachte strahlend und breitete die Arme aus. »Hallo! Hi!«, schrie sie ausgelassen. »Toller Strand hier! I like this beach! Beautiful!«

Da endlich drehten sich alle Jungs nach ihr um. Mehdi ließ die Wasserflasche in den Sand fallen. Sie glitt ihm einfach aus den Händen.

Protokoll: Sophie

Anwalt: So, Sophie, jetzt kommen wir zu dem entscheidenden Tag. Das war eigentlich erst euer zweiter Urlaubstag, nicht?

Sophie: Eigentlich unser erster. Ohne den Reisetag.

Anwalt: Man kann also sagen, ihr hattet noch keine große Ahnung, wie sich das Leben dort am Strand abspielt?

Sophie: Nein, überhaupt nicht.

Anwalt: Dieser Strand war euch ja von den Jungen aus dem Ort empfohlen worden.

Sophie: Ja.

Anwalt: Ihr habt euch nichts dabei gedacht, als ihr da am Strand ankamt und der vollkommen einsam war?

Sophie: Was sollten wir uns dabei denken?

Anwalt: Es war eine Bucht. Lauter Felsen drum herum. So war es doch, oder?

Sophie: Ja, ganz weißer, weicher Sand. Flaches Wasser. Im Grunde ein idealer Strand für Familien, für Mütter mit kleinen Kindern. Da kann nichts passieren.

Anwalt: Aber es waren an dem Tag keine Familien da.

Sophie: Ist das vielleicht unsere Schuld?

Anwalt: Ich stelle es ja nur fest. Mia ist also sofort ins Meer?

Sophie: Es war heiß. Es gab keinen Schatten. Wir waren verschwitzt. Sie wollte sich abkühlen.

Anwalt: Und du nicht?

Sophie: Ich brauch immer ein bisschen, um mich einzugewöhnen. Ich muss immer alles erst ein bisschen auf mich wirken lassen. Ich hab Musik gehört, mich gesonnt.

Anwalt: Und dann waren auf einmal die Jungen da.

Sophie: Da fiel ein Schatten auf mich, ich dachte, eine Wolke zieht an der Sonne vorbei. Ich hab geblinzelt und da war da einer dieser Jungen, Abdo war es.

Anwalt: Abdo?

Sophie: Das ist eine Abkürzung von Abdullah. Abdo war einer der Jungs, mit denen wir am Vorabend zusammen gewesen waren. Ich dachte zuerst, er wäre nur alleine da. Aber dann, als ich mich umsah, waren da auf einmal insgesamt fünf Jungen.

Anwalt: Erdo, Abdo, Mehdi.

Sophie: Und Kemal und sein Freund Gürcen.

Anwalt: Was hast du gedacht, als die Jungen da auf einmal um dich herumstanden?

Sophie: Also wirklich, was soll ich groß gedacht haben? Ich meine, bei uns zu Hause im Schwimmbad, da stehen auch oft Jungen um einen herum. Die haben irgendwie rumgealbert.

Anwalt: Wie haben die denn gealbert?

Sophie: Na ja, die haben Türkisch miteinander geredet, wahrscheinlich haben sie irgendwelche Witze über mich gemacht, ich weiß nicht. Sie haben gelacht und ich wusste nicht worüber.

Anwalt: Das ist kein schönes Gefühl.

Sophie: War es auch nicht.

Anwalt: Warum bist du nicht aufgestanden und weggegangen?

Sophie: Wohin denn?

Anwalt: Ins Meer?

Sophie: Ich wollte ja. Aber da sah ich, dass Mia aus dem Wasser kam. Die lief an den Strand und winkte. Und ich dachte, Gott sei Dank.

Anwalt: Du wolltest wohl am liebsten weglaufen? Die Sachen packen und nach Hause gehen?

Sophie: Das weiß ich jetzt nicht mehr. Ich weiß nur, ich war froh, als Mia angerannt kam und alle Jungen sich zu ihr umdrehten, ich fand's lustig, dass Mehdi beim Anblick von Mias Bikini die Wasserflasche aus der Hand rutschte. Er hatte den Verschluss nicht richtig zugedreht, sodass das Wasser auslief. Die Flasche fiel in den Sand und sah dann aus wie paniert. Ich glaube, ich hab nur die Flasche angestarrt.

Anwalt: Mia hat sich offenbar gefreut, dass die Jungen da waren.

Sophie: Mia braucht immer viele Leute um sich herum. Immer Gesellschaft. Mia kann nicht gut alleine sein. Aber das ist doch nicht schlimm. Ich meine, man kann doch Mia jetzt nicht zum Vorwurf machen, dass sie nicht sofort auf und davon ist. Immerhin war das ein öffentlicher Strand. Und wir haben ja nicht die Gesellschaft der Jungen gesucht. Die sind zu uns gekommen.

Anwalt: Klar, die sind zu euch gekommen. Und dann?

Sophie: Dann hat Mia sich zu uns gesetzt, wir haben so einen Kreis gebildet und uns was erzählt.

Anwalt: Auf Englisch?

Sophie: Mia kann ziemlich gut Englisch, aber Kemal spricht ja Deutsch. Akzentfrei, wie ein Deutscher. Wenn die anderen sich auf Türkisch unterhalten haben, hat Mia sofort gefragt: Was sagen die? Worüber reden die? Und Kemal hat das dann meistens übersetzt.

Anwalt: Meistens?

Sophie: Na ja, ich glaube, manchmal hat er was ausgelassen. Das war ihm dann peinlich.

Anwalt: Hast du eine Ahnung, worum es da gegangen ist?

Sophie: Die haben sich über unseren Busen unterhalten, denk ich mal. Die haben Mias Busen angestarrt, das war schon doof irgendwie. Ich hab Mia gesagt, komm, wir ziehen uns was an. Aber Mia wollte nicht. Sie hat gesagt: Ich bin hier, um braun zu werden. Hat sich auf der Bastmatte ausgestreckt. Dann sind die Jungen ins Wasser, haben da rumgealbert, sind wieder raus. Dann ist einer weggegangen und hat was zu essen besorgt. Und Getränke. Und wir haben ein Picknick gemacht. Da war die Sonne schon ein bisschen weitergewandert und wir setzten uns in den Schatten der Felsen.

Anwalt: Man kann also sagen, ihr hattet einen unbeschwerten fröhlichen Ferientag am Strand.

Sophie: Ja, kann man sagen.

Anwalt: Die Jungen haben euch nicht angefasst oder irgendwie belästigt?

Sophie: Natürlich nicht.

Anwalt: Immerhin sagst du aber, dass sie ständig euren Busen angestarrt haben.

Sophie: Wenn die uns angefasst hätten, dann wäre sofort Schluss gewesen. Das haben die gewusst, dass da nichts läuft. Mia wollte nur flirten, ein bisschen Spaß haben. Aber mehr nicht. Mehr auf keinen Fall.

Anwalt: Hat Mia eigentlich schon mal mit einem Jungen geschlafen?

Sophie: Soweit ich weiß, nein.

Anwalt: Ihr seid Schwestern, aber auch Freundinnen. Ihr erzählt euch alles?

Sophie: Das meiste jedenfalls.

Anwalt: Habt ihr geraucht?

Sophie: Weiß ich nicht mehr.

Anwalt: Sophie, das ist jetzt wichtig: Hattet ihr eigene Zigaretten dabei?

Sophie: Nein.

Anwalt: Aber die Jungen hatten was zu rauchen.

Sophie: Ja, ich glaube schon, ich erinnere mich nicht mehr so genau.

Anwalt: Jemand hat Mia eine Zigarette angeboten. Das stimmt doch?

Sophie: Ja, kann sein.

Anwalt: Aber das war keine normale Zigarette. Das war eine selbst gedrehte, die Jungen haben euch selbst gedrehte Zigaretten angeboten, stimmt das?

Sophie: Ja.

Anwalt: Du hast das Angebot abgelehnt, aber Mia hat

angenommen. Sie hat mit den Jungen geraucht. Die Zigarette ging im Kreis herum.

Sophie: Ja.

Anwalt: War das Mias erster Joint?

Sophie: Muss ich das jetzt beantworten?

Anwalt: Vor Gericht werden sie dich das fragen, wenn du als Zeugin geladen wirst. Besser, wir gehen das alles durch, damit dich keine Frage überrascht. Also: War das an diesem Tag am Strand Mias erster Joint? Oder kifft Mia öfter mal?

Protokoll: Kemal

An dem Morgen war ich wieder beim Telefonamt gewesen. Ich muss mich da ein Mal in der Woche melden. Zuerst hieß es, ich kann am 1. Juni anfangen, dann auf einmal Ende Juni, dann haben sie gesagt, vor August wird es wahrscheinlich nichts. Ich war schlecht drauf an dem Tag. Auch durch das Gespräch mit Mia und Sophie ist mir wieder klar geworden, wie viel Sehnsucht ich eigentlich nach Deutschland habe. Und was ich alles aufgegeben hab. Ich meine, in Deutschland hätte ich die Schule bis zur mittleren Reife besucht, ich hätte einen anständigen Abschluss gehabt. Ich hätte mich vielleicht bei einer deutschen Firma bewerben können. All das habe ich meinem Vater hundertmal erklärt. Aber der wollte unbedingt zurück. Er hat seine Töchter in Gefahr gesehen, die Familienehre. An mich hat mein Vater keinen Moment gedacht.

Ich meine, was habe ich hier für eine Zukunft? Soll ich vielleicht Bauer werden wie meine Großeltern? Oder nach Izmir ziehen und da in einem Teppichladen arbeiten?

Ich war richtig schlecht drauf an diesem Tag, als sie mir sagten, dass ich den Job immer noch nicht fest in der Tasche hatte. Das bedeutete ja auch: kein Job – kein Geld.

Ich wollte Mia und Sophie einladen. Das hatte ich mir fest vorgenommen. Ich wollte mit ihnen irgendwohin gehen, wo es keine Probleme mit Touristinnen gibt. Ihnen etwas Schönes zeigen, vielleicht mit ihnen in die nächste größere Stadt fahren.

Ich bin vom Arbeitsamt ins Hotel und habe nach den beiden gefragt. Die Besitzerin ist ja eine Tante von Gürcen. Deshalb konnte ich sie nach Mia und Sophie fragen. Und sie hat mir erzählt, dass die beiden an den Strand wollten.

Und damit es keine Probleme gibt, hab ich Gürcen gefragt, ob er mitwill. Ich dachte, Gürcen kann sich mit Sophie unterhalten, er ist ja auch schon achtzehn, und ich kümmere mich um Mia. Mia hat mir vom ersten Augenblick an gut gefallen.

Wir haben also unsere Badesachen geholt und sind an den Strand.

Da waren dann diese Typen. Ich kenne Abdo, Erdo und Mehdi. Ich weiß, wie die drauf sind. Ich meine, die sehen vollkommen harmlos aus und tun nett und freundlich. Aber wenn einer von denen sich zum Beispiel an eine von meinen Schwestern ranmachen würde, dann hätte der keinen guten Tag mehr.

Abdo ist so was wie ein Kleinkrimineller. Der hängt mit komischen Gestalten rum und hat Kontakte zu Leuten, die im Drogengeschäft sind. Ich glaube, er hofft, da mal eine große Nummer zu werden. Er hat sich besonders an einen Typen rangeklemmt, an Serdal. Der ist wegen Drogenschmuggels im Ausland schon mal abgeschoben worden und hat kurze Zeit im Knast gesessen. Vor dem hat Abdo total viel Respekt.

Na ja, jedenfalls ist Abdo bestimmt nicht der richtige

Umgang für deutsche Mädchen, die hier Urlaub machen wollen.

Ich dachte zuerst, es ist Zufall, dass die da bei Mia und Sophie am Strand waren. Aber dann hab ich erfahren, dass sie am Vorabend schon zusammen waren. Klar, ich war eifersüchtig, aber ich hab mir auch Sorgen gemacht. Ich hab mich gefragt, wieso fallen die beiden ausgerechnet auf solche Typen rein?

Ich meine, ich wäre nie auf die Idee gekommen, dass Mia und Sophie abends noch einen Bummel machen. Sonst hätte ich mich ja mit ihnen verabreden können, hätte drauf geachtet, dass sie keine Fehler machen. Denn als Frau, besonders als Ausländerin, kannst du hier jede Menge Fehler machen. Hinter allen Wänden sind tausend Augen, die dich beobachten. Das wissen Mia und Sophie nicht.

Aber ich weiß es.

Ich hab da am Strand versucht, mit Mia unter vier Augen zu reden. Wir sind einmal zusammen schwimmen gegangen, das war am unauffälligsten. Die anderen haben da gerade mit einem Fußball rumgekickt und Sophie hat, glaub ich, Musik gehört.

Ich hab Mia gesagt, was ich von den Typen halte. Mia hat gelacht. »Eifersüchtig?«, hat sie gespottet. Und ist weggekrault. Gute Schwimmerin. Aber Sophie schwimmt noch besser. Ich dachte, okay, wenn sie denkt, dass ich eifersüchtig bin – was soll's. Ich meine, es ist ihre Entscheidung, sich mit Typen wie Abdo einzulassen. Ich bin nicht ihr Babysitter.

Ich hab noch gedacht, wie das wohl wird, wenn das Hotel erst mal richtig läuft und immer mehr Touristen kommen, dann haben Abdo und seine Clique viel zu tun. Das hab ich gedacht.

»Was ist denn so schlimm an den Typen?«, hat sie schließlich gefragt.

Was hätte ich denn darauf sagen sollen? Ich kann doch nicht meine eigenen Leute anschwärzen. Ich kann doch nicht über Leute aus meinem Ort schlecht reden. Immerhin muss ich hier leben. Mia fährt wieder weg nach Deutschland, und alle anderen Touristen, die noch kommen, wollen hier ihren Spaß und dann fahren sie wieder zurück nach Deutschland.

Aber ich muss hier leben, muss mit allen auskommen. Außerdem ist Abdos Vater ein hohes Tier bei der Telefongesellschaft. Und ich wollte da einen Job. Also, es gab verdammt viele Gründe, nichts zu sagen. Außerdem hatte sie wahrscheinlich Recht. Hauptsächlich war ich eifersüchtig. Die anderen hatten mir was voraus: Sie hatten schon einen Abend mit Mia verbracht. Während ich Trottel in meinem Zimmer vor dem Fernseher gehockt habe und Aylin und mein Vater im Nebenzimmer mal wieder laut gestritten haben. Und Mutter in der Küche geweint hat. Ein beschissenes Familienleben.

Als Abdo dann den Joint rausgeholt hat und ihn Mia rüberreichte, hab ich gedacht, hoffentlich sagt sie jetzt Nein. Aber ich konnte sie nicht hindern, oder? Ich meine, jeder ist seines Glückes Schmied. Oder seines Unglückes.

Mia hat den Joint angenommen. Und wie sie ihn geraucht hat, hab ich gewusst, dass das nicht ihr erster Joint war. Und die anderen Jungen haben es auch gewusst. Und sich vielsagende Blicke zugeworfen.

Und das hat mich irgendwie so wütend gemacht, dass ich abgehauen bin. Ich hab mein Zeug genommen und bin die Felsen hochgeklettert. Mia hat mich gesehen. »Wohin gehst du?«, hat sie gerufen. »Bleib doch hier, ist doch lustig hier.«

»Ich find's nicht so lustig wie du«, hab ich geantwortet.

Sie ist dann hinter mir hergelaufen. Irgendwie hat sie vielleicht gespürt, dass da eine Gefahr lauert.

»Was ist los?«, hat sie gefragt. »Warum haust du ab?«

»Sind doch genug andere Typen hier«, hab ich gesagt.

»Aber mit denen kann ich nicht so gut reden wie mit dir.«

»Vielleicht kommt es nicht immer aufs Reden an«, hab ich gesagt.

Wir waren ungefähr fünfzig Meter von den anderen entfernt. Mia in ihrem Bikini, ich hatte wieder meine lange Hose angezogen.

Ich weiß genau, dass die anderen uns beobachtet haben. Aber sie konnten nicht hören, was wir sagten. Abdo hat in dem Augenblick wahrscheinlich Schiss gehabt, ich könnte was verraten. Aber ich bin ja nicht blöd.

Ich hab nur zu Mia gesagt, dass ich es schön finden würde, wenn wir mal was alleine machen könnten.

»Klar«, hat sie gesagt. »Fände ich auch schön. Schlag was vor.«

Ich war so überrumpelt, ich musste mich schnell entscheiden.

»Morgen Abend?«, hab ich dann vorgeschlagen, ich meine, Abende sind irgendwie romantischer.

»Okay«, hat sie geantwortet, »morgen Abend.«

»Ich hol dich im Hotel ab«, hab ich gesagt. »Nach dem Essen um neun.«

»Okay, gut.«

Ich war auf einmal supergut drauf, richtig glücklich. Wir haben uns angelächelt. Da war was in ihrem Lächeln, das hat mir einen Kick gegeben. Ihr Lächeln war irgendwie ein Versprechen, wissen Sie? Ich hab jedenfalls den ganzen Tag gute Laune gehabt. Und den ganzen nächsten Tag auch noch, so sehr freute ich mich auf den Abend.

Ich hab meine Mutter gebeten, mein weißes Hemd zu bügeln. Und ich hatte die neuen Jeans angezogen. Ziemlich lächerlich vielleicht. Aber ich war ziemlich aus dem Häuschen. Ich weiß auch nicht.

Ich hab die Minuten gezählt, bis es endlich acht wurde. Bis es halb neun wurde. Ich wollte gerade aus dem Haus gehen, da begann mein Vater zu brüllen. Wie ein Tier hat er gebrüllt. »Ich bring sie um!!«, hat er geschrien. »Ich bring sie eigenhändig um.«

Aylin hatte wahr gemacht, was sie mir immer angekündigt hatte. Sie hatte ihr Geld genommen, ihre Sachen in einem Koffer verstaut und ist heimlich aus dem Haus. Sie hatte meinen Eltern einen Brief zurückgelassen. »Ich fahre zu André«, hatte sie geschrieben, »zu der großen Liebe meines Lebens. Wehe, ihr lasst mich nicht in Ruhe.«

Sie hatte das alles von langer Hand vorbereitet, ein Taxi hatte sie nach Istanbul gebracht. Als mein Vater den Brief fand, saß sie bereits im Flugzeug nach Paris. Jedenfalls war das genau der Abend, an dem Mia vor dem Hotel auf mich gewartet hat.

Und ich bin nicht gekommen. Ich konnte nicht weg, mein Vater hätte mich totgeschlagen, wenn ich an dem Tag das Haus verlassen hätte.

Ich konnte wirklich nicht weg. Ich konnte Mia auch nicht Bescheid sagen. Telefonieren oder so. Mein Vater durfte nicht wissen, dass ich mit einem Mädchen aus Deutschland ausgehen wollte. Aber wahrscheinlich hätte es ihn in diesem Moment gar nicht interessiert.

Wir sind an dem Abend mit unserem alten Opel nach Istanbul gefahren. Ein Wunder, dass wir heil am Flughafen angekommen sind.

Natürlich war die Maschine nach Paris längst weg. Ich weiß nicht, was mein Vater sich gedacht hatte. Auf der Fahrt hatte er stocksteif am Steuer gesessen, war mit Höchstgeschwindigkeit die Straßen langgebrettert. Ich hab mich ganz klein gemacht auf dem Nebensitz. Mir war so schlecht. Ich hab mich hundeelend gefühlt. Wie ein Stück Vieh, das man transportiert. Bis heute weiß ich nicht, warum mein Vater mich mitgenommen hat. Bis heute nicht.

Vielleicht brauchte er jemanden, der ihn davon abhielt, irgendetwas Wahnsinniges zu tun. Falls Aylin doch noch in Istanbul gewesen wäre. War sie aber nicht. Die Air-France-Maschine war schon Stunden vorher gestartet.

Mein Vater hatte sich die Passagierliste zeigen lassen. Das ging nur deshalb, weil das Flugzeug schon sicher in Paris gelandet war und weil mein Vater behauptete, seine

Tochter sei minderjährig. Wir sind in der Nacht wieder zurückgefahren. Nonstop. Ich hatte Hunger, ich hatte Durst. Mir war speiübel.

Mein Vater saß hinterm Steuer, vollkommen erstarrt, wie aus Stein. Diese Nacht werde ich nie vergessen, mein ganzes Leben nicht.

Mia lag in der Badewanne, als ihre Mutter anrief. Sophie hatte den Fernseher eingeschaltet und zappte durch die türkischen Programme.

Es war kurz nach sieben, um acht Uhr wollten sie zum Essen gehen, und um neun Uhr war Mia mit Kemal verabredet. Mia hatte ein schlechtes Gewissen, Sophie allein zu lassen, aber Sophie beteuerte, es mache ihr nichts aus.

Sie hatte gerade ein neues Buch angefangen, eine spannende Liebesgeschichte, und sie sagte, es würde ihr an nichts fehlen. Sophie war schon immer eine Leseratte gewesen – ganz im Gegensatz zu Mia.

Mia zog den Schwamm durchs Wasser, bis er ganz voll gesaugt war, und drückte ihn dann über ihrem Gesicht aus. Das weiche, nach Orangenöl duftende Wasser rann über ihre Stirn, die Nase, den Hals, das Dekolletee. Es prickelte, weil ihre Haut erhitzt war von der vielen Sonne.

»Willst du sehen, wie braun mein Bauch schon ist?«, rief Mia durch die halb offene Badezimmertür.

In diesem Augenblick klingelte Sophies Handy. Es war Mutter. Mia richtete sich ein bisschen in der Badewanne auf und machte nur noch ganz sachte Bewegungen, um besser hören zu können. Aber der Fernseher war zu laut, sodass

Mia außer einem gelegentlichen Lachen nichts von dem Gespräch mitbekam.

Gerade als Mia beschlossen hatte, ihren Kreislauf mit einer eiskalten Dusche anzukurbeln, stand Sophie in der Tür. Sie war auch schon toll gebräunt, ihr Haar glänzte und ihre Augen strahlten. Sie trug ihr apfelgrünes Leinenkleid und sah richtig umwerfend aus.

»Weißt du überhaupt, wie supertoll du aussiehst?«, rief Mia.

»Im Ernst?« Sophie warf einen prüfenden Blick in den Spiegel. »Meine Haare bleichen aus«, stellte sie fest. »Das war übrigens Mami. Schöne Grüße.«

»Hey«, Mia erhob sich aus dem Wasser, »krieg ich mal das Handtuch da?«

Sophie warf ihr das Handtuch zu und ein Zipfel fiel ins Wasser. Mia wrang ihn aus und begann, ihren Körper trocken zu rubbeln.

»Wie ist denn das Wetter in Deutschland?«, fragte Mia.

»Es regnet in Strömen. Mami sagt, es ist morgens gar nicht richtig hell geworden. Sie mussten das Licht anmachen, um die Zeitung zu lesen.«

Mia kicherte.

»Außerdem ist eine üble Kaltfront auf dem Weg nach Deutschland. Aus Island. Es soll Sturm geben.«

»Uhu.« Mia schüttelte sich. Sie konnte sich eine Kaltfront aus Island sehr gut vorstellen. Die Leute in Deutschland bibberten also mitten im Juli, während sie den Himmel hatten, das Paradies. Einen Strand der Sonderklasse, puderweißer Sand und kristallklares Wasser. Wie in einem kitschigen Film. Und dann dieses Hotel mit dem schönen Innenhof mit Palmen und Orangenbäumen, kleine Zicklein, denen sie dreimal am Tag einen Apfelschnitzer brachten. Nicht zu vergessen die Clique um Abdo, mit denen sie ihre Zeit am Strand verbrachten.

»Was hast du Mami alles erzählt?« Mia rubbelte ihre Haare trocken.

»Na, wie wir den Tag verbracht haben.«

»Und? Was sagt sie?«

»Ich glaube, sie beneidet uns ein kleines bisschen. Sie sagt, dass sie nächstes Jahr auch in den Süden fahren will. Papa ist einverstanden. Sie hat gemeint, wenn es hier so schön ist, könnten wir vielleicht nächstes Jahr alle zusammen herfahren.«

Mia ließ das Handtuch sinken. Sie starrte ihre Schwester an. »Alle zusammen? Nicht dein Ernst, oder? Du hast ihnen das hoffentlich ausgeredet. Das ist unser Platz hier. Nur unser Platz, Schwesterchen. Mit den Eltern Urlaub machen ist doch eine total andere Nummer. Ich meine …«, sie schob Sophie sanft zur Seite, nahm den Föhn aus dem weißen Plastikschränkchen über dem Waschbecken und stöpselte ihn in die Steckdose. »Glaubst du vielleicht, wir hätten all die Typen kennengelernt, wenn wir immer unsere Eltern im Schlepptau hätten?«

Sophie setzte sich auf den Badewannenrand. »Findest du es wirklich gut, heute Abend wegzugehen?«

»Klar, finde ich es gut. Soll ich das rote Kleid anziehen? Was meinst du?«

»Das rückenfreie Kleid?«

»Ich kann im Restaurant ja einen Schal umlegen.«

»Geht ihr denn so fein aus?«

»Keine Ahnung. Aber wann soll ich das Kleid sonst anziehen?«

Sophie nickte gleichgültig. Letzten Endes musste Mia selber entscheiden, was sie anziehen wollte. Sie war kein kleines Kind mehr. Und Sophie nicht ihre Gouvernante.

Sophie ging ins Zimmer zurück und ließ sich aufs Bett fallen. Im Fernsehen brachten sie Nachrichten auf Türkisch. Sophie zappte weiter zu einem Musikkanal. »An die Musik muss man sich echt gewöhnen«, meinte sie. »Klingt alles irgendwie so jaulig, so lang gezogene Töne.«

»Ich find's ganz schön.« Mia stellte sich vor den offenen Kleiderschrank. Sie zog sich an. »Kemal sagt, dass es eine Hip-Hop-Band gibt in Istanbul, ich hab den Namen vergessen, die seien supererfolgreich. Er bringt morgen seinen Discman mit an den Strand. Und ein paar CDs mit türkischer Popmusik. Find ich echt klasse, dass man da mal reinhören kann. Immer nur der amerikanische Kram, ist ja öde.«

Mia zog das Kleid über den Kopf. Die Ösen verhakten sich in ihren Haaren und Sophie musste ihr helfen. Als Mia wieder Luft schnappen konnte, sagte Sophie: »Ich hab Mama übrigens nicht erzählt, dass du heute Abend mit Kemal weggehst.«

»Mhmh«, machte Mia.

»Ich dachte, das wär besser so. Sonst stellt sie lang und breit Fragen und macht sich Sorgen.«

Mia lachte. »Du und Mama. Ihr macht euch immer

gleich Sorgen.« Sie strich das Kleid über den Hüften glatt und schaute ihre Schwester erwartungsvoll an. »Wie seh ich aus?«

»Gut«, sagte Sophie.

Mia verdrehte die Augen. Sie rannte ins Bad, drehte sich vor dem Spiegel, kam wieder zurück. »Gut? Das ist alles?«

»Ein Aufreißerkleid ist das«, sagte Sophie. »Wo hast du das eigentlich gekauft?«

»In Duisburg, bei Karstadt.«

»Und was hast du dir dabei gedacht, als du das gekauft hast?«

»Weiß ich nicht mehr genau. Vielleicht hab ich ja gedacht, dass ich irgendwann mal mit meiner großen Schwester irgendwohin fahre, wo es total schön ist. Wo es richtig heiße Sommerabende gibt und man mit so einem Kleid Eindruck machen kann. Reicht das fürs Erste? Wollen wir endlich gehen?«

Protokoll: Sophie

Es war Montagabend. Und überraschenderweise war das Restaurant ziemlich voll. Als wir kamen, war nur noch unser Tisch am Fenster frei. Wir hatten gehört, dass neue Gäste angekommen waren, Leute aus Schweden. Das war offenbar das junge Pärchen, beide strohblonde Haare, die gleich neben der Tür zum Küchentrakt saßen. Dann war noch eine türkische Familie gekommen, die hatten ein kleines Baby im Buggy dabei. Die Mutter gab dem Baby mit der linken Hand das Fläschchen, während sie mit der rechten ihre Suppe löffelte. Sie machte das irgendwie unheimlich geschickt.

Alle guckten zu uns hin, als wir das Restaurant betraten. Auch die Kellnerin. Ich kann mich noch erinnern, wie sie Mia nachgeschaut hat. Das Kleid, so signalrot. Irgendwie superauffällig. Aber ich meine, das Kleid war schon okay für ein sechzehnjähriges Mädchen. Nicht zu sexy oder so. Es hatte eben einen kleinen Rückenausschnitt. Aber nichts zu Gewagtes. Mia ist ja keine Sexbombe. Sie sah nur aus wie ein Mädchen, das auf Eroberung aus ist. Das spürte man, das hab ich den ganzen Tag gespürt. Seit sie diese Verabredung mit Kemal hatte, war sie anders. Aufgeregt irgendwie. Und ungeduldig. Mia wollte sich verlieben. Sie brauchte zu ihrem Ferienglück so was Prickelndes, Romantisches. Es sollte eben alles genauso werden wie in ihren Träumen.

Der Typ, den sie am besten fand von all den Jungen, war halt Kemal. Weil er so gut Deutsch sprach und weil er so tickte wie Mia.

Sie hatten am Tag viel zusammengehockt. Sie waren sich nicht fremd, waren nicht verlegen miteinander umgegangen. Sie mochten sich, das merkte man. Und wieso auch nicht? Ich meine, wer verbietet, dass ein Mädchen mit sechzehn einen Jungen gut findet, der in ihrem Alter ist, der sich anständig benimmt, sportlich und attraktiv ist? Wieso nicht?

Mia guckte beim Essen alle zehn Sekunden auf die Uhr. Nach der Suppe sollte es Fisch geben. Zuerst kam aber der Salat und da fragte Mia schon die Kellnerin: »And the fish?«

Die Kellnerin erwiderte etwas auf Türkisch, füllte unsere Wasserkaraffe nach und brachte noch mehr Brot. Wir warteten auf den Hauptgang, die anderen Leute auch. Aus dem Lautsprecher über der Tür tönte Musik. Dann tauchte eine der Köchinnen auf. Sie hatte ein schweißnasses Gesicht und trocknete ihren Hals mit einem Geschirrtuch ab. Sie rief etwas, was wir nicht verstanden. Daraufhin fingen alle Leute an zu lachen und schwatzten durcheinander. Wir verstanden kein Wort. Wir guckten irgendwie nur blöd.

Da stand die Schwedin auf und kam an unseren Tisch. Sie sagte auf Englisch, dass die Fische vom Grill in die Glut gefallen und verkohlt seien und die Köchin für uns jetzt Lammragout machen würde. Die Schwedin verstand erstaunlicherweise Türkisch und konnte uns deshalb erklären, was die Köchin gesagt hatte.

Es war inzwischen kurz vor neun. Mia wartete genau bis eine Minute nach neun. Als das Essen dann immer noch nicht da war, verabschiedete sie sich.

Sie fragte mich, ob es mir etwas ausmachen würde, wenn sie schon aufbreche. Was sollte es mir ausmachen? Natürlich hab ich gesagt, viel Spaß, mach's gut und so weiter. Benimm dich, hab ich glaub ich auch noch gesagt. Was man eben so sagt.

Die beiden Schweden waren nett. Sie hieß Annika und er Ole Johann. Wir hatten kurz miteinander geschwatzt und ich hatte noch gedacht, wär schön, wenn man zu denen Kontakt bekäme. Wenn man mal was zusammen unternehmen könnte. Die beiden waren älter als wir, Mitte zwanzig, schätze ich. Aber echt gut drauf und witzig.

Mia war wohl auch ganz erleichtert, dass sie mich nicht vollkommen allein unter lauter Menschen zurückließ, mit denen ich mich nicht unterhalten konnte.

Sie war also weg. Und da kam das Essen. Und das war wirklich superlecker. Annika und Ole Johann hatten gesehen, dass Mia gegangen war, und sind mit ihrer Rotweinflasche an meinen Tisch gekommen. Haben gefragt, ob ich auch ein Glas wollte und ob wir uns nicht noch ein bisschen in den Hof setzen wollten.

Ich fand das total nett. Ich wollte nur noch mal kurz rauf aufs Zimmer.

Und da bin ich durch die Hotelhalle gekommen. Und hab Mia gesehen. Sie stand neben der offenen Hoteltür und schaute ungeduldig nach rechts und links. Scheiße, hab ich gedacht. Der Typ versetzt sie. Ich fand das fies von Kemal. Ich wusste nicht, was ich machen sollte. In dem Augenblick drehte Mia sich um und sah mich. Das war ein peinlicher Moment. »Stehst du schon lange da?«, fragte sie.

Ich schüttelte lächelnd den Kopf. »Bin gerade gekommen, wollte nur noch mal kurz aufs Zimmer. Was ist los?«

»Siehst du doch«, sagte Mia. »Er ist noch nicht da.«

Es war kurz vor halb zehn. »Vielleicht hat er nicht neun gesagt, sondern halb zehn«, sagte ich lahm.

Mia nickte. Sie holte tief Luft. »Hab ich mir auch überlegt«, sagte sie. Und schaute wieder sehnsüchtig zur Tür. Das war nicht auszuhalten.

»Ich bin jedenfalls im Innenhof. Mit Annika und Ole Johann«, sagte ich, »wir trinken Rotwein. Du kannst es dir ja überlegen.«

»Mhmh«, erwiderte Mia, den Blick auf die geöffnete Tür geheftet, »mach ich. Ich überleg's mir. Aber Kemal kommt bestimmt gleich.«

»Klar«, sagte ich.

Und dann bin ich rauf aufs Zimmer und als ich wieder runterging, hab ich die andere Treppe genommen. Weil ich Mia einfach nicht noch mal in Verlegenheit bringen wollte.

Ich dachte, sie weiß ja, wo sie uns findet. Sie kann sich das ja überlegen.

Ich hatte eine total gute Zeit mit Annika und Ole Johann. Wir haben viel gelacht und so, uns über alles Mögliche unterhalten.

Als ich das erste Mal auf die Uhr schaute, war es schon nach elf. Mia war nicht aufgetaucht. Also war für mich klar, dass sie mit Kemal zusammen war.

Ich hab mir überhaupt keine Sorgen gemacht. Annika und Ole Johann wollten am nächsten Morgen ganz früh los, sie hatten eine Bootsfahrt gebucht. Und ich bin ins Bett. Das war so kurz vor Mitternacht. Da war Mia noch nicht wieder zurück.

Aber ich hab mir immer noch keine Sorgen gemacht. Ich bin sofort eingeschlafen. Das kam natürlich auch vom Rotwein, ich bin das Weintrinken nicht gewöhnt.

Ich hab durchgeschlafen bis morgens zum Sonnenaufgang, als der Muezzin zum ersten Mal vom Minarett zum Gebet gerufen hat. Das wird mit Lautsprechern übertragen und ist total laut. Soll es auch, damit alle Gläubigen es hören und in die Moschee gehen oder zu Hause beten. Davon sind Mia und ich die Morgen davor immer aufgewacht. Dieses Mal wurde ich auch wach.

Und da hab ich erst gemerkt, dass Mia nicht da war. Das war morgens um sechs. Und ich dachte, mich trifft der Schlag.

Mia hatte fest damit gerechnet, dass Kemal pünktlich wäre. Als sie um eine Minute nach neun Uhr – nachdem sie ihr Aussehen noch kurz im Flurspiegel überprüft hatte – die Hotellobby betrat, rechnete sie damit, dass er ihr bereits aus irgendeiner Ecke entgegenkommen würde.

Die Hotelbesitzerin saß an der Rezeption und telefonierte. Sie lächelte Mia zu und Mia lächelte zurück.

Dabei wanderten ihre Augen unruhig durch die Halle. In der Ecke mit der rotgoldenen Sesselgarnitur saß ein älterer Herr im schwarzen Anzug und blätterte in einer Zeitung. Er schaute nicht auf. Die Grünpflanzen in ihren großen Tontöpfen vor den Fenstern verdeckten die Sicht auf einen Teil der Straße. Der große Deckenleuchter brannte und verbreitete ein ungemütliches Licht. Es roch nach kaltem Zigarrenrauch, obwohl die Tür zur Straße offen stand.

Mia schaute verstohlen auf die Uhr. Zwei Minuten nach neun.

Sie schlenderte zu dem Zeitungsständer und betrachtete die türkischen Zeitungen. Sie verstand kein einziges Wort, kannte nicht einmal die Leute, die auf der Titelseite abgebildet waren. Der ältere Mann ließ seine Zeitung sinken. Er musterte sie.

Mia lächelte. Der Mann schaute an ihr vorbei. Mia schlenderte zur Wand neben dem Treppenaufgang und betrachtete die gerahmten Fotos. Offenbar zeigten sie das Hotel vor dem Umbau. Damals war es ein riesiges, altes, heruntergekommenes Haus gewesen. Die Fenster waren schwarze Löcher, in denen verwitterte Holzläden schräg in den Angeln hingen. Man konnte aber die Palme hinter dem Haus erkennen. Mias Lieblingspalme.

Ein Foto zeigte einen Jungen neben einer Ziege. Er hielt die Ziege an einem Strick und schaute sehr ernst in die Kamera. Vielleicht war das die Mutter der kleinen Zicklein, die jetzt im Stall standen, dachte Mia. Ihr fiel ein, dass sie den Zicklein am Abend keinen Apfel gegeben hatten. Vielleicht denkt Sophie daran, dachte sie.

Das Zimmermädchen kam die Treppe heruntergeeilt. Eigentlich war es kein Mädchen, sondern eine Frau, die älter wirkte als Mias Mutter. Sie hatte tiefe Ringe unter den Augen, schmale Lippen mit herabhängenden Mundwinkeln. Sie lächelte nie. Sie wirkte wie eine Frau, die Sorgen hatte. Verbittert und unglücklich.

Einmal hatte Mia freundlich Hallo gesagt, da hatte sie aufgesehen und Mia einen Blick geschenkt, den sie nie vergessen würde. In diesem Blick lag ein Vorwurf, Empörung, auch Zorn. Mia konnte sich nicht vorstellen, was diese Frau gegen sie haben könnte. Immerhin wohnten sie in dem Hotel und gaben dieser Frau Arbeit. So konnte man es doch auch sehen, oder?

Sie hatte mit Sophie darüber reden wollen, es dann aber vergessen.

Auch jetzt drängte sich die Frau grußlos an Mia vorbei, entschuldigte sich nicht, als das schmutzige Wäschebündel in ihrer Hand gegen Mias Knie schlug.

Mia scherte sich nicht darum. Dennoch schaute sie der Frau nach, als die durch die Schwenktüren im Wirtschaftstrakt verschwand.

Die Hotelbesitzerin telefonierte immer noch. Dabei blätterte sie in dem Heft, in dem die Buchungen notiert waren. Einen Computer gab es nicht.

Mia schlenderte zur Tür. Draußen war es Nacht. Die Straßenlaternen warfen kreisrundes, weiches gelbes Licht auf das Pflaster der schmalen Gasse. Ein Mann auf einem Moped fuhr heran. Mias Herz schlug schneller, für einen kurzen Moment glaubte sie, dass es Kemal wäre, dann sah sie aber, dass der Mann Gummistiefel trug und eine Wollmütze, vielleicht ein Fischer, der von der Arbeit kam, oder ein Bauarbeiter. Wie kann man bei so einer Wärme nur eine Wollmütze tragen?, dachte Mia.

Das Moped fuhr langsam die Gasse hinunter und bog dann links ab zum Strand.

Aus einem offenen Fenster im gegenüberliegenden Haus drangen Stimmen, erregte, wütende Stimmen, dazwischen das Weinen eines Kindes, das manchmal hysterisch laut anschwoll. Dann war es für einen Augenblick ganz still und Mia konnte das Zirpen der Zikaden hören.

Ein Auto hielt vor dem Hotel, ein silbernes Peugeot-Cabrio. Eine elegant gekleidete Türkin stieg aus und rief Mia etwas zu. Mia hob die Schultern. »Sorry«, sagte sie, »I don't understand.«

Die Türkin lachte. Sie ging um das Auto herum, öffnete den Kofferraum und holte eine Reisetasche heraus. Dann beugte sie sich wieder über den Fahrersitz und drückte auf die Hupe. Im gleichen Augenblick erschien die Hotelbesitzerin. Die beiden Frauen umarmten sich wortreich. Sie küssten sich, hielten sich am ausgestreckten Arm und schauten sich an. Wahrscheinlich machen sie sich Komplimente, dachte Mia.

Mia ging wieder zurück in die Eingangshalle, lehnte sich an die Wand und schaute nach rechts und nach links. Sie wartete.

Es war zwanzig nach neun. Von Kemal weit und breit keine Spur.

Wenig später tauchte Sophie auf, die sich wunderte, dass

Mia immer noch da war. Sie hatten eine kleine Unterhaltung. Mia sagte, dass Kemal bestimmt jeden Augenblick kommen würde. Es war ihr peinlich, dass Sophie sie wie eine Sitzengelassene vorfand.

Sophie erzählte von dem schwedischen Pärchen und dass sie später noch im Innenhof zusammen einen Wein trinken wollten.

»Du kannst es dir ja überlegen«, sagte Sophie. Und Mia nickte. Dann war Sophie verschwunden. Mia stellte sich wieder in die Eingangstür. Oben in dem Haus gegenüber ging das Licht aus. Wenig später hörte Mia das Wimmern eines kleinen Kindes. In einem anderen Zimmer sah sie das flackernde, bläuliche Licht eines Fernsehers. Sonst passierte nichts.

Um zwanzig vor zehn dachte Mia: Ich geb ihm noch fünf Minuten. Sie schaute auf die Uhr. Sie ging auf der Straße auf und ab. Die elegante Frau kam aus dem Hotel, schloss den Wagen ab, lächelte Mia noch einmal zu und verschwand. Sie machte die Eingangstür hinter sich zu. Irgendwie gab Mia das ein besseres Gefühl. Sie fühlte sich weniger beobachtet. Außerdem war es ein schöner Abend und sie konnte die Sterne betrachten.

Die Luft roch süß und schwer. Mias rotes Kleid veränderte seine Farbe, je nachdem, ob sie direkt im Lichtkegel einer Straßenlaterne stand oder am Rand. Im Schatten war es ganz dunkelrot, fast schwarz, und ihre weißen Beine leuchteten, als habe sie überhaupt noch nicht in der Sonne gelegen.

Es war Viertel vor zehn. Sie wollte gerade ins Hotel zurückgehen, als sie Stimmen hörte. Stimmen von Jungen, die rasch lauter wurden. Sie schaute sich um.

Aus einer kleinen Seitengasse tauchten sie auf: Abdo in einem schicken weißen Hemd, Erdo in Oversize-Cargohosen und Mehdi mit einer Zigarette im Mundwinkel, so lässig wie ein Typ, der versucht, einen Hollywoodstar nachzuahmen.

Mia lachte. Sie breitete die Arme aus. »Hi!«, rief sie begeistert. »Wo kommt ihr denn her?«

Die Jungen blieben stehen. Sie schauten sich an und wechselten ein paar Worte, die Mia nicht verstand. Mia lachte. Sie freute sich, die drei zu sehen. Die Jungen waren ihre Rettung. Das hatte Kemal nun davon, dass er sie einfach sitzen gelassen hatte. Sie umarmte Erdo überschwänglich. »Hi, toll euch zu sehen! Wo kommt ihr denn her? Wo wollt ihr hin?«

Das Englisch kam ihr so leicht von den Lippen, als habe sie nie etwas anderes gesprochen.

Erdo war verlegen, aber auch geschmeichelt, dass sie ihn für die Umarmung ausgewählt hatte. »Hi«, sagte er.

Abdo erklärte, dass sie einfach nur so ihre Runde drehten, ohne besonderes Ziel.

»Wir haben euch gesucht«, sagte er. »Wir dachten, ihr seid vielleicht wieder unterwegs.«

»Sophie ist im Hotel«, sagte Mia. »Mit Freunden.«

»Und du?«, fragte Erdo.

Mia wurde rot. Dass Kemal sie sitzen gelassen hatte, ging die anderen nichts an. »Ich? Keine Ahnung. Ich wollte nur mal gucken, was so los ist.«

»Eine Menge ist los.« Mehdi warf die Zigarette lässig auf den Boden und trat die Glut mit der Schuhspitze aus.

Die drei redeten Türkisch. Schnell und mit gedämpften Stimmen. Erdo bot ihr eine Zigarette an, doch Mia lehnte ab.

Abdo holte sein Handy hervor und telefonierte.

Sie waren nur zwanzig oder dreißig Meter vom Hoteleingang entfernt. Der Peugeot der Besucherin stand immer noch da im Lichtkegel der Straßenlaterne. Eine Katze strich um den Wagen herum. Es soll Katzen geben, die gern Benzingeruch einatmen.

Die Fensterläden an der Hausfassade des Hotels waren geschlossen. Durch einige Fenster fielen Streifen hellen Lichts. Sonst war alles völlig still. Und friedlich. Keiner sagte etwas.

Bis auf Abdo, der immer noch telefonierte und sich dabei weiter von ihnen entfernte. Er redete heftig und eindringlich.

Mehdi schlenderte zu Mia herüber. »Wie ist das Hotel?«, fragte er.

»Schön«, sagte Mia.

»Wie war denn heute das Essen?«, fragte Mehdi. »Sie haben nämlich keinen richtigen Koch mehr. Der hat gekündigt. Ist einfach so abgehauen.«

»Woher weißt du das?«

»Meine Mutter arbeitet in eurem Hotel«, sagte Mehdi.

»Echt? Deine Mutter arbeitet da? Was macht sie?«

»Sie putzt«, sagte Mehdi.

Mia starrte Mehdi an. Für einen Augenblick sah sie wieder die verbitterte Frau mit den tiefen Rändern unter den Augen vor sich. Ob das seine Mutter ist?, dachte Mia. Ob sie deshalb so sauer ist? Weil ihr Sohn sich mit den Urlauberinnen vergnügt, für die sie die Zimmer putzen muss?

Abdo hatte das Gespräch beendet. Er ließ das Handy in die Hosentaschen gleiten und kam zu ihnen zurück. Erdo fragte ihn etwas, Abdo nickte.

»Hey!«, fragte Mia, »was ist? Worüber redet ihr? Können wir nicht Englisch sprechen?«

»War nur eine kleine Sache zwischen uns.« Abdo legte seine Hand um Mias Taille. »Hast du Lust zum Strand zu gehen? Ich hab gerade ein paar Freunde angerufen. Die bringen was zu trinken mit und Musik. Hey«, er zog sie noch näher an sich heran, »wir machen eine richtig geile Party, bist du dabei?«

Mia entzog sich ihm. Sie fuhr sich verlegen mit den Fingern durchs Haar. »Ich weiß nicht«, sagte sie zögernd. »An den Strand? Da ist es doch dunkel.«

»Nicht bei Vollmond!«, sagte Mehdi. Er streckte den Arm aus. »Siehst du?«

Und tatsächlich. Genau hinter dem Minarett am Ende der Gasse tauchte eine gelbe, riesengroße Scheibe auf. »Das wird noch so hell«, sagte Mehdi, »dass du am Strand die Zeitung lesen kannst.«

Mia überlegte. Sie schaute auf die Uhr. Es war nach zehn, eine volle Stunde hatte sie auf Kemal gewartet! Was für eine Schmach! Eine Stunde vor einem Hotel auf einen Jungen zu warten, der einen dann einfach sitzen ließ!

Sie wusste, dass Kemal sich ärgern würde, wenn er erfuhr, dass sie mit den anderen Jungen ausgegangen war. Egal wie, er würde sich auf jeden Fall schwarzärgern. Der Gedanke gefiel ihr.

Außerdem brauchte sie jetzt eine Bestätigung. Es ist immer eine Demütigung, wenn man sitzen gelassen wird. Wie bestellt und nicht abgeholt. Das nagt am Selbstbewusstsein. Aber Mia hatte keine Lust, dass ihr Selbstbewusstsein einen Knacks bekam. Nicht im Urlaub. Nicht in diesen sieben wichtigsten und schönsten Tagen des Jahres!

Es war Vollmond! Wenn sie nur ein paar Schritte machte, konnte sie den Mond zwischen einer Palmenkrone und dem Minarett sehen. Es war fast zu kitschig schön, um wahr zu sein.

Wenn mich jetzt die Leute aus meiner Klasse sähen, dachte Mia. Ich hier, im roten Kleid, mit drei Jungen, die alle ziemlich gut aussehen! Wenn die das sehen könnten, dass wir jetzt an den Strand gehen zu einer richtigen Beach-Party. Mia kannte Beach-Partys nur aus amerikanischen Fernsehserien. Sie hatte bei sich zu Hause auf dem Sofa gehockt, Chips gefuttert und gedacht, wenn mir doch nur mal so was passieren würde! Und jetzt passierte es tatsächlich!

Mia lachte, breitete die Arme aus und sagte auf Englisch: »Okay, ich wollte immer schon mal eine richtige Beach-Party feiern.«

Mehdi zündete sich eine neue Zigarette an. »Du sprichst richtig gut Englisch. Wo lernt man so was?«

»In England«, sagte Mia.

Sie wollten es nicht glauben, dass Mia schon mal in England gewesen war. Sie konnten überhaupt eine ganze Menge nicht glauben. Wie es auf ihrer Schule zuging, was auf den Feten passierte, Schulfeten und Partys zu Hause. Sie konnten es zum Beispiel kaum fassen, dass Mias Freundin schon einmal mit zwei Jungen aus ihrer Klasse gezeltet hatte. »Es war nichts passiert«, sagte Mia.

»No sex?«, fragten sie und grinsten breit.

»No sex«, sagte Mia gelassen.

Die Jungen lachten.

Sie gingen im Pulk die Gasse hinunter, redeten und lachten. Abdo holte noch einmal sein Handy heraus, um zu telefonieren. Sie trafen keine Menschenseele.

Irgendwann waren sie am Fischerhafen angekommen, aber auch da war niemand. Die Boote befanden sich alle weit draußen auf dem Meer. Man konnte ihre Positionslampen blinken sehen und wie sie sich auf der glatten Meeresoberfläche spiegelten.

Sie zogen die Schuhe aus und setzten sich in den Sand. Mia erzählte von Deutschland, während die Jungen interessiert zuhörten.

Es gefiel Mia, im Mittelpunkt zu stehen. Der Star der Runde zu sein. Den ganzen Tag hatte sie in der Sonne verbracht, ihr Gesicht glühte, ihre Haut am ganzen Körper fühlte sich heiß an. Sie sah den Jungen an, dass sie sie schön und begehrenswert fanden. Sie spürte es. Doch keiner der Jungen rührte sie an.

Erdo sagte irgendwann: »Schade, dass wir keinen Joint dabeihaben.«

»Ja, ein Tütchen wär jetzt nicht schlecht«, sagte Mia, und die Jungen sahen sich vielsagend an.

»Ich kann was organisieren«, sagte Abdo schnell und holte schon wieder sein Handy heraus.

Aber Mehdi nahm ihm das Handy aus der Hand, sagte etwas auf Türkisch, das scharf und wenig freundlich klang. Wortlos steckte Abdo das Handy weg und sah zu Boden.

»Was ist?«, fragte Mia.

»Nichts«, sagte Mehdi. »Nothing.«

»Everything okay«, sagte Abdo.

In diesem Augenblick spürte Mia, dass ihr Herz schneller als sonst klopfte. Es raste fast. Ihr war ein bisschen schwindlig, obwohl sie nicht wusste, warum. Sie hatte keinen Schluck Alkohol getrunken, keinen einzigen Zug von einer Zigarette genommen. Sie war stocknüchtern. Es war wohl nur die ganze Stimmung, der Vollmond, die Fischerboote da draußen, das Mondlicht, der Sternenhimmel, der Geruch von Salz und Tang. Sie dachte: Alles okay, oder? Sie schaute die Jungen an. Sie wurde plötzlich etwas unsicher. Auf einmal fiel ihr auf, dass sie das einzige Mädchen hier war. Dass es sonst niemanden weiter gab. Dass Sophie nicht wusste, wo sie war.

Ihr Herz schlug ihr jetzt bis zum Hals.

Doch dann sagte sie sich: Na und? Macht doch nichts. Passiert ja nichts. Ich kann ja gehen, wenn es mir nicht mehr gefällt. Ich kenne den Weg ja. Dieser Strand hier, der ist nur eine Viertelstunde von unserem Hotel entfernt. Bei dem hellen Mondlicht finde ich auch alleine zurück.

Sie dachte: Ich könnte jetzt gehen. Einfach aufstehen, winken, sagen: Tschüss Leute, war schön. Aber ich muss zurück.

Das könnte ich machen, überlegte sich Mia.

Warum pochte dann ihr Herz so laut? So schnell schlug es immer, wenn sie aufgeregt war. Wenn sie spürte, dass etwas passieren würde, wenn sie nicht wusste, ob sie wollte, dass etwas passierte. Mia war unsicher. Irgendwie war ihr die Sache nicht ganz geheuer.

Wer nicht wagt, der nicht gewinnt, schoss es Mia durch den Kopf. Wenn man sich wie Sophie immer im Hotelzimmer verschanzt, kann man auch gleich zu Hause bleiben. Ich will was erleben, will später was erzählen können.

Und damit war der Augenblick, an dem sich noch alles hätte wenden können, vorüber.

Sie waren zu viert. Sie schleppten einen Gettoblaster und eine Kiste mit Flaschenbier. Sie kamen über die Felsen, wo der Parkplatz war. Abdo erklärte stolz, dass einer von ihnen ein Auto habe, einen uralten Cadillac, so ein Ding, mit dem sie in Hollywood fahren, sagte er.

»Hier ist doch Hollywood«, rief Erdo und alle lachten. Mia auch.

Sie konnte den Besitzer des Autos schnell ausmachen. Er war schon etwas älter als die anderen. Er trug ein Goldkettchen, eine goldene Armbanduhr, die wie ein Rolex-Imitat aussah, und ließ seinen Bund mit dem Autoschlüssel durch die Finger gleiten, als wäre es ein Rosenkranz.

»Das ist Serdal«, erklärte Abdo.

Serdal nickte lässig mit dem Kopf und musterte Mia unverhohlen von Kopf bis Fuß.

Angeber!, dachte Mia.

Sie hörten Musik. Mehdi öffnete die Bierflaschen an

einem scharfzackigen Stein. Er stellte sich sehr geschickt dabei an, sodass nur ein bisschen Schaum über den Hals der Flasche rann, als er sie Mia reichte.

Mia trank. Sie hatte Durst. Sie setzte die Flaschenöffnung an den Mund, legte ihren Kopf zurück, und trank zwei, drei große Schlucke. Als sie die Flasche wieder absetzte und sich mit dem Handrücken über die Lippen wischte, merkte sie, dass alle Jungen sie anstarrten.

Sie lachte verlegen. »Was ist?«, fragte sie.

Serdal sagte etwas auf Türkisch. Er konnte kein Englisch. Nur Spanisch. Mehdi erklärte, dass er Geschäfte mit Spanien mache. Mia fragte nicht, welche Art von Geschäften.

Die Musik war gut. Die Jungen leerten jeder eine Flasche, dann nahmen sie sich die zweite. Sie zogen ihre Schuhe aus und krempelten die Hosenbeine hoch. Sie stapften mit nackten Füßen durch das seichte Wasser am Ufer, spritzten sich gegenseitig nass und erzählten irgendwas, über das sie sich halb totlachten.

Als sie einen türkischen Schlager spielten, erzählte Mia, dass ihre Schwester Sophie mal einen Bauchtanzkursus gemacht hatte.

»No kidding?«, fragte Mehdi. »Du machst jetzt keine Witze?«

»Nein, mein voller Ernst«, sagte Mia und nahm wieder einen Schluck aus der Flasche.

Der Mond stand hoch am Himmel. Ein warmer Wind kam vom Land her. Die Fischerboote waren weit draußen, fast am Horizont, so weit weg, dass ihre Positionslichter nur noch winzige Pünktchen waren.

»Zeig mal«, sagte Erdo.

»Was denn?«, fragte Mia.

»Na, den Bauchtanz. Was deine Schwester gelernt hat.«

Mia schüttelte lachend den Kopf. »Kann ich nicht.«

»Wieso nicht?«, fragte Abdo. »Du kannst das bestimmt. Ich weiß, du kannst das.«

»Aber das ist nicht die richtige Musik dafür«, beharrte Mia.

Serdal sagte etwas zu dem Jungen, dem der Gettoblaster gehörte. Er suchte einen anderen Sender. Eine Weile gab es nur Äthersalat. Dann fanden sie einen anderen Sender.

Medhi klatschte in die Hände. »That's it!«, rief er. Er zog Mia an den Armen aus der Hocke hoch. Er legte seine Hände um ihre Taille und tanzte ein bisschen mit ihr.

Über ihnen glitzerten die Sterne. Kemal hatte sie sitzen lassen. Eine Stunde hatte Mia auf ihn gewartet. Wie eine Idiotin hatte sie sich gefühlt.

Egal. Es gab auch andere Jungen. Mit denen konnte man genauso viel Spaß haben.

Schade nur, dass sie das einzige Mädchen war.

»Don't you have a sister?«, fragte sie Abdo.

Der lachte. »I have two sisters.«

»How old?«

»14 and 17.«

»Why don't they come here?«, fragte Mia.

Abdo übersetzte die Frage auf Türkisch. Wo waren die Mädchen? Warum kamen die Schwestern der Jungen nicht auch an den Strand?

Die Jungen lachten, als wäre das der beste Witz, den sie

je gehört hatten. Sie warfen sich in den Sand und schütteten sich aus vor Lachen. »Why do they laugh?«, fragte Mia.

»Sie lachen«, sagte Mehdi, »weil du so eine Frage gestellt hast.«

»Was ist an der Frage falsch?«

»Nichts«, sagte Mehdi und versuchte, sie zu küssen. »Nothing. Give me a kiss.«

Aber Mia wollte Mehdi nicht küssen.

Sie setzte sich wieder in den Sand. Ein paar Fischerboote kamen zurück. Es sah jedenfalls so aus, als würden die Lampen größer, ihr Licht heller.

Im Radio spielten sie einen neuen Song. Serdal sprang auf. Er begann zu singen und dabei Bewegungen zu machen wie beim Bauchtanz.

»Come on!«, rief Mehdi. Er winkte Mia zu.

Jemand hatte einen Joint gedreht. Der Joint ging reihum, bis Mia dran war.

»Come on!«, rief Serdal drängender.

Er tanzte ganz allein, mit ausgebreiteten Armen, jedes Mal, wenn er das Becken rotieren ließ, lachten die Jungen und klatschten johlend in die Hände. Serdal ließ Mia nicht aus den Augen.

Mia nahm einen Zug von der Zigarette. Sie schaute dem Tänzer zu. Die Musik war gut. Wenn man sich an den Rhythmus gewöhnt hatte, ging sie ins Blut. Sie stand auf, schloss die Augen, breitete die Arme aus und begann so zu

tanzen, wie sie es bei Sophie gesehen hatte. Diese besondere Fußstellung, wie man den Oberkörper zurücklehnte, mit den ausgebreiteten Armen Flatterbewegungen machte, die den Busen zum Beben brachten. Wenn man einen Busen hatte.

Die Jungen saßen im Kreis um sie herum. Sie klatschten. Sie sangen. Der Joint kreiste. Und Mia tanzte. Wenn sie den Kopf zurückwarf, beschien der Mond ihr Gesicht. Das Meer leuchtete wie flüssiges Silber. In ihren Haaren spielte der Wind. Sie fühlte sich schön, frei und bewundert. Es war ein fantastisches Gefühl. Die Jungen zogen ihre Hemden aus. Im Sitzen klatschten sie und zuckten rhythmisch mit Schultern und Köpfen.

Die Musik wurde lauter. Mia tanzte. Ihr Gesicht glühte. Sie bekam keine Luft mehr, sie warf sich in den Sand.

»Come on, go on!«, rief Abdo.

»You are beautiful!«, rief der, dem das Radio gehörte.

»The most beautiful girl in the world!«, rief Erdo und alle klatschten. Man reichte Mia die Flasche, sie nahm einen tiefen Schluck und merkte erst beim Runterschlucken, dass es kein Bier war, sondern scharfer Schnaps. Sie keuchte. Die Jungen lachten. Sie lachte auch.

»Tanz weiter!«, rief Abdo. Er sprang auf und zog sie hoch. Er tanzte um sie herum und sie reagierte auf seine Bewegungen. Sie tanzten wie die Weltmeister, Abdo und sie. Ein Song, noch ein Song, noch einer. Ihr war so heiß, dass sie kaum Luft bekam. Ihr Kopf glühte, aber sie lachte, lachte, lachte.

»Ich kann nicht mehr!«, rief sie.

Aber die Jungen klatschten und ihr rhythmisches Klatschen, ihre Rufe und ihre Begeisterung ließen sie immer weitermachen.

Sie tanzte aus dem Kreis der Jungen heraus, tanzte zum Ufer. Das Wasser war warm, wirkte viel wärmer als tagsüber, wenn die Sonne brannte. Das Wasser lockte mit seiner warmen, weichen Samtheit.

Im Hintergrund spielte die Musik. Die Jungen schauten ihr zu. Sie war jetzt weit genug von ihnen entfernt. Sie zog mit einer schnellen Bewegung das Kleid über ihren Kopf.

Jetzt trug sie nur noch ihren BH und den Slip. Sie zog den BH aus. Den Slip ließ sie an. Der BH fiel in den Sand. Und Mia lief, beleuchtet vom Mondlicht, ins Wasser. Sie lief mit ausgebreiteten Armen, singend, ins Meer. Und ließ sich fallen, ließ sich in den Wellen treiben.

Als sie den Kopf aus dem Wasser hob, sah sie, dass die Jungen sich erhoben hatten. Die Jungen liefen zum Wasser, ein paar von ihnen hatten schon die Hosen ausgezogen. Ein paar von ihnen kraulten ihr schon hinterher. Sie riefen etwas auf Türkisch, sie lachten. Die Musik war laut.

Mia tauchte. Und schwamm. Weg von den Jungen. Sie schwamm ruhig und gleichmäßig. Sie spürte den kräftigen Schlag ihres Herzens. Manchmal schaute sie sich um. Dann sah sie die Jungen. Die konnten alle nicht so gut schwimmen wie sie.

In einem großen Bogen schwamm sie zum Ufer zurück. Die Wellen wogten vor und zurück, trugen Mia mit sich.

Das Salz brannte in ihren Augen. Ihr Haar klebte an ihrem Kopf. Als sie nur noch bis zum Bauch im Wasser stand, schob sie die Haare aus dem Gesicht. Sie drehte sich um. Die Jungen folgten ihr nicht mehr. Sie schwammen da irgendwo in dem silbernen Meer.

Mia ließ sich entspannt wieder ins flache Wasser fallen, kraulte auf dem Rücken dem Strand entgegen. Sie wollte sich wie Strandgut von der Flut ans Ufer werfen lassen. Irgendwann, dachte sie, werde ich den Leuten in meiner Schule erzählen, dass ich im Paradies war. Das werden sie nicht glauben können, was ich hier erlebe.

Plötzlich war das Wasser so seicht, dass es sie nicht mehr trug. Sie setzte sich hin, fühlte für einen Augenblick den weichen, nassen Sand zwischen den Fingern, stützte sich ab und erhob sich.

Als sie sich umdrehte, um die letzten Schritte ins Trockene zu gehen, flammte ein Scheinwerfer auf. Sie blieb stehen, sie blinzelte, in ihren Augen brannte das Salz.

Eine strenge Männerstimme rief etwas auf Türkisch.

»Wie bitte?« Das grelle Licht blendete Mia. Schützend hielt sie einen Arm über die Augen. »Was ist los? Ich versteh nicht.«

Der Mann richtete den Strahl seiner Taschenlampe zu Boden.

Jetzt konnte Mia die beiden Männer sehen. Ihre Stimmen waren barsch. Jetzt merkte sie auch, dass die Musik nicht mehr spielte.

Die Nachtluft war plötzlich empfindlich kalt an ihrem Körper. Sie trug nur den kleinen roten Slip, sonst nichts. Das wurde ihr erst in diesem Augenblick klar. Sie legte die Hände vor den Busen.

»You speak English?«, fragte der Mann.

Mia nickte.

»We are police«, sagte der Mann. »You come with us.«

Grob packte er Mias Handgelenk. Sie versuchte, sich loszureißen. Sie sah jetzt, dass die beiden Männer tatsächlich irgendwelche Uniformen trugen. Und Stiefel. Die schwarzen Schäfte schimmerten schwach im fahlen Mondlicht.

»My dress!«, flüsterte Mia. Sie deutete auf den kleinen roten Kleiderhaufen im Sand.

Der Polizist ließ sie los. Sie rannte zu ihren Sachen. Mit zitternden Fingern streifte sie ihren BH über. In ihrer Aufregung fand sie die Häkchen nicht so schnell.

Der Polizist richtete den Strahl der Taschenlampe auf sie.

So stand sie da, eine junge, fast nackte Frau am Strand, die versuchte, ihren BH zuzumachen. Mit zwei Polizisten in Uniform, die ihr dabei zusahen.

Draußen im Wasser schwammen die Jungen, die es nicht wagten, ans Ufer zu kommen. Am Strand war niemand mehr. Alle verschwunden. Ein Fischerboot näherte sich mit leisem Tuckern. Mia bückte sich, nahm mit klammen Fingern ihr Kleid, suchte die Öffnung für den Kopf, verhedderte sich und stöhnte. Tränen schossen ihr in die Augen.

»Verdammt«, flüsterte sie, »verdammter Mist.«

Irgendwie schaffte sie es, das dünne Kleid über ihren nassen Körper zu ziehen. Sie zitterte wie Espenlaub. Auf einmal war ihr kalt, sie fror so schlimm, dass ihre Zähne laut klappernd aufeinander schlugen.

Der Polizist leuchtete den Strand ab. Im weißen Lichtkegel tauchte der Bierkasten auf, eine Schnapsflasche, der

Gettoblaster, ein Rucksack, Mias Tasche.

Sie gingen näher heran und nahmen alles in Augenschein.

Mia fand ihre Schuhe und versuchte, sie im Stehen anzuziehen.

Die Polizisten ließen den Lichtkegel der Taschenlampe einmal übers Meer gleiten.

Mia sah den Fischer in seinem Boot mit all den Netzen. Sie sah die Köpfe der Jungen im Wasser. Alle schauten zum Strand. Keiner wagte es, an Land zu schwimmen. Keiner half ihr.

Feiglinge, dachte Mia. Verdammte Feiglinge. Soll ich das hier etwa alleine ausbaden?

Der Polizist fragte, ob ihr der Rucksack gehöre. Mia schüttelte den Kopf. Sie zeigte auf die kleine Basttasche. Sie machte ein paar unbeholfene Schritte und bückte sich, um die Tasche aufzuheben. Da schob sich der Polizist dazwischen und hob sie auf.

Er öffnete sie. Mia kannte den Inhalt ihrer Tasche genau: ein Lippenstift, ein Päckchen Papiertaschentücher und das Mäppchen mit den Fotos. Sie hatte die Fotos mitgenommen, um sie Kemal zu zeigen. Fotos von ihrem Zimmer in der neuen Wohnung. Sie mochte ihr Zimmer gern.

Nur ihr Lippenstift, die Taschentücher und das Fotomäppchen. Mehr war nicht in der Tasche.

Sie fragte sich, warum der Polizist so lange in die Tasche starrte und warum der andere mit der Taschenlampe hineinleuchtete. Die beiden Polizisten schauten einander an. Dann sah der eine sie an.

»You come«, sagte er. Er sagte es streng. Wie jemand, der nicht gewohnt ist, Widerworte zu hören.

»Why? What did I do?«, rief sie. Sie drehte sich zum

Meer um. Sie winkte verzweifelt und rief: »Mehdi! Abdo! Here is the police! Help me, please.«

Aber da draußen auf dem Meer war es still. Die Polizisten interessierten sich nicht für die Jungen.

Sie nahmen Mia in die Mitte. Sie umfassten ihre Handgelenke, so fest, als wollte sie jeden Augenblick türmen.

Mia stolperte zwischen ihnen über den weichen Sand den Felsen hoch.

Einmal knickte ihr Knöchel um und sie schrie leise auf. Aber die Polizisten zogen sie gnadenlos weiter.

Dann waren sie auf dem Parkplatz.

Mia hatte erwartet, den Cadillac zu sehen. Aber von dem war weit und breit nichts zu sehen. Da stand nur ein dunkelgrünes Polizeiauto.

Sie schoben Mia auf den Rücksitz. Ihre Tasche behielten sie bei sich. Die beiden Polizisten nahmen vorne Platz und verriegelten die hinteren Wagentüren. Als ob Mia im Fahren aus dem Wagen springen würde, als ob ihr im Traum so etwas eingefallen wäre.

»Was hab ich denn gemacht?«, rief Mia unter Tränen.

Die Polizisten schwiegen. Sie fuhren durch das schlafende Cayalkuhir. Durch menschenleere Straßen und Gassen. Sie fuhren nicht schnell.

Die Polizisten starrten schweigend nach vorn. Mia hockte auf dem Rücksitz, die Arme um den Körper geschlungen, zitternd vor Kälte und Angst.

Als der Wagen plötzlich anhielt, fiel Mia nach vorn. Die Scheinwerfer beleuchteten ein weißes Gebäude mit dunkelgrünen Fensterläden, über der Tür brannte ein bläuliches

Neonlicht. Auf dem Dach des eingeschossigen Hauses flatterte im Nachtwind die türkische Flagge.

Über der Tür war eine Art Wappen und darüber prangte ein Wort, das Mia nicht lesen konnte, trotzdem aber sofort verstand: POLIZEI.

»You get out!«, befahl der Polizist. Er öffnete die Tür und Mia wurde herausgezogen. Einer der Polizisten hielt ihre Tasche in den Händen. Sie führten Mia in das Gebäude.

Mias Fußgelenk schmerzte, als würde jemand einen brennenden Draht hindurchschieben.

»Why?«, rief Mia. »Warum? What do you want?«

Die Polizisten gaben keine Antwort.

Sie brachten Mia in einen grün gestrichenen Raum, in dem zwei Schreibtische standen, zwei Bürostühle und eine Schreibmaschine. Auf einem Regal in der Ecke lagen ein paar Bücher. An der Wand hing ein gerahmtes Foto des türkischen Ministerpräsidenten Erdogan. In dem Holzrahmen steckten noch zwei Postkarten. Ansichtskarten aus einer großen Stadt, Istanbul vielleicht.

Das Ganze wurde von einer Neonröhre an der Decke ausgeleuchtet.

Der Polizist setzte sich. Er zog die Schreibmaschine zu sich heran, spannte einen Bogen ein. Er forderte Mia nicht auf, sich zu setzen. Sie stand neben dem Schreibtisch, in der Türfüllung wachte der andere Polizist.

Mia kam nicht einen Augenblick die Idee, einfach abzuhauen.

Sie dachte: Okay, ich zieh das hier durch und dann können die mich schön zum Hotel zurückfahren.

»Your name!«, grunzte der Polizist, ohne sie anzusehen.

»Mia Kröger.«

Der Mann grunzte wieder leise, runzelte die Stirn, nahm schließlich einen Kugelschreiber aus einem Marmeladenglas und reichte ihr den Stift mit einem Blatt Papier.

»Write your name.«

Mia schrieb »Mia Kröger« und schob den Zettel zurück. Der Polizist übertrug ihren Namen auf den Schreibmaschinenbogen.

»Passport?«, fragte er.

»In the hotel«, sagte Mia.

Sie nannte den Namen des Hotels.

Der Polizist sagte etwas zu seinem Kollegen, der gelassen nickte.

»German?«, fragte der Polizist weiter.

»Yes.«

»Your birthday?«

Mia nannte ihr Geburtsdatum. Im August würde sie 17 werden. Sternzeichen Löwe. Löwen sind Sieger. Es sind Menschen, die immer im Mittelpunkt stehen wollen. Die Könige der Tiere. »Okay.« Der Polizist nickte seinem Kollegen zu. Er griff nach einem Schlüsselbund in der Schreibtischschublade und warf ihn dem Kollegen zu. Der fing den Schlüsselbund geschickt auf.

»Go!« Er schaute Mia nicht an. Mia fiel erst in diesem Augenblick auf, dass keiner der beiden ihr jemals in die Augen gesehen hatte. Der Polizist schob sie durch den schmalen, hell erleuchteten Gang vor sich her. Es roch nach kaltem Rauch. Nach Staub.

Der Polizist öffnete mit einem der Schlüssel eine Gittertür, rief wieder: »Go!« und sie betraten einen anderen, gelb gestrichenen Flur. Rechts und links Metalltüren. Vor einer der Türen blieb der Polizist stehen. Er schob den Riegel zurück, knipste das Licht an, warf einen prüfenden Blick durch den Raum und sagte: »Okay.«

Mia trat zögernd ein. Sie schaute sich um. Sie wollte etwas sagen, zum Beispiel, dass gar nichts okay war. Aber da fiel die Tür schon ins Schloss.

Mia hörte das metallene Knirschen, als der Riegel von außen vorgeschoben wurde, und dann drehte sich rasch ein Schlüssel.

Sie war allein.

Die Zelle, in die Mia eingesperrt war, hatte kein Fenster. Der Raum war lang und schmal, an einer Seite gab es eine gemauerte Bank mit einer Matratze darauf und einer braunen Wolldecke. Es gab ein Kopfkissen mit einem geblümten Bezug, eine Tischplatte, die an der Wand befestigt war, und einen Holzhocker. Hinter einer halbhoch gemauerten Wand entdeckte Mia das, was offenbar ihr Klo sein sollte: einfach nur ein Loch im fleckigen Betonboden.

Schimmel wucherte in den Ecken, und die Geruchsmischung aus Desinfektionsmittel und Kloake ließ sie würgen. An der Wand neben der »Toilette« war ein Wasserhahn, darunter stand ein Eimer aus blauem Plastik mit abgebrochenem Henkel. Offenbar sollte sie sich zum Duschen einen Eimer Wasser über den Körper gießen, breitbeinig über dem glitschigen Kloloch stehend.

Die Neonröhre an der Decke tauchte den Raum in ein kaltes blauweißes Licht.

Es gab keinen Schalter, um das Licht auszumachen. In der Zellentür war eine viereckige Öffnung, eine Art Fenster, das allerdings nur von außen zu öffnen war. Wahrscheinlich um sie beobachten zu können.

Mia hockte sich mit angezogenen Beinen auf die Pritsche. Sie starrte die Tür an, dann den Tisch, dann die Wand, hinter der ihr Klo war. Der Wasserhahn tropfte. Sonst war alles still.

Hier kann man verhungern, dachte Mia. Oder sterben. Das merkt keiner.

Sie hatte ihre Sandaletten ausgezogen. Die Schuhe mit den Glitzersteinchen und den roten Riemchen nahmen sich hier in dieser Umgebung lächerlich aus.

Und ihr Kleid erst: ein dünnes, ärmelloses Fähnchen mit Rückenausschnitt! Es war kalt in der Zelle. Die Wände wirkten feucht und modrig. Mia faltete die Decke auseinander. Sie hob das Tuch an die Nase und verzog das Gesicht. Es roch nach Mottenpulver und Schweiß. Die Decke war bleischwer und kratzte. Mia legte sie wieder hin.

Auf Zehenspitzen ging sie zur Tür. Die Kälte des Fußbodens kroch ihr in die Füße, in die Knochen.

»Hallo?«, rief sie. »Hallo? Hört mich jemand? Do you hear me? Please!«

Sie lauschte. Sie legte ihr Ohr an das kalte Metall. Vollkommene Stille.

Sie schlug mit der flachen Hand gegen die Tür. »Hallo!«, schrie sie.

Wieder nichts.

Sie ballte die Hände zu Fäusten und trommelte so kräftig an die Tür, dass ihre Fingerknöchel wehtaten.

Tränen liefen Mia übers Gesicht. »Verdammte Scheiße«, schrie sie. »Ich will hier raus!«

Sie rutschte mutlos und erschöpft an der Tür herunter und blieb zusammengekauert auf dem Boden sitzen. Das Gesicht in den Armen verborgen.

Da hörte sie Schritte. Mia richtete sich langsam auf, strich mit den Händen ihr Kleid glatt und trat von der Tür zurück. Die Klappe in der Tür wurde aufgerissen. Ein Wärter schrie sie ungeduldig an. Sie verstand ihn nicht. Mia begann zu weinen.

»I don't speak Turkish!«, rief sie mit zittriger Stimme. »Only English! Please! Let me out!«

Der Mann antwortete etwas auf Türkisch und knallte die Klappe wieder zu. Das metallene Scheppern dröhnte Mia in den Ohren

Sie verharrte reglos mitten in der Zelle, wartete, lauschte. Sie hörte absolut nichts, keinen Laut. Einmal flackerte das Neonlicht.

Mia setzte sich wieder aufs Bett. Sie faltete die Wolldecke ganz auseinander. Sie legte sich angezogen, wie sie war, auf die Matratze, schob das Kopfkissen in den Nacken und breitete die Wolldecke über sich aus.

Ich muss schreien, dachte sie. Ich muss das Haus zusammenschreien. Die ganze Polizeistation. Das ist doch der reinste Wahnsinn! Die können mich hier doch nicht einsperren! Ich hab nichts gemacht! Gar nichts!

Dann lag sie da wie erstarrt. Sie fühlte, wie das Blut aus ihrem Körper wich, die Wärme, das Leben. Es war, als könnte sie sich vorstellen, wie es wäre, tot zu sein.

Ich sterbe, dachte sie und schloss die Augen. Gleich sterbe ich.

Sie öffnete die Augen, schleuderte die Decke weg, setzte sich kerzengerade hin. Ich muss mal, dachte sie. Ich muss pinkeln.

Sie sah auf das Loch im Boden. Nein, da mach ich nicht. Das kann ich nicht, dachte sie. Was, wenn die genau in dem Augenblick die Tür öffnen ... Und ich hocke dann da ... nein!

Sie legte sich wieder flach auf den Rücken.

Aber ihre volle Blase drückte unangenehm. Die zwei Flaschen Bier machen sich bemerkbar, dachte Mia. Und der Schnaps. Und das Salzwasser, das ich beim Schwimmen geschluckt habe. Diese verdammten Kerle, schoss es ihr durch den Kopf. Diese Dreckskerle, die mir nicht geholfen haben. Oh mein Gott. Wie kann so was angehen?

Und Kemal? Dieser Angeber, dieser Spinner. Was hat der sich bloß dabei gedacht, dass er nicht gekommen ist wie verabredet.

Und ich verrecke hier. Und die kriegen das nicht mal mit. Scheiße, ich muss mal.

Ich mach mir gleich in die Hose. Reiß dich zusammen, Mia! Reiß! Dich! Zusammen!

Sie stand auf. Der Boden war kalt und feucht.

Da entdeckte sie das Bord an der hinteren Wand, ein gemauertes Bord, weiß getüncht. Darauf lag, zusammengelegt zu einem kleinen Päckchen, ein Handtuch. Und auf dem Handtuch lag ein Stück Seife. Sie nahm die Seife und roch daran. Sie war vollkommen geruchslos.

Sie zog ihren Slip herunter und hockte sich widerwillig über das schwarze Loch im Boden. Gleich muss ich kotzen, dachte sie. Sie kniff die Augen zusammen.

Konzentrier dich, Mia! Mann, das kannst du! Stell dich nicht so an.

Weißt du noch, früher, als wir mit den Eltern diese Ausflüge gemacht haben? Da haben wir auch immer in der Hocke gepinkelt.

Ja, aber das war draußen in der Natur. Das war etwas ganz anderes.

Auf einmal hatte Mia die Bilder von damals im Kopf. Wie sie der Vater huckepack getragen hatte, wenn sie nicht mehr laufen konnte. Wie sie quer über die Viehweiden marschiert waren, immer auf der Hut vor den Kühen.

Wie sie einen Kranz aus Gänseblümchen geflochten hatte und ihn stolz trug, bis die kleinen Blüten ganz welk waren.

Süß!

Der Vater hatte davon ein Foto gemacht. Wie sie da in die Kamera geguckt hatte, so feierlich und ernst. Mein Lieblingsfoto, hatte die Mutter immer gesagt, wenn sie Fotos angesehen hatten.

Und der Vater hatte hinzugefügt: Ich weiß schon, warum ich mir immer Töchter gewünscht habe.

Protokoll: Sophie

Anwalt: Erzähl mir von dem Morgen, als Mia nicht da war.

Sophie: Als ich aufwachte und das Bett neben mir leer war und total unberührt, war ich zuerst total kopflos. Ich dachte, ich spinne. Ich hab Halluzinationen oder so was. Ich bin aufgestanden, ins Bad, aber da war sie natürlich nicht. Dann hab ich die Tür zum Flur aufgerissen: »Mia!«, hab ich gerufen.

Was für ein Blödsinn. Ich weiß, ich bin zum Fenster und hab in den Innenhof geschrien: »Mia, bist du da?«

Aber keine Antwort. Nur ein paar Ziegen haben gemeckert. Dann bin ich erst mal wieder zurück ins Bett. Es war ja noch früh. Sechs Uhr oder so. Ich hab ganz ruhig dagelegen und versucht nachzudenken.

Also, was konnte passiert sein?

Mia hatte sich mit Kemal verabredet, er wird irgendwann aufgetaucht sein, die beiden waren vielleicht tanzen, was weiß ich. Mia hat sich verliebt. Also: Wenn die beiden nun die große Liebe entdeckt hatten, dann waren sie vielleicht die Nacht über am Strand geblieben. Nicht gerade schlau von Mia, würde ich sagen. Aber Mia war zuzutrauen, dass sie Zeit und Raum vergaß, wenn sie irgendwas faszinierte.

Anwalt: Und was passierte dann?

Sophie: Ich hab mich angezogen und bin runter in die Halle. Es war immer noch sehr früh. Alles war ganz still. Sonst läuft in der Halle den ganzen Tag leise Musik, aber die war noch nicht angestellt.

Anwalt: Wie spät war es ungefähr?

Sophie: Kurz vor sieben. Ich bin die Treppe runter und wollte zur Rezeption, da gibt es eine kleine Glocke auf dem Tisch. Wenn man da draufdrückt, kommt immer sofort entweder Aische, die Hotelbesitzerin, oder eine Angestellte.

Ich hab nicht damit gerechnet, dass die Rezeption um die Uhrzeit besetzt ist. Frühstück gibt es ja erst ab acht. Ist eben ein Urlauberhotel.

Dann hab ich die beiden Polizisten gesehen. Ich meine, sie waren auch nicht zu übersehen. Sie redeten mit Aische, die sie offenbar aus dem Bett geholt hatten. Ihre Haare waren noch ganz zerzaust.

Ich bin noch mitten auf der Treppe stehen geblieben. Und irgendwie, ohne dass ich ein Wort verstehen konnte, wusste ich sofort, dass es um Mia geht. Ich wusste es einfach, die mussten gar nichts sagen, brauchten mich gar nicht anzusehen. Ich konnte keinen Schritt mehr tun. Meine Hand war wie festgeklebt an diesem Treppengeländer. Meine Kehle war ganz trocken, ganz heiß irgendwie.

Ich dachte, ich werde ohnmächtig.

Die Hotelbesitzerin hat mich zuerst entdeckt. Sie sagte etwas. Winkte. Aber sie winkte nicht fröhlich, nicht irgendwie so heiter: Guten Morgen, Sophie. Hallo.

Sie winkte verhalten, wirkte irgendwie ängstlich. Sie lächelte nicht und sah sehr müde aus.

Die Polizisten drehten sich dann auch zu mir um. Starrten mich an.

Als ich nur noch zwei Meter vom Empfangstresen entfernt war, sagte Aische, dass Mia verhaftet ist. »Mia is under arrest«, sagte sie.

Under arrest! Zuerst hab ich das Wort nicht verstanden. Oder nicht verstehen wollen. Ich muss vollkommen verwirrt geguckt haben.

Die Polizisten verzogen keine Miene.

»Under arrest?«, fragte ich.

»Yes«, sagte die Hotelbesitzerin, »she is in jail.«

Im Gefängnis! Ich wunderte mich, dass mir das nicht die Füße weggerissen hat.

Wieso denn?, dachte ich.

»Was hat sie gemacht?«, hab ich gefragt. »What did she do?«

Aber sie gaben mir einfach keine Antwort. Ich hatte keine Ahnung. Ich weiß nicht, ob sie der Hotelbesitzerin schon etwas gesagt hatten. Die wirkte irgendwie gereizt. Klar, wenn man gerade sein Hotel eröffnet hat, sind Polizisten das Letzte, was man in der Lobby sehen möchte.

»What did she do? What did Mia do?«, fragte ich immer wieder. Ich zitterte. Ich war sehr aufgeregt.

Aber sie sagten nur, dass sie Mias Pass haben wollten und dass sie sich unser Zimmer ansehen müssten.

Ich hatte keine Ahnung, ob die einen Durchsuchungsbefehl brauchten oder so. Die haben das einfach beschlossen und die Hotelbesitzerin hat das abgenickt, und dann bin ich mit denen hoch in unser Zimmer.

Die haben innerhalb von Minuten aus unserem schön aufgeräumten Zimmer einen Müllhaufen gemacht, alles umgedreht und rausgerissen. Alle Schränke auf, die Schubladen, alles auf den Boden. Im Badezimmer, die Kosmetiktaschen, einfach ausgeleert. Die haben in unserer schmutzigen Wäsche gewühlt, die wir in einer Plastiktüte hinten im Schrank hatten, mir war das superpeinlich. Na ja.

Sie hatten jedenfalls nichts gefunden, was für sie irgendwie interessant war.

Ich hab ihnen Mias Pass gegeben und sie haben nicht mal Danke gesagt.

Und sind damit weg.

Und ich hab nicht mal gefragt: Wo ist das Gefängnis? Kann ich Mia besuchen? Wann kommt sie wieder frei? Was wirft man ihr überhaupt vor?

Wissen Sie, heute würde mir das nicht mehr passieren.

Ich hab hundertmal oder tausendmal diesen Vormittag durchgespielt, diesen Supergau. Und ich weiß genau: Heute würde ich mich anders verhalten.

Ich muss auf die wie ein verschrecktes Hühnchen gewirkt haben. Ich werde heute noch rot vor Wut auf mich selbst, wenn ich daran denke.

Ich hab das alles einfach so hingenommen, als wäre es von Gott gegeben. Die Polizei, das ist die Autorität, da muss man sich fügen, die haben die Macht, die haben das Sagen.

Aber dass Mia erst 16 war und die Polizei natürlich sofort die Botschaft hätte informieren oder mit meinen Eltern

Kontakt hätte aufnehmen müssen, an all so was hab ich nicht gedacht.

Jedenfalls nicht im ersten Moment.

Als ich wieder einigermaßen bei Sinnen war, da waren sie schon weg. Und ich allein in diesem Hotel.

Und das Schlimmste war, dass Annika und Ole Johann genau an diesem Tag einen Bootsausflug machten! Annika spricht ja Türkisch, die hätte mir dolmetschen können. Überhaupt waren die beiden so weltgewandt, ich hätte denen zugetraut, dass die mit so einer Situation gut fertig geworden wären, die hätten mir helfen können. Und Mia.

Aber sie waren nicht da. Und da ist mir eingefallen, dass dieser Typ uns ja seine Visitenkarte gegeben hat. Der Mann vom Tourist Information Office. Und ich dachte, den ruf ich jetzt an. Der muss mir helfen. Irgendjemand muss uns doch helfen!

Anwalt: Aber natürlich. Die Türkei ist ja kein gesetzloser Raum. Und außerdem mag man die Deutschen hier.

Sophie: Ja, das war mein einziger Trost. Dass alle so nett zu mir waren. Alle wollten helfen. Das hat mich total gerührt.

Um halb sechs hörte Mia in der Ferne den Ruf des Muezins. Im Gebäude war es vollkommen still. Um sechs Uhr morgens öffnete sich die Klappe in der Metalltür. Mia lag noch auf dem Bett, aber sie war hellwach.

Die Neonlampe hatte die ganze Nacht gebrannt, und ihr Schlaf war eine Kette von Albträumen gewesen, aus denen sie von Zeit zu Zeit schweißgebadet erwacht war. Dann wurde die Stille immer nur unterbrochen vom tropfenden Wasserhahn.

Auf einmal erklangen Schritte und dann öffnete sich die Klappe. Mia richtete sich auf, zog die Wolldecke bis ans Kinn. Sie sah wieder ein Gesicht, dieses Mal ohne Schnurrbart. Sie sah Augen, die sich forschend auf sie richteten. Mia presste sich an die Wand. Sie lächelte zaghaft.

»Hallo«, sagte sie.

Die Klappe ging wieder zu. Dann drehte sich der Schlüssel, der Riegel wurde zurückgeschoben.

Mia wickelte sich fester in ihre Decke.

Ein Wärter erschien in der Türöffnung. Er hatte ein Tablett in der Hand. Auf dem Tablett standen ein Becher und ein Teller. Er stellte wortlos das Tablett neben der Tür auf den Boden und verließ den Raum.

»Hey, Sir!«, rief Mia. Sie rollte sich vom Bett. Mit der Wolldecke um den Körper stolperte sie zur Tür. »Please! Please!«

Aber der Wärter wollte nicht mit ihr sprechen. Vielleicht konnte er es auch nicht. Oder er durfte nicht. Seine Schritte entfernten sich. Jeder Schritt ein hallendes Knallen in einem Gebäude aus Beton.

Mia hob das Tablett auf und trug es zum Tisch. Es gab schwarzen Tee und Hefekringel, mit einer dicken Zuckerkruste überzogen. Als Mia den Kringel anfasste, klebte der Zucker an ihren Fingern.

Okay, dachte Mia. Keine Panik jetzt. Ich wasch mich, dann wird gefrühstückt. Ganz ruhig bleiben. Und warten. Bestimmt hat Sophie längst gemerkt, dass ich nicht nach

Hause gekommen bin. Zurück ins Hotel. Bestimmt setzt sie schon Himmel und Hölle in Bewegung.

Wenn ich bloß mein Handy dabeihätte, dachte sie.

Aber das Handy hätten sie ihr sowieso abgenommen, genau wie die Tasche.

Als sie sich gewaschen hatte und mit notdürftig gekämmten Haaren auf dem Bett saß, das Tablett auf dem Schoß, und den bitteren schwarzen Tee trank, der sie innerlich irgendwie angenehm wärmte, hörte sie wieder Schritte. Vor Schreck verschluckte sie sich an dem Hefeteig. Der Kuchen war alt und hart. Und staubtrocken.

Sie hustete und fast hätte sie dabei den Tee verschüttet. Behutsam nahm sie das Tablett und trug es zum Tisch.

Sie stand neben dem Tisch, in ihren Paillettensandaletten und dem roten Sommerkleid, als die Tür wieder aufging. Der Polizist mit dem Schnurrbart war zurück. Hinter ihm stand noch ein anderer Mann.

»Hallo.« Mia versuchte ein kleines Lächeln, vielleicht ließen sich diese finsteren Typen ja durch ein Lächeln erweichen. Aber sie schauten Mia gar nicht an, sie blickten immer an ihr vorbei. Vielleicht war das Vorschrift.

Der Mann hinter dem Schnurrbart-Polizisten trat vor.

»Hands«, befahl er.

Mia streckte ihm ihre Hände hin und da sah sie die Handschellen und bevor sie überhaupt realisiert hatte, was passierte, klickten die Handschellen.

Mia wurde kreidebleich. Sie zitterte. Sie hob verzweifelt die gefesselten Hände.

»Hey«, flüsterte sie, »warum? Why?«

»You come«, sagte der mit dem Schnurrbart, drehte sich abrupt um und der andere stieß sie vorwärts.

Es ist ein komisches Gefühl zu gehen, wenn man an den Händen gefesselt ist und sie irgendwie vor sich hertragen muss. Als fehlte einem auf einmal das Gleichgewicht. Mia stieß zweimal gegen die Flurwand und jedes Mal wurde sie dafür geschubst.

Dennoch war sie erleichtert, endlich hatte man sie aus dem Loch geholt. Jetzt würde man ihre Personalien aufnehmen, ihr vielleicht noch ein paar Fragen stellen und sie wieder laufen lassen.

Mia hatte in der Nacht über ihren Auftritt am Strand nachgedacht. Sie hatte sich geschämt, als sie sich das Bild vor Augen rief: mit nacktem Busen schwimmen zu gehen! Was hatte sie sich dabei gedacht! Halb nackt ins Meer zu rennen. Sie, als einziges Mädchen. An einem türkischen Strand! In einem türkischen Ort, wo man an Touristen nicht gewöhnt war. Was hatte sie sich nur dabei gedacht.

Ich werde mich entschuldigen, dachte Mia, während sie zwischen den beiden Polizisten ging, ich werde ihnen sagen, dass es mir leid tut, dass es eine Dummheit war, dass ich zu viel getrunken hatte, irgendwas. Ich werde sie um Verzeihung bitten. Und ihnen sagen, dass ich nicht die Kultur ihres Landes beleidigen wollte …

Irgend so etwas werde ich sagen …

Sie ging an der Schreibstube vorbei, in der Mia am Vorabend befragt worden war, ein anderer Mann saß am Schreibtisch, er blickte nicht einmal auf, als Mia an der offenen Tür verharrte.

Der Polizist stieß sie weiter. »Go«, herrschte er sie an. Dann waren sie draußen. Die Sonne ging gerade auf. Der Himmel war azurblau und es ging eine leichte Brise. Es war ein schwüler Tag und es würde heiß werden.

Autos fuhren an der Polizeiwache vorbei, ein Pferdekarren, ein Bus, der vollkommen eingestaubt war, als käme er direkt von einer Wüstentour. Zwei junge verschleierte Mädchen mit Schulsachen unter dem Arm blieben stehen und starrten Mia an wie eine Erscheinung.

Mia in einem roten Sommerkleid mit Paillettensandaletten – und Handschellen. Ungekämmte Haare, die Zähne nicht geputzt, auf der Zunge der Geschmack von süßem Hefezeug und bitterem schwarzem Tee.

Die Mädchen trugen dunkelblaue Schuluniformen. Ihre Kopftücher waren schneeweiß und leuchteten wie Nonnenhauben. Sie pressten die Bücher fest gegen ihre Brust. Sie starrten Mia unverwandt an. So lange, bis Mia den Blick irgendwann abwendete.

Mia wartete zwischen den beiden Polizisten auf den Treppenstufen zur Polizeiwache in der Morgensonne. Ein Radfahrer, der auf dem Gepäckträger einen Strohballen transportierte, winkte den Polizisten zu. Er rief etwas, er lachte. Mia sah, dass der Polizist sein Gesicht zu einem Grinsen verzog.

Das nahm sie ihm übel. Die reden über mich, dachte sie wütend, die machen sich über mich lustig.

Sie hätte jetzt gerne eine Jacke gehabt, einen Schal, irgendetwas, um ihre Haut zu bedecken. Als ihre Wut verraucht war, blieb nur Verzweiflung.

Niemand sah aus wie sie. Frauen kamen vorbei, sie trugen bunte, lange Röcke mit bunten Kopftüchern. Manche hatten Kinder an der Hand, andere schleppten schwere Bündel.

Gegenüber fegte eine junge Frau die Türschwelle vor dem Haus sauber. Ihr Besen war aus Stroh. Sie fegte den Schmutz auf die Straße und der Wind blies ihn wieder vor ihre Haustür zurück.

Dann hörte sie eine Autohupe. Die beiden Polizisten blickten nach links und da sah auch Mia, wie ein Polizeiauto auf den Parkplatz bog. Es war nicht der Streifenwagen, in dem sie gestern Abend gefahren war. Es war ein richtiges Gefängnisauto, ein Kastenwagen, dunkelgrün lackiert, mit vergitterten Fenstern.

Mia konnte nicht glauben, was sie sah. Sie hob den Kopf, schaute den Schnurrbart an. »Please«, flüsterte sie.

Aber der zeigte keine Regung. »You go«, befahl er. Sie stießen Mia vorwärts.

Die beiden Schulmädchen waren stehen geblieben, eng aneinander gedrängt, und beobachteten die Szene. Sie waren vielleicht dreizehn oder vierzehn Jahre alt.

Mia wurde zum Auto geführt. Sie wollte nicht einsteigen. Eine plötzliche Panik hatte sie ergriffen. Sie wollte wissen, wohin man sie brachte. Sie wollte wissen, was los war. Was man ihr vorwarf. Was das alles zu bedeuten hatte. Sie wollte mit ihrer Schwester reden, wollte ins Hotel zurück, sich frische Sachen anziehen.

Tausend Dinge, die sie wollte, aber nicht einen einzigen Wunsch konnte sie äußern.

Die Polizisten sprachen einfach nicht mit ihr.

Sie wurde in den Wagen geschoben, die Türen fielen zu. Die Polizisten stiegen vorne ein und es ging los.

Der Wagen war rechts und links mit Holzbänken ausgestattet. Er war nicht gefedert, bei jedem Schlagloch schleuderte es Mia vom Sitz. Aber sie konnte sich nicht festhalten. Ihre Hände waren gefesselt.

Die beiden Polizisten fuhren schweigend durch die Straßen. Manchmal schauten sie zurück und blickten sie durch ein vergittertes Fenster an. Dann sahen sie wieder nach vorn.

Sie bogen auf eine breite Asphaltstraße ein, die eine Weile am Meer entlangführte. Das Wasser leuchtete türkisblau. Auf den Wellen schaukelten weiße Schiffe.

Sie fuhren an Dörfern vorbei mit flachen Dächern, auf denen Frauen bunte Wäsche aufhängten. Sie überfuhren ein Huhn. Der Polizist musste aussteigen und eine Frau besänftigen, die wütend auf ihn einschrie. Die Frau hatte keine Zähne mehr im Mund. Der Polizist holte schließlich ein Geldbündel aus der Hosentasche, nahm einen Schein und drückte ihn der Frau in die Hand. Die Frau zeterte immer noch, als sie schon weiterfuhren. Die Polizisten lachten.

Schließlich ließen sie das Meer hinter sich und fuhren in die Berge. Zuerst fuhren sie an wunderschönen schattigen Bäumen vorüber, aber dann, als sie höher kamen, wurde der Bewuchs immer niedriger und die Erde steiniger. Der Wagen rumpelte durch Schlaglöcher. Mias Kopf dröhnte.

Es wurde wärmer. Ein trockener, heißer Wind blies durch

die offenen Gitterfenster, Staub legte sich auf ihr Gesicht, ihre Haare, ihre Lippen. Ihre Kehle brannte, sie hatte Durst und ihr Kopf glühte, als würde er platzen.

Als Mia das erste Mal auf die Uhr schaute, war es zwölf Uhr mittags.

Gut, dass sie wenigstens ihre Armbanduhr hatte. Sie wollte den Polizisten sagen, dass sie durstig war. Dass sie mal pinkeln müsse. Aber sie wusste nicht, wie man mit Leuten redete, die durch einen hindurchsahen.

Sie gab auf. Sie rutschte von der Holzbank auf den Fußboden, legte den Kopf in die Armbeuge, und hielt die Hände so, dass die Handschellen nicht in die Haut schnitten. Sie versuchte, an nichts mehr zu denken, nichts mehr zu fühlen. Nicht die Hitze, nicht den Staub, nicht das Holpern des Wagens.

Einfach nicht mehr da sein. Wie tot sein.

Man sagte Mia nicht, wie die Stadt oder das Gefängnis hieß. Man sagte ihr gar nichts.

Durch die vergitterten Fenster konnte sie das Gebäude sehen, hoch aufragend auf einem Hügel, mit einer Mauer und einem großen Tor.

Das Tor wurde geöffnet und sie fuhren hindurch. Der Platz, auf dem sie zum Stehen kamen, war umgeben von hohen Mauern.

Sie zerrten Mia aus dem Auto. Mia konnte kaum aufrecht stehen. Auf dem Platz flimmerte die Hitze. Die Sonne stand senkrecht über ihnen, leuchtend hell und heiß wie Feuer.

Mias Zunge klebte vor Trockenheit am Gaumen, ihre Augenlider waren geschwollen, sie zwinkerte, weil das Licht so grell war.

Andere Wärter in anderen Uniformen kamen heraus, die Polizisten wechselten ein paar Worte mit ihnen, übergaben ihnen einen braunen Umschlag und eine Plastiktüte, die oben zusammengebunden war.

Dann stiegen sie wieder ins Auto und fuhren weg. Der Wärter sagte etwas auf Türkisch zu Mia, aber sie verstand ihn nicht. Sie schüttelte den Kopf.

Der Wärter wiederholte seine Frage jetzt in schärferem Ton. Mia zuckte hilflos die Achseln. Der Wärter schrie. Er schrie immer ein Wort, er schrie es direkt in ihr Ohr, aber Mia wusste nicht, was das Wort hieß. Die Tränen liefen über ihr heißes, staubverkrustetes Gesicht.

Der Wärter schob sie vorwärts durch einen Torbogen, der in einen anderen Hof führte. Wenn Mia hochschaute, konnte sie lauter vergitterte Fenster sehen. Und sie konnte die Schreie hören, Frauenstimmen, Rufe. Jemand winkte mit einem Tuch aus einem der Fenster. In dem Hof wuchs kein Baum, kein Strauch.

Sie betraten das Gebäude. Der Fußboden war aus grauem Beton, die Wände grün gestrichen. Es hallte. Sie brachten Mia in einen Raum mit zwei Schreibtischen. Auf einem der Tische stand eine Vase mit künstlichen Nelken. Hinter dem Schreibtisch saß ein streng blickender Mann im Anzug, neben ihm eine Frau, die keine Uniform trug. Sie erhob sich, als Mia ins Zimmer geführt wurde. Der Mann am Schreibtisch nahm den braunen Briefumschlag aus der Hand des

Wärters entgegen, die Frau griff nach dem Plastikbeutel. Mia vermutete inzwischen, dass ihre Basttasche darin war. Aber sie war sich nicht sicher.

Ohne zu lächeln, streckte die Frau Mia die Hand entgegen. »Ich bin Birgül, deine Dolmetscherin.«

Sie sprach Deutsch! Mias Erleichterung war so groß, dass sie sofort in Tränen ausbrach.

»Warum bin ich hier?«, rief sie. »Was ist überhaupt passiert? Ich verstehe gar nichts mehr. Wo bin ich überhaupt? Kein Mensch hat mir was gesagt!«

Der Mann am Schreibtisch nahm einige Papiere aus dem braunen Umschlag und studierte sie schweigend.

»Du bist hier im Frauengefängnis von Duragon«, erklärte Birgül. »Hierher kommen aus der ganzen Region die Frauen, die kriminell geworden sind. Du hast Glück, dieses Gefängnis ist erst vor fünf Jahren gebaut. Hier ist alles schön.«

Alles schön!, dachte Mia. Was für ein Witz!

Der Mann am Schreibtisch räusperte sich. Er sagte etwas auf Türkisch.

Birgül wandte sich an Mia. »Das ist der Untersuchungsrichter. Er hat ein paar Fragen an dich.«

Mia nickte beklommen.

»Hast du gar keine Jacke?«, fragte Birgül. »Oder einen Pulli? Sind das deine Sachen?« Sie deutete auf die Plastiktüte.

»Ich weiß nicht«, sagte Mia, »ich hatte nur eine kleine Tasche. Keine Jacke. Es war ja so ein warmer Abend.«

»So kannst du hier im Gefängnis nicht rumlaufen. Die

Frauen werden neidisch sein auf dein Kleid. Außerdem kann es hier in den Bergen kalt werden. Ich werde sehen, ob ich etwas zum Anziehen für dich besorgen kann. Fürs Erste …«

Jemand betrat den Raum, ging grußlos zu einem Aktenschrank, holte eine Akte heraus und ging ohne ein Wort wieder hinaus.

Der Raum war weiß gestrichen, heiß und stickig. Auf dem Schreibtisch drehte sich ein kleiner Ventilator. Er blies nur dem Untersuchungsrichter kühle Luft ins Gesicht. Manchmal fächerte er die Blätter auf dem Schreibtisch auf. Sonst geschah nichts.

»Kann ich etwas trinken, bitte?«, fragte Mia.

Die Frau nickte. Sie ging zu einem Regal, auf dem ein Tablett mit Wassergläsern und eine halb gefüllte Wasserkaraffe standen. Sie schenkte das Glas voll, reichte es Mia. Mia trank es in einem Zug aus.

»Noch mehr?«, fragte Birgül.

»Ja, bitte.« Mia leerte auch das zweite Glas.

Der Untersuchungsrichter fragte etwas, das Birgül übersetzte.

»Du bist sechzehn«, sagte sie.

Mia nickte.

»Das ist sehr jung«, übersetzte Birgül. »Hier in der Türkei würde ein Mädchen mit sechzehn nicht alleine verreisen dürfen.«

»Ich bin nicht allein gekommen. Meine Schwester Sophie ist bei mir. Sie ist achtzehn. Bitte …« Mia beugte sich vor und schaute Birgül eindringlich an. »Kann ich mit meiner

Schwester sprechen? Sie macht sich bestimmt ganz furchtbare Sorgen.«

»Ich werde sehen, ob ich etwas machen kann«, sagte Birgül. Es klang nicht sehr zuversichtlich.

Der Richter legte die Papiere hin und faltete die Hände, während er Mia eingehend musterte. Er sprach und Birgül hörte zu.

»Du brauchst einen Anwalt«, übersetzte sie schließlich.

Mia erstarrte. »Einen Anwalt? Wozu?«

»Für den Prozess«, sagte Birgül. »Du brauchst einen Anwalt, der Deutsch spricht. Ich werde mich mit der deutschen Botschaft in Verbindung setzen. Die wird dann auch mit deinen Eltern Kontakt aufnehmen und mit deiner Schwester. Ich weiß nicht, wie ich das hinbekomme, aber ich werde versuchen, dass deine Sachen aus dem Hotel hierher gebracht werden.«

»Aber warum?«, fragte Mia fassungslos. »Warum sperren die mich hier ein? Ich verstehe das nicht! Ich hab doch nichts gemacht! Nichts Schlimmes jedenfalls.«

Birgüls Gesicht war sehr ernst, verschlossen, fast schon ablehnend.

»Das nennst du nichts!«, sagte sie.

»Ich weiß, dass ich es nicht hätte tun dürfen! Ich weiß, dass es dumm war. Aber es war so lustig und die Jungen …« Sie zögerte. Sie stockte. »Aber jetzt bin ich wütend auf die Typen. Die haben mir kein bisschen geholfen. Die haben sich einfach tot gestellt, als die Polizisten gekommen sind. Als wenn ich da alleine eine Party veranstaltet hätte! Als wenn ich alleine schuld wäre!«

Der Richter sagte etwas. Birgül übersetzte: »Hier steht, dass du unbekleidet warst, als die Polizei dich verhaftet hat. Eine Frau, die in der Nähe wohnt, hat euch beobachtet. Sie war so entsetzt. Diese Frau hat zwei Töchter, sie sind 12 und 13 Jahre alt. Sie hat Angst, dass ihre Töchter verdorben werden durch die schamlosen Touristen. Deshalb ist sie zum Imam gegangen. Sie hat ihm erzählt, dass eine junge Frau nackt mit mehreren Jungen am Strand sei. Und der Imam hat die Polizei gerufen. So ist das gelaufen.«

»Ich hatte meinen Slip an«, sagte Mia. »Ich war nicht ganz nackt.« Mias Gesicht glühte. Sie nickte. Sie schämte sich und wagte nicht, Birgül oder den Richter anzusehen.

»Ich wette«, sagte Birgül, »dass die Jungen noch nie zuvor ein nacktes Mädchen gesehen haben.«

»Aber ich war nicht nackt!«, schrie Mia.

Die Gesichter der beiden verschlossen sich noch mehr.

»Schreien wird dir nicht helfen«, sagte Birgül streng.

»Aber ich war nicht nackt!« Mia flüsterte jetzt. Ihre Stimme war nur ein Wispern, ein Flehen um Verständnis. »Ich hab das Kleid ausgezogen, den BH, weil ich nicht wollte, dass er nass wird. Der war ganz neu. Und ich dachte, das Salzwasser …« Sie verstummte und senkte den Kopf.

»Weißt du, was der Islam ist?«, fragte Birgül, nachdem sie eine Weile dem Richter zugehört hatte.

Mia nickte. »Natürlich.«

»Kennst du den Koran?«

»Ich kenn ihn nicht, aber ich weiß, was das ist. So eine Art Gesetzbuch für Muslime.«

Birgül nickte. »Der Koran befiehlt den Frauen, sich züchtig zu kleiden. Die Männer nicht durch schamloses Verhalten zu reizen. Männern nicht direkt in die Augen zu sehen, in der Öffentlichkeit nicht mit Männern zu sprechen, es sei denn, sie gehören zur Familie. Der Koran befiehlt jungen Mädchen und Frauen, die Gesellschaft von Männern an öffentlichen Plätzen zu meiden. Dort, wo du Urlaub gemacht hast, leben die Leute sehr streng nach ihrem Glauben. Dort hat noch nie ein junges Mädchen nackt im Meer gebadet und mit Jungen am Strand getanzt. Sie haben alle Angst, dass in Cayalkuhir jetzt solche Sitten einreißen wie in Istanbul oder in Antalya. Gottlose Sitten.«

»Ich habe nichts gemacht«, flüsterte Mia. »Wirklich! Ich schwör's! Ich hab keinen Jungen angefasst, wir haben uns nicht geküsst, gar nichts ...« Sie schluckte. Zögernd fügte sie hinzu. »Ich bin ja nur mit den Jungen mitgegangen, weil Kemal nicht gekommen ist.«

»Wer ist Kemal?«

Mia erzählte, wie es zu dem Abend gekommen war. Dass die Initiative von den Jungen ausgegangen sei. Dass die Jungen die Musik mitgebracht hätten, den Alkohol. »Ich wollte das überhaupt nicht!«, rief Mia flehend.

»Aber du bist mitgegangen«, sagte Birgül. »Und du hast getanzt und dabei deine nackten Beine gezeigt, deine nackten Schultern. Du hast in der Öffentlichkeit mit den Jungen Alkohol getrunken.«

»Das machen in Deutschland doch alle!«, rief Mia. »Ich meine, da stört sich kein Mensch daran, wenn Mädchen und Jungen zusammen eine harmlose Party feiern.«

»Das ist für dich also harmlos«, sagte Birgül spitz. »Wir in der Türkei würden sagen, dass ein Vater mit so einer Tochter seine Ehre verloren hat. Ein Vater würde so eine Tochter, die nachts halb nackt mit Jungen am Strand tanzt, verbannen. Er würde sie aus der Familie ausstoßen. Die ganze Familie würde sie verstoßen, die Mutter, die Brüder. Alle. Aber das ist nicht der Grund, warum du hier bist. Er macht es nur noch schwerer für dich. Weil dein Verhalten zeigt, wie unmoralisch du denkst und dich verhältst.« Sie tippte auf die Papiere. »So steht es hier.«

»Was?«, flüsterte Mia. Sie hatte die Augen weit aufgerissen. »So was steht da?«

Birgül nickte. Sie räusperte sich, beugte sich vor und schaute Mia in die Augen. »Jetzt kommen wir zu dem Hauptpunkt.«

»Wieso? Was denn noch?«

»Drogen.«

Mia schloss die Augen und atmete tief durch. Sie dachte an den Joint, den die Jungen hatten reihum gehen lassen, sie hatte nur einen einzigen Zug genommen, wirklich, nur einen einzigen Zug.

Aber klar, das war strafbar. Das war hier in der Türkei bestimmt nicht erlaubt.

Der Richter sprach.

»Zweihundert Gramm Kokain!«, übersetzte Birgül. »Das ist eine ganze Menge.« Der Richter hob die Stimme.

»Und auf dem internationalen Markt viel Geld wert.«

»Kokain? Was?« Mia spürte die aufmerksamen, lauernden Blicke des Richters. »Aber wieso denn? Ich meine, ich hab noch nie in meinem Leben irgendwas mit Drogen …« Sie verstummte.

Klar, sie hatte diese Joints geraucht, manchmal in der Gruppe, in der Schule oder auf Partys, immer mal einen Zug.

»Es war in deiner Tasche«, erklärte Birgül. »Die Polizisten haben das Kokain in deiner Tasche entdeckt. Deshalb haben sie dich auch gleich verhaftet. Vielleicht hättest du sonst nur eine Verwarnung bekommen, eine Geldstrafe … aber mit zweihundert Gramm Kokain …«

»Aber das ist nicht von mir! Das gehört mir nicht! Ich hab das nie gesehen! Wie soll das denn ausgesehen haben?«

»Ein Päckchen«, sagte Birgül ungerührt, »in Plastik eingeschweißt. Wie immer, wenn so etwas geschmuggelt werden soll. In wessen Auftrag machst du so was?«

Mia riss die Augen auf. »Was?«

»Wer sind die Hintermänner? Wer hat das organisiert? Steckt deine Schwester dahinter? Wer hat euch die Reise bezahlt? Wem solltest du das Päckchen übergeben?«

Die Fragen kamen wie Pistolenschüsse. Mia brach zusammen. Sie legte den Kopf auf die Tischplatte.

»Drogenhandel«, sagte Birgül, »ist in der Türkei ein Kapitalverbrechen. Weißt du, was das heißt?«

Mia schüttelte den Kopf, ohne sich aufzurichten.

»Wenn du bei deinem Prozess einen strengen Richter bekommst, kann er dich jahrelang ins Gefängnis stecken.«

Mia rührte sich nicht.

»Hast du gehört?«, wiederholte Birgül. »Jahrelang. Deshalb raten wir dir, die Wahrheit zu sagen, nichts zu verschweigen. Drogenhändler, die mit uns zusammenarbeiten, können auf mildere Strafen hoffen. Das heißt, wenn du gut mit uns zusammenarbeitest und die Hintermänner verrätst, kannst du vielleicht in zwei Jahren schon wieder aus dem Gefängnis freikommen.«

Mia hob den Kopf. »Zwei Jahre?«, flüsterte sie.

Celal Bayar hatte sein Büro am Hauptplatz gegenüber vom Busbahnhof. TOURIST OFFICE stand auf der großen Schaufensterscheibe. Und ein AVIS-Schildchen und ein anderes, auf dem YACHT-CHARTER stand.

Statt einer Tür gab es einen Vorhang aus Perlenschnüren, die leise klimperten, wenn man durch sie hindurch in den Raum trat.

Die Wände waren mit großformatigen schönen Fotos von Cayalkuhir tapeziert. Die Strände, die Fischerboote, die Moschee bei Tag und das erleuchtete Minarett bei Nacht vor einem aufgehenden Mond.

Celal Bayar telefonierte, als Sophie hereinkam. Sophie kam in Begleitung des Hotelbesitzers. Aziz, ein freundlicher Mann mit grauem Bart, hatte sie in seinem Auto hergebracht, ohne ein Wort mit ihr zu wechseln. Er sprach weder Englisch noch Deutsch, es war seine Frau, die immer an der Rezeption saß und sich mit den Gästen unterhielt.

Er wechselte ein paar Worte mit Celal, nickte Sophie zu und verschwand wieder.

Celal erhob sich hinter dem Schreibtisch. Er kratzte sich am Kinn, dann wischte er mit der Hand über den Nacken, er wirkte verlegen und unsicher.

»Deine Schwester ist von der Polizei festgenommen worden, hab ich gehört.«

Er bot Sophie einen Stuhl an, mit rotem Kunstleder bezogen, aus dem gelber Schaumstoff quoll. Die aufgeplatzten Kunststoffränder waren scharf und spitz. Sophie saß kerzengerade auf dem Sitz.

»Das ist eine schlimme Sache«, sagte Celal betrübt. Er betrachtete seine Fingernägel. »Ihr hättet besser die Bootstour mit mir machen sollen. Dann wäre das nicht passiert.«

Sophie nickte, sie war verzweifelt. »Ich weiß. Wir hätten alles anders machen müssen.«

»Das hier«, sagte Celal, »ist nicht Antalya. Und nicht Side. Hier lebt man nicht so wie in Istanbul oder wie in Deutschland. Hier ist das Leben anders.«

»Ja, ich weiß« murmelte Sophie.

»Es ist schade«, sagte Celal, »dass ihr unsere Kultur nicht respektiert. Sehr schade.«

»Aber wir haben Respekt!«, rief Sophie. »Wir haben nur nicht gewusst …«

Celal unterbrach sie barsch. »Wer in ein fremdes Land fährt, sollte sich vorher darüber informieren. In dieser Gegend hat es immer nur Pensionen für türkische Familien gegeben. Natürlich kennen wir hier Ausländer. Selbstverständlich. Sie sind auf der Durchreise, sie steigen aus dem Bus, besuchen einen Basar, die Moschee, den Friedhof und die Fischauktion. Manche fahren auch weiter bis zur Fabrik, wo Ledersachen hergestellt werden. Sie kommen mit dem Bus aus Samsun, bleiben einen Tag und fahren wieder weg. Es gab nie irgendwelche Probleme.«

Sophie hörte verlegen zu.

»Ich weiß nicht, wohin sie Mia gebracht haben«, sagte sie schließlich. »Können Sie das herausfinden? Können Sie mir helfen?«

»Vielleicht kann ich helfen«, sagte Celal, »vielleicht auch nicht. Weshalb genau wurde Mia verhaftet? Was ist passiert?«

Sophie schüttelte den Kopf. »Ich weiß es nicht.«

»Du hast keine Ahnung?«

»Nein«, rief Sophie unter Tränen, »ich hab keine Ahnung! Ich war doch nicht dabei!«

»Du weißt nicht, dass deine Schwester nackt im Meer gebadet hat?«

Sophie schloss die brennenden Augen. Sie schüttelte den Kopf.

»Jedenfalls erzählt man sich das hier im Ort«, sagte Celal. »Aber ich glaube es nicht. Die Leute übertreiben gern.«

Sophie nickte schwach. Sie konnte sich durchaus vorstellen, dass Mia nackt im Meer gebadet hatte. Früher, als sie an der Nordsee Urlaub machten, hatten Sophie und Mia oft nachts noch im Meer gebadet und meistens hatten sie ihre Badesachen ausgezogen und waren nackt in die Wellen gelaufen. Weil das einfach mehr Spaß machte.

»Aber auch so ist es schlimm genug. Sie war mit einer Gruppe von Jungen aus dem Ort am Strand«, sagte Celal. »Fünf oder sechs. Nachts! Am Strand! Ihr deutschen Mädchen habt wohl keine Scham!«

»Nein!« Sophie beugte sich vor, sie schaute Celal eindringlich an. »Das ist nicht wahr! Sie war nur mit einem

Jungen zusammen. Das weiß ich genau. Sie war doch mit Kemal verabredet. Kemal wollte sie vom Hotel abholen.«

Celal schaute Sophie nachdenklich an.

»Kemal?«, fragte er. »Der Sohn von Erdogan Kemal?«

»Ich weiß doch nicht, wie er mit Nachnamen heißt!« Sophie schrie jetzt. Der Schweiß lief an ihrem Rücken herunter. In dem Büro war es morgens um zehn Uhr schon fast vierzig Grad heiß. Es gab keinen Ventilator, keine Klimaanlage. Celal schwitzte nicht. Er war an die Hitze gewöhnt.

»Du meinst den Kemal, der in Deutschland gelebt hat?«

»Ja!« Sophie nickte eifrig. »Das hat Mia mir erzählt. Er hat mit seiner Familie in Berlin gelebt. Sie sind erst vor einem halben Jahr zurückgekommen. Er will bei einer Telefongesellschaft arbeiten, glaube ich.«

Celal nickte nachdenklich. Er betrachtete seine gepflegten Hände. Er hatte auffallend saubere rosa Fingernägel. Er schaute auf diese Fingernägel, als sei er besonders stolz darauf.

»Ich könnte Kemal anrufen«, sagte er zögernd.

»Oh ja, bitte!«, rief Sophie.

»Aber ich weiß nicht, ob das eine gute Idee ist. Es hat gestern Nacht ein Problem gegeben. Jedenfalls erzählt man sich das. Ich wohne ein paar Häuser von Kemal und seiner Familie entfernt.« Er schaute auf. »Wenn ich richtig informiert bin, ist Kemal gestern Abend mit seinem Vater nach Istanbul gefahren. Zum Flughafen. Ich weiß nicht, ob sie schon zurück sind.«

Sophie zitterte. »Bitte, können Sie nicht anrufen und fragen? Vielleicht weiß er etwas.«

Celal nickte. Er rollte mit seinem Schreibtischstuhl zum Regal, nahm ein Telefonbuch heraus und blätterte darin.

Das Telefon klingelte, er nahm ab, ließ aber den Hörer einfach auf der Schreibtischplatte liegen.

Er suchte Kemals Nummer. »Sie wohnen bei einem Onkel«, sagte er. »Der heißt Öger. Es gibt viele Öger.«

Ihm fiel ein, dass jemand in der Leitung war, er hob den Hörer an den Mund, rief etwas und legte wieder auf.

»Hier, da ist er. Ich werde versuchen, ob jemand zu Hause ist.«

Sophie nagte nervös an ihrer Unterlippe, die ganz rissig und aufgeplatzt war.

Celal wählte die Nummer. Sophie starrte auf sein Gesicht. Jetzt bildeten sich doch kleine Schweißperlen auf seiner Stirn.

Er lehnte sich zurück. Er sagte etwas. Sophie verstand nur »Kemal«, sonst nichts.

Celal nickte, sagte wieder etwas, lauschte, wartete, schaute Sophie zwischendurch kurz an und nickte. »Er ist da«, flüsterte er. »Sie holen ihn ans Telefon. Willst du mit ihm sprechen?«

Sophie stand sofort auf, sie stellte sich neben Celal und nahm den Hörer in Empfang.

»Hallo«, rief sie. »Kemal? Bist du es? Hier spricht Sophie. Die Schwester von Mia. Erinnerst du dich?«

Eine Pause entstand. Sophie konnte seinen Atem durch das Telefon hören.

Iregndwann räusperte Kemal sich und fragte leise: »Was ist passiert?«

Protokoll: Kemal

Mia verhaftet! Das war nach der Nacht, die ich hinter mir hatte, der nächste Schock.

Ich dachte, so ist es also, wenn die Welt zusammenbricht. Wenn alles um einen herum kaputtgeht.

Klar, ich habe Mia nicht wirklich gekannt. Aber in meinem Alter ist das doch normal, dass man sich verknallt, sozusagen blindlings. An Mia hatte mir alles gefallen. Ihre Art zu lachen, sich zu bewegen, alles erinnerte mich an Berlin. Sie war so selbstverständlich. So sicher irgendwie. Ich fand das toll. Und dann sieht sie ja auch gut aus. Das ist auch ziemlich wichtig, oder?

Und jetzt war sie verhaftet! Und ich hatte keine Ahnung, wieso!

Dann stand mein Vater plötzlich neben mir mit diesem bleichen, angespannten Gesicht, das er schon die ganze Zeit auf der Fahrt hatte.

»Mit wem sprichst du da?«, schrie er.

Bevor ich antworten konnte, hatte er auch schon die Hand auf die Gabel gelegt. Einfach so. Als wäre er der Herr über mein Leben, der Herr über das Haus, über die Familie. »Mit wem??«, wiederholte er.

Seine Stimme war drohend, ich kannte das schon, mein Vater wird schnell zornig, wenn wir nicht spuren. Er verlangt absoluten Gehorsam. Vollkommenen Gehorsam. Wir müssen blind seine Anordnungen und Befehle befolgen. Dürfen nie fragen: Warum? Wieso? Weshalb? Dann setzt es sofort Ohrfeigen.

Mein Vater hatte die ganze Nacht nicht geschlafen, wir waren 500 Kilometer gefahren. Seine Augen brannten vor Müdigkeit, das konnte ich sehen, aber ich hatte kein Mitleid mit ihm. Ich hatte auch nicht geschlafen.

»Ich kann telefonieren, mit wem ich will«, sagte ich trotzig.

Mein Vater starrte mich an. Er hatte ganz weiße Lippen.

»Aber nicht in meinem Haus!«, knurrte er.

Ich hab mich einfach umgedreht, ich wollte raus aus dem Haus, um herauszufinden, was mit Mia war.

Aber er hielt mich mit eisernem Griff fest.

»Ich warte noch auf eine Antwort«, zischte er.

Ich schaute ihn an. »Das war Celal«, sagte ich. »Der wollte bloß was wissen.«

»Celal? Welcher Celal?«

»Der aus unserer Straße«, sagte ich, »der dieses Büro hat. Du weißt schon, der Autos vermietet und Boote und so.«

Die Augen meines Vaters wurden ganz schmal. »Und was will er von dir?«

»Keine Ahnung«, sagte ich. »Er will mich sprechen.«

»Hat er Arbeit für dich?«, fragte mein Vater. Seine Stimme war sofort viel milder, fast sanft.

»Ja.« Das war die Rettung! Ich nickte eifrig. »Kann sein, dass er Arbeit hat. Er baut seine Firma ja gerade erst auf.«

Mein Vater ließ mich los. Er war müde. Es sah aus, als würde er am liebsten weinen. Er war erschöpft und verzweifelt. Seine Tochter war ihm entkommen. Seine Tochter war ihm entflohen, hatte die Familie verraten, hatte die Familie entehrt. Wie sollte er seinen Verwandten je wieder unter die Augen treten? Was sollte er dem Verlobten sagen, wenn er nach Aylin fragte?

Er würde meiner Mutter die Schuld geben, das war jetzt schon klar. Er würde sagen, du hast ihr zu viel durchgehen lassen. Du hast nicht auf sie geachtet, als ich weg war. Du hast ihr zu viel erlaubt. Türkische Mädchen müssen anständig sein! Du hast in Berlin wohl verlernt, was man darunter versteht ... So was würde er zu ihr sagen und meine Mutter würde weinen und schreien und in die Küche flüchten. Ach, ich habe die Nase voll von meiner Familie. Ich wünschte, Aylin hätte mich mitgenommen nach Paris. Aber was hätte ich da machen sollen? Ich kann kein Wort Französisch und ich hab ja noch nicht mal einen Schulabschluss. Das ist das Schlimmste. Daran denke ich hier Tag und Nacht, dass ich nicht mal einen Schulabschluss habe, weil mein Vater uns Hals über Kopf in die Türkei zurückverfrachtet hat. Wenn wir wenigstens in Istanbul wären!

Istanbul ist schön, die Türkei ist überhaupt schön. Alles prima. Bis auf diesen Ort hier, dieses trostlose Nest am Ende der Welt. Das wird nie etwas mit dem Tourismus, wenn sie sich Ausländern gegenüber so benehmen.

Was konnte Mia schon Schlimmes getan haben?

Ich bin dann zu Celal, der schon eine Weile herumtelefoniert hatte, um in Erfahrung zu bringen, was eigentlich genau passiert war. Er erzählte mir dann alles, was er herausgefunden hatte.

»Mia ist im Frauengefängnis von Duragon!«, sagte er. »Sie hat nachts nackt im Meer gebadet. Eine Frau hat das gesehen und die Polizei gerufen.«

»Allein?«, fragte ich.

Celal zählte auf, wer alles mit dabei gewesen war.

Er nannte Namen. Einer der Namen gefiel mir überhaupt nicht. Serdal. Der Typ war nicht sauber. Das wusste ich. Abdo hatte mir erzählt, dass er versuchte, Leute für Kurierdienste anzuwerben. Dabei ging es natürlich um Drogen. Serdal hat schon im Gefängnis gesessen, war aber wieder rausgekommen, weil seine Familie gute Kontakte zu den Behörden hat, fragen Sie mich nicht genau, welche.

Als ich hörte, dass Serdal da seine Finger im Spiel hat, wusste ich sofort: Da steckte mehr dahinter als nur das Nacktbaden. Mehr als nur gegen die guten Sitten verstoßen zu haben. Da ist noch was anderes abgegangen.

Ich finde das ehrlich schlimm, wenn ein Mädchen so was nötig hat, sich vor fremden Jungen auszuziehen. Ich hätte ihr so was auch nicht zugetraut. Weiß der Teufel, was in sie gefahren ist.

Aber wenn man sie sofort in das Frauengefängnis nach Duragon gebracht hat, dann bedeutete dies: Die rechneten mit einer Gefängnisstrafe. Hier bei uns im Ort hat das Polizeirevier nur ein paar Zellen. Kein Untersuchungsgefängnis oder so was.

Die Kriminellen werden alle von hier weggebracht und auf verschiedene Untersuchungsgefängnisse verteilt.

Celal war auch vollkommen durcheinander: »Ich habe mein Büro erst seit einem Monat geöffnet«, sagte er, »und dann passiert gleich so was. Wenn das in die Presse nach Deutschland kommt, können wir diese Gegend hier ein für alle Mal vergessen, dann kommt kein Mensch mehr her.«

Er hat mir erzählt, wie viel er investieren musste, um als AVIS-Agent arbeiten zu können, das Boot, das er gechartert hat, und so weiter. Er hat eine Frau, die gerade Zwillinge bekommen hat. Er muss für eine Familie sorgen.

»Schlimm, wirklich, wenn dann so etwas passiert.«

»Vielleicht kommt es ja auch gar nicht in die deutsche Presse«, sagte ich, »vielleicht löst sich das alles ja auch irgendwie in Wohlgefallen auf.«

Celal verdrehte bloß die Augen. »Die haben was gegen Mia in der Hand«, sagte er. »Das ist sonnenklar. Sonst wär die Sache anders verlaufen, harmloser, weißt du. Das war ja praktisch eine Nacht-und-Nebel-Aktion«, sagte Celal, »Mia tut mir richtig leid. Die hat keine Ahnung, was sie in einem türkischen Gefängnis erwartet. Keine Ahnung.«

Ich bin sofort ins Hotel und hab mit Aische, der Hotelbesitzerin, gesprochen, die hat Sophie dann aus ihrem Zimmer geholt. Sophie zitterte. Ihr Gesicht war kreidebleich und ganz eingefallen, sie wirkte vollkommen verschreckt.

»Ich weiß, wo Mia ist«, sagte ich.

Sophie krallte sich in meinen Arm, als würde sie einen Rettungsring packen. »Wo denn? Wo denn?«

Ich sagte ihr, dass das Frauengefängnis von Duragon ungefähr achtzig Kilometer weit weg sei, in den Bergen.

»Ich muss dahin!«, rief Sophie, »ich muss Mia sehen!«

Wir haben dann lange hin und her überlegt, schließlich hat die Hotelbesitzerin angeboten, dass ihr Mann uns dahin fahren könnte.

Das war wirklich richtig nett von ihr und großzügig. Und es hat gezeigt, dass sie und ihr Mann sich auch Sorgen machten um ihre Gäste.

»So ein nettes Mädchen«, sagte sie mitfühlend, »immer so ein freundliches Lächeln für alle. Und so glücklich war sie. Aber dann am Abend hatte sie eineinhalb Stunden vor dem Hotel gestanden. Sie hatte auf jemanden gewartet, glaube ich ... Sie hatte sich so hübsch gemacht. Ich wollte ihr noch sagen, bleib lieber im Hotel ...«

Ich wurde feuerrot.

Es war vollkommen klar, dass das alles meine Schuld war. Wenn ich Mia an dem Abend abgeholt hätte, wäre das nicht passiert. Nie und nimmer. Ich hätte sie von den anderen Typen fern gehalten. Ich hätte auf sie aufgepasst. Wir hätten nichts gemacht, was die Bewohner aus unserem Ort aufgeregt hätte. Das schwör ich. Das hätte ich nicht getan.

»Wissen eure Eltern schon Bescheid?«, fragte Aische besorgt.

Sophie schüttelte bekümmert den Kopf. »Ich hab keine Ahnung, was ich ihnen sagen soll!«, rief sie verzweifelt. »Ich dachte, ich warte ein bisschen, vielleicht klärt sich dann alles auf.«

Aber inzwischen war klar: Es würde sich nicht einfach alles in Luft auflösen. Sie hatten Mia weggebracht, die fahren nicht 80 Kilometer durch die Berge, für nichts und wieder nichts. Sie wissen, was sie tun.

Wir mussten also unbedingt zu Mia. Ich musste nur noch meinen Vater dazu bringen, dass er mir das erlaubte.

Da kam mir die rettende Idee:

»Vater«, hab ich gesagt, »es ist etwas passiert. Mit einem deutschen Mädchen, das im Hotel von Aziz und Aische wohnt.«

Mein Vater schaute mich mit regloser Miene an. Er wartete.

»Die Schwester hat mich gebeten, für sie zu dolmetschen«, hab ich gesagt, »weil sie kein Türkisch kann. Aziz fährt uns dahin.«

Mein Vater hat genickt. Das hat er verstanden. Aische und Aziz kennt er ja schon lange.

»Wirst du dafür bezahlt?«, fragte er.

Ich hab genickt. Da war er zufrieden.

»Woher kennst du das Mädchen?«, fragte er dann aber doch argwöhnisch.

»Hab sie zufällig am Strand getroffen«, sagte ich.

Das gefiel ihm schon nicht mehr so gut. »Und wo ist sie jetzt?«

»Das weiß ich nicht so genau«, log ich, »aber der Mann von Aische bringt uns hin. Ich muss nur dolmetschen, sonst ist nichts.«

Mein Vater seufzte. Ich wartete. Er hatte noch nicht Ja gesagt. Ich wollte nicht gehen, ohne seine Erlaubnis, falls irgendetwas passierte, ich wollte das nicht riskieren.

Aber er schwieg einfach, sackte vollkommen in sich zusammen. Diese Sache mit meiner Schwester hatte ihn in seinem Innersten getroffen.

Ich sagte also: »Wenn du nicht willst, dass ich es so mache wie Aylin, dann solltest du mich fahren lassen. Ich bin heute Abend wieder da. Das verspreche ich.«

Er hob die Hand. Er wedelte mit der Hand. So, als scheuchte er mich aus der Tür, aus dem Haus. Aber er nickte.

Wir sind eine Stunde später losgefahren. Der Himmel hatte sich bezogen und es war unheimlich stürmisch. Das weiß ich noch.

»Es wird ein Gewitter geben«, sagte Aziz. »Es wird heute noch ein Gewitter geben.«

Als wenn das Sophie oder mich interessierte. Aber er saß am Steuer und er hielt das Steuer mit beiden Händen, weil der Sturm von der Seite gegen das Auto donnerte, als wollte er es umkippen. Ich kann mich an das alles noch genau erinnern.

Mia bekam ein Handtuch, ein Stück Seife, ein Laken, einen Kopfkissenbezug. Sie folgte einer Wärterin, die einen breiten Hintern hatte und schwarze, dicke Haare, die in einem langen Zopf über ihren Rücken hingen.

Die Wärterin sprach kein Wort mit Mia.

Mia hielt ihre Sachen vor den Bauch gepresst. Sie trug immer noch die blöden Schuhe, das dünne Kleid und Birgüls Schal, einen bunten Kunstseidenschal, den sie vor der Brust verknotet hatte. Es war nett gewesen, dass Birgül ihr etwas von sich geliehen hatte. Mia hatte ihr versprochen, den Schal zurückzugeben, »wenn ich hier rauskomme«, hatte sie gesagt.

Da hatte Birgül nur gelächelt und stumm über ihre Wange gestreichelt.

Mia schluckte die Tränen herunter, während sie der Wärterin folgte. Sie schloss Metalltüren auf, ließ Mia hindurchgehen und sperrte hinter ihnen wieder zu. Dann kam die nächste Tür und eine Treppe. Und einmal ging es links um die Ecke. Und wieder eine Tür.

Dann kamen sie zu einem langen Flur. Vor der dritten Tür blieb die Wärterin stehen. Diese Tür hatte eine Metallklappe, die man öffnen konnte, um in den Raum zu sehen. Drinnen war ein unglaublicher Lärm. Aber beim Klappern der Metallklappe verstummte der Lärm.

Die Wärterin schloss auf.

Mia sah in einen Raum, der so groß war wie ein Klassenzimmer. Der Raum war voller Frauen. Sie trugen keine Häftlingskleidung, sondern ihre privaten Sachen. Einige hatten Trainingshosen an, andere lange Röcke oder Jeans. Sie trugen Pullis oder T-Shirts. Die Sachen sahen zerknittert und schmutzig aus, alt und abgetragen. Aber das war egal.

Was Mia erschreckte, waren die Blicke, mit denen sie gemustert wurde. Blicke aus Augen, die ohne Freundlichkeit waren, ohne Wärme.

Die Wärterin sagte etwas und ein paar Frauen begannen, wild durcheinander zu reden. Eine bestürmte die Wärterin, packte sie am Arm und schrie etwas, während ein junges Mädchen Mia scheu anfasste und sie aus dem Kreis der anderen Frauen herauszog.

»I am Sunny«, sagte sie, »I am from Birmingham, England. And you?«

»Mia«, sagte Mia, »from Germany.«

Langsam ließ sie ihren Blick durchs Zimmer wandern. Es war gespenstisch.

An den Wänden standen Metallschränke, schmal und hoch, und auf den Schränken Becher und Töpfe. Eine Leine war quer durchs Zimmer gespannt, an der lumpige Wäsche hing. Es roch nach schlechtem Essen, nach Schweiß, nach Urin und billiger Seife. Sie sah eine Frau mit verfilzten Haaren, die auf einem Stuhl unter dem Fenster hockte und einem Baby die Brust gab. Das Baby trug einen blauen Strampelanzug und war ganz rosig. Mitten in diesem Chaos ein kleines Baby! Mia konnte es nicht glauben.

»Why are you here?«, fragte Sunny.

Mia sagte, dass sie selbst nicht genau wisse, warum sie hier sei. Dass alles ein Irrtum sei. Sunny holte aus der Hosentasche einen Kaugummi, brach ihn in der Mitte durch und gab Mia die Hälfte.

»Erdbeergeschmack«, sagte sie. »Mein letzter.«

Mia wollte ihn erst nicht annehmen. Aber Sunny lächelte so nett. Sie wirkte irgendwie froh, dass Mia da war. Sie sagte, dass sie vorher die einzige Ausländerin unter lauter Türkinnen gewesen sei.

Mia fragte: »Wie lange bist du schon da?«

»Acht Monate«, sagte Sunny.

Und in diesem Augenblick glaubte Mia, sie würde das Bewusstsein verlieren. »Acht Monate hier?«, fragte sie fassungslos.

Sunny nickte. »Man gewöhnt sich daran. Es gibt ganz nette Frauen und andere, von denen man sich fernhalten muss. Manche sind verrückt, weißt du, und sie klauen. Du musst auf deine Sachen aufpassen.«

»Ich hab nichts, auf das ich aufpassen muss.«

Die Wärterin hatte Mia entdeckt. Sie deutete auf einen zweiten Raum, er war mit einem Durchgang mit dem ersten verbunden.

»Da schlafen wir«, sagte Sunny. »Komm, sie zeigt dir dein Bett.«

Mia folgte der Wärterin. Ihr war so beklommen zumute, und die Luft in dem überfüllten Raum war so stickig, dass sie kaum atmen konnte.

Aber als sie den sogenannten Schlafraum betraten, wurde es noch schlimmer. Mia dachte, so muss die Vorhölle aussehen. Ein nackter Betonboden, mit Schmutzstellen, die wie Blutflecken aussahen. Der Raum war vollgestellt mit Betten, dicht an dicht, Eisengestelle mit Schaumstoffmatratzen, durchgelegen und fleckig und stinkend.

Die Wände waren bekritzelt, übersät mit Flecken, als habe jemand seinen Kaffeebecher dagegen geworfen.

Die Wärterin deutete auf ein Bett, auf dem nur eine nackte Matratze lag.

»Das ist jetzt deins«, sagte Sunny. »Du hast Glück, neben dir liegt eine ganz nette Frau. Sie spricht sogar ein bisschen Englisch. Ich stell euch nachher vor.«

Mia nickte wie in Trance. Sie konnte immer noch nicht glauben, dass sie hier gelandet war. In einer Zelle mit fünfundzwanzig Frauen.

»Nachher zeig ich dir deinen Schrank«, sagte Sunny. »Aber der stinkt. Den musst du erst sauber machen. Brauchst du sonst irgendwas? Ich schreibe gerade einen Brief an meinen Freund.«

»Ich muss mal pinkeln«, sagte Mia scheu. Sie schaute sich um. »Wo ist das Bad?«

Sunny lachte. »Das Bad!«, rief sie und verdrehte die Augen. Sie zog Mia hinter sich her zu einer kleinen Nische. Zwei Klolöcher in der Erde. Der Beton nass, glitschig und stinkend. Ein Wasserhahn und neben dem Wasserhahn zwei Eimer, ein blauer und ein gelber. Beide kaputt.

In ihrer ersten Zelle hatte sie einen Wasserhahn für sich alleine gehabt.

»Das ist unsere Dusche«, sagte Sunny. »Wenn man morgens früh aufsteht, hat man manchmal Glück und erwischt ein paar warme Tropfen. Sonst ist das Wasser immer kalt. Im Winter ist das schlimm. Aber jetzt haben wir ja Sommer. Da sind wir viel im Hof, draußen in der Sonne. Da trocknen wir unsere Haare und unsere Sachen. Da sitzen wir und reden und schauen die Sterne an. Das ist ganz schön, du wirst sehen. Hast du schon einen Anwalt? Hast du Geld? Gutes Essen hat hier seinen Preis, weißt du. Hier muss man für alles bezahlen, was das Leben erträglich macht.«

»Aber ich hab kein Geld!«

»Dein Anwalt wird sich darum kümmern.«

»Aber ich hab auch keinen Anwalt!«, rief Mia.

Jemand umfasste sie von hinten. Als Mia sich umdrehte, schaute sie in das Gesicht einer etwa vierzigjährigen, sehr hageren Frau. Der Frau fehlten die Schneidezähne. Sie rieb den Stoff von Mias Kleid zwischen den Fingern. Sie sagte etwas, was Mia nicht verstand.

»Leila will dein Kleid«, übersetzte Sunny.

»Aber ich kann ihr das nicht geben!«, rief Mia. »Ich hab sonst nichts.«

»Sie will es tauschen. Gegen eine Hose und einen Pulli«, übersetzte Sunny. »Weißt du, Leila wird nächste Woche entlassen, da will sie schick aussehen, weil ihr Mann sie abholt.«

Mia starrte die Frau an. Die Frau lächelte und legte den Kopf schief. Sie redete pausenlos, aber Mia verstand kein Wort.

»Leila war drei Jahre hier. Sie hat versucht, ihren Onkel umzubringen, weil der ihre Tochter immer wieder vergewaltigt hat. Sie hatte Glück: Der Onkel hat es überlebt. Sonst hätte sie die Todesstrafe gekriegt.«

Mia starrte die Frau an. Sie war unfähig, all die Informationen zu verarbeiten. Eine Mörderin? Sie teilte sich mit einer Mörderin einen Raum?

»Was ist?«, fragte Sunny. »Gibst du ihr das Kleid?«

»Sag ihr, ich denk drüber nach. Sag ihr, ich muss jetzt pinkeln. Bitte.«

Sunny lachte. »Ja, glaubst du, die gehen dann alle raus, wenn einer mal muss? Hier gibt es keine Privatsphäre, Süße. Hier bist du nie allein. Keine einzige Sekunde. Besser, du gewöhnst dich gleich dran. Pass auf, dass dein Slip nicht schmutzig wird. Ich wette, du hast nur den einen.«

Protokoll: Sophie

Im letzten Augenblick war mir eingefallen, dass ich Mia ein paar Sachen mitnehmen müsste. Ihr Waschzeug vor allen Dingen, ihre Wäsche, etwas zum Anziehen.

Aische, die Hotelbesitzerin, gab uns noch ein Fresspaket mit für die Fahrt. Und etwas für Mia.

»Sie hat bestimmt Hunger«, sagte sie.

Ich dachte: Na, zu essen wird sie ja wohl etwas bekommen. Ich hatte ja keine Ahnung, dass man in türkischen Gefängnissen das Essen selber bezahlen muss. Wenn man kein Geld hat, bekommt man irgendeine dünne Brühe, die wie Abwaschwasser aussieht und genauso riecht. Mit irgendwelchen Innereien von Schafen oder so. Und altes Brot.

Wer Geld hat, kann sich aber was Besseres kaufen. Im Gefängnis funktioniert es genauso wie überall auf der Welt: Wer reich ist, hat es besser. Und ich naive Tante hab gedacht, im Gefängnis sind alle gleich. Weit gefehlt!

Ich hab den ganzen Tag versucht, unsere Eltern anzurufen. Sie sind aber nie ans Telefon gegangen. Das war echt wie verhext.

Wir waren schon fast angekommen, als meine Mutter endlich zurückrief. Sie war ganz heiter. Vollkommen ahnungslos.

»Du hast aber Sehnsucht. Drei Anrufe hat mein Handy registriert.«

»Mami! Es ist etwas passiert.«

Pause.

»Ja? Was denn?«

Pause.

»Sie haben Mia verhaftet. Mami! Mia ist im Gefängnis. Ich bin gerade auf dem Weg zu ihr.«

Pause. Ich dachte, das Gespräch ist unterbrochen.

»Mami?«

Wie von weit her erklang eine vollkommen tonlose, matte Stimme. »Sag, dass das nicht wahr ist! Im Gefängnis? Mia? Aber wieso?«

»Ich weiß es nicht, Mami. Sie haben Mia heute Nacht verhaftet.«

»Wo? Im Hotel?«

»Nein, am Strand.«

»Heute Nacht am Strand? Was hat Mia da gemacht?«

»Ich weiß es nicht, Mami.«

»Oh Gott, mir ist ganz schlecht. Was machen wir jetzt? Sophie, Sophie! Dein Vater kommt gerade ... Warte, ja? Ich muss es ihm sagen ...«

Dann kam ihr Vater an den Apparat. Er war sehr aufgebracht. »Wieso musstet ihr auch in dieses Land fahren! Ausgerechnet in die Türkei!«

Ich starrte auf Kemals Hinterkopf, den Hinterkopf des Fahrers, der mich dahin brachte, gratis, aus lauter Freundlichkeit, und ich dachte, das ist wieder mal typisch Papa.

»Was hat sie getan?«, rief mein Vater aufgebracht. »Was

wirft man ihr vor? Hat sie Hasch geraucht? Ich hab ja schon immer so einen Verdacht gehabt.«

Ich hätte jetzt sagen können: Mia nimmt hin und wieder mal einen Zug, in der Clique. Das ist doch nicht schlimm! Aber ich wusste, das war nicht der richtige Zeitpunkt, um mit ihm so was zu diskutieren.

Was Drogen anbetrifft, haben meine Eltern total strenge Grundsätze. Ist ja im Prinzip auch richtig. Ich hab noch niemals gekifft, noch nie irgendeine Ecstasy-Pille geschluckt oder gekokst oder irgendwas. Hat mich nie interessiert. Ich brauche diesen Kick nicht. Ich hab so genug Kicks in meinem Leben. ... Na ja, jeder ist eben anders.

Weil ich überhaupt nicht sagen konnte, was mit Mia los war und wie die Situation da im Gefängnis war, sagte ich zu Papi, dass ich später noch mal anrufen würde. Er wollte auf jeden Fall schon mal mit der Botschaft telefonieren. Sich erkundigen, was das überhaupt bedeutete, wenn man in der Türkei verhaftet wird ...

Kemal, der ja Deutsch spricht und alles verstehen konnte, drehte sich zu mir um. »Ich weiß, was dein Vater gesagt hat«, sagte er. »Ich kann mir das genau vorstellen. Scheiß-Türkei oder so was.«

»Nein! Nein! Das hat mein Vater nicht gesagt. Er hat nur gemeint, dass wir besser in Deutschland Urlaub gemacht hätten.«

Kemal schaute aus dem Fenster. »Ich weiß doch, wie die Deutschen über uns denken.«

Der Fahrer deutete auf ein Dorf, das in einer Bergmulde lag. »Wir sind in zehn Minuten da«, sagte er.

Ich bin das erste Mal in meinem Leben in einem Gefängnis gewesen. Das war vielleicht bedrückend. Nur hohe Mauern, nur vergitterte Fenster und Türen. Und ein komischer Geruch hängt in diesen Mauern. Nach irgendwelchen scharfen Putzmitteln. Und dennoch kommt einem alles so dreckig vor, irgendwie eklig.

Die Nächte da in den Bergen sind viel kälter als am Meer. Drinnen war es eiskalt. Ich hab immer nur gedacht, die arme Mia, in ihrem dünnen Kleidchen.

Wir sind dann in ein Zimmer geführt worden, in dem schon ein paar Beamte warteten, und Kemal hat für mich übersetzt. Und so erfuhren wir, was passiert war.

Ich war vollkommen erschüttert: Sie hatten Kokain bei Mia gefunden!

»Das ist absolut unmöglich!«, hab ich immer wieder gerufen, und Kemal hat es übersetzt. »Meine Schwester würde so etwas nie tun! Nie im Leben! Das Ganze ist ein Missverständnis!«

Die haben mir natürlich nicht geglaubt.

Aber ich glaube, Kemal war auf meiner Seite. Er konnte sich auch nicht vorstellen, dass Mia so was macht. Ich meine, Mia ist ja mit ihm verabredet gewesen! Einfach nur zu einem Bummel! Nimmt sie da Kokain mit? Und wo soll sie das Zeug denn herhaben? Das ergibt doch alles überhaupt gar keinen Sinn.

Sie haben uns gesagt, dass ich Mia sprechen und ihr ein paar Sachen geben könnte, was zum Anziehen und das Fresspaket. Ich könnte sie aber nur kurz sehen.

Ich war so aufgeregt.

Die führten mich in ein Besucherzimmer, vor eine Wand mit Glasfenstern. Dort sollte ich auf einem Hocker warten. Dann ging auf der anderen Seite, hinter der Glasscheibe eine Tür auf und eine Wärterin führte Mia herein.

Das war ein Schock: Mia in einem alten gammeligen Trainingsanzug und mit Flip-Flops aus schwarzem Gummi. Solche Dinger kosteten einen Euro auf dem Markt. Ich dachte, was ist mit ihren Schuhen? Mit den teuren Dingern? Was ist mit ihrem Kleid? Das war komischerweise das Erste, was mir durch den Kopf ging.

Wir konnten uns nur durch die Scheibe ansehen. Wir haben beide die Hände gegen das Glas gelegt. Mia sind die Tränen einfach so übers Gesicht gelaufen. Sie redete die ganze Zeit, aber ich verstand sie ja nicht! Bis die Wärterin endlich erklärte, dass wir das Telefon abnehmen müssten, um miteinander zu sprechen.

»Hast du Geld mitgebracht?«, war Mias erste Frage.

Klar, ich hatte ein bisschen Geld dabei, aber nicht viel. Ich meine, diese türkische Währung ist ja verrückt: Ein ganzes Bündel Scheine ist nur ein paar Euro wert.

»Ich geb dir alles, was ich bei mir hab«, versicherte ich ihr. »Und ich besorg mehr.«

»Wir sind 25 Frauen in einer Zelle.« Mia starrte mich an und ich konnte in ihren Augen das Grauen sehen. Es war so furchtbar. Ich versuchte, mir vorzustellen, wie diese Zelle aussah. 25 Frauen! Sie tat mir so leid.

»Das Kleid hab ich mit Leila getauscht«, sagte Mia. »Sie wird entlassen. Sie braucht etwas zum Anziehen. Ich konnte nichts machen.«

»Und dieser Trainingsanzug?«

»Den hat sie mir dafür gegeben. Und ihre Packung Tee.«

Dieses alte Gammelding! Vollkommen ausgebeult und labbrig. Der Gummizug war ausgeleiert, Mia zog immer daran herum. »Mensch, Mia!«

Mia schaute mich an. Ich wusste nicht, was ich sagen sollte, wie ich ihr helfen, sie trösten könnte.

»Ich hab Sachen für dich dabei«, sagte ich. »Und auch etwas zu essen.«

Die Wärterin, die im Besucherzimmer aufpasste, nahm mir die Sachen ab, auch das Geld, sie zählte es nach und machte ein Zeichen, dass ich darüber eine Empfangsbescheinigung oder so was bekommen würde. Das war mir vollkommen egal.

»Ich hab mit unseren Eltern telefoniert«, sagte ich.

Mia wurde ganz bleich. Sie zitterte. »Warum?«

»Aber die müssen das doch wissen!«

Mia schüttelte den Kopf.

»Mia! Natürlich müssen die Eltern das wissen. Papi will die Botschaft anrufen. Wir holen dich hier raus!«, rief ich verzweifelt.

Mia schaute mich an. »Ich schäme mich so«, sagte sie.

Das traf mich ins Herz.

»Ich weiß, dass ich Mist gebaut hab. Da am Strand«, sagte Mia. »Aber wie das Kokain in meine Tasche gekommen ist ... ich schwör dir ... das weiß ich nicht ... Ich bin doch keine Dealerin!«

»Niemand glaubt, dass du eine Dealerin bist«, rief ich eindringlich. »Kemal auch nicht.«

Mia starrte mich mit ausdruckslosen Augen an. »Du hast mit Kemal gesprochen? Weiß er … weiß er … dass ich hier bin?«

»Ja«, sagte ich. »Er ist auch hier.«

Mia schluckte. Sie war kreidebleich. Sie zitterte. »Wieso denn …? Wieso ist Kemal …«

»Er wollte mitkommen. Er hat das organisiert. Aziz hat uns gefahren, weißt du, der Hotelbesitzer. Die sind alle so nett. Sie machen sich alle Sorgen.«

Mia brauchte eine Weile, bis sie das verarbeitet hatte. »Kemal weiß, was am Strand passiert ist?«

»Ich hab keine Ahnung«, sagte ich. »Was ist denn am Strand passiert?«

Mia schaute mich an, schüttelte den Kopf und legte die Hände vors Gesicht.

»Ich schäm mich so«, flüsterte sie. »Ich schäm mich so.«

Ich musste gegen die Scheibe klopfen, damit sie mich wieder ansah.

»Hör zu«, rief ich, »wir holen dich hier raus. Wir besorgen dir einen Anwalt. Ich meine, du bist doch unschuldig. Das ist doch alles … das haben die sich doch ausgedacht … ich glaube doch nie und nimmer, dass du Drogen …«

Mias Augen waren riesengroß. »Weißt du was? Da ist ein Mädchen in meiner Zelle, die ist beim Drogenhandel erwischt worden. Die sollte als Kurier Heroin nach Paris bringen. Sie ist schon drei Jahre hier. Die ist vollkommen fertig. Wenn du die sehen würdest …« Mia wisperte. Ich konnte sie kaum verstehen. »Drei Jahre, Sophie! Wenn sie mich verurteilen … das überleb ich nicht.«

Die Wärterin sagte etwas, schaute auf die Uhr. Aber ich wollte Mia nicht allein lassen.

»Noch fünf Minuten!«, rief ich. »Five minutes, please!«

Die Wärterin schüttelte gnadenlos den Kopf. Sie hatte die ganze Zeit an der Wand gelehnt und ihre Beine gerieben, als wenn sie Krampfadern oder so was hätte. Sie wirkte müde und irgendwie kaputt. Ich meine, für Wärter ist das Leben im Gefängnis, glaub ich, auch nicht viel besser als für die Gefangenen. Sie sind genauso eingesperrt, nicht genau so, aber fast. Alle Wärterinnen, die ich in dem Gefängnis kennengelernt habe, die waren so bitter, so verhärmt. Die haben mir richtig Angst gemacht. Dabei sagte Mia, einige von denen wären nett. Ich weiß nicht. Ich kann mir das nicht vorstellen.

»Willst du noch kurz mit Kemal sprechen?«, rief ich.

Mia starrte mich an. Ganz erschrocken. »Mit Kemal?«, fragte sie. »Jetzt?«

Ich nickte eifrig. »Er ist hier. Er hat die Erlaubnis. Fünf Minuten. Er wusste nur nicht, ob du das willst.«

Mia schaute an sich herunter. Sie strich mit den Händen über ihre Trainingshose, schaute auf ihre schmutzigen Füße, die in den Flip-Flops steckten, ihre Haare waren ungewaschen und nicht gekämmt. Ich bin froh, dass ich ihr Waschzeug mitgebracht habe, Kamm, Haarbürste, Zahnbürste, Zahnpasta. Mias Gesicht hat geleuchtet, als ich ihr das zeigte.

Mia schüttelte den Kopf. »Vielleicht nächstes Mal.«

»Soll ich ihm sagen, dass du ihn nicht sehen willst?«, fragte ich fassungslos.

»Ich bin so durcheinander, Sophie«, flüsterte Mia.

Ich hatte richtig Mühe, sie zu verstehen.

»Mir ist immerzu schlecht. Ich weiß nicht, ich denk, ich träume, dass ich hier bin. Dass mir so was passiert! Im Gefängnis! Das ist ein verdammtes Gefängnis, Sophie!«

Sie brach zusammen, zitternd, sie weinte. Ihre Hände rutschten an der Glasscheibe herunter.

Es tat mir so leid, dass ich ihr nicht helfen, ihr anscheinend keinen Mut machen konnte. Ich hätte sie so gern in den Arm genommen, um ihr zu zeigen, wie sehr ich sie liebe. Mein kleines Schwesterchen! In einer Knastzelle mit 25 Kriminellen! Bett an Bett! Ich konnte mir das überhaupt nicht vorstellen. Ich war beeindruckt, wie tapfer sie trotzdem war. Irgendwie hab ich da begriffen, wie Menschen mit dem Unglück fertig werden. Mit einem schweren Schicksalsschlag. Man denkt, man stirbt, weil alles so schlimm ist, unerträglich. Aber man stirbt eben nicht. Man muss weiterleben.

Anwalt: Der Mensch kann viel aushalten.

Sophie: Wissen Sie, ich bin so traurig, aber auch so stolz, dass sie nicht aufgibt. Dass sie durchhält.

Anwalt: Mia ist ein tolles Mädchen.

Sophie: Sie holen meine Schwester da raus, nicht?

In den ersten Nächten bekam Mia kein Auge zu, sie wälzte sich auf dem stinkenden Bett hin und her. Die Neonröhre an der Decke wurde nachts nicht ausgeschaltet. Die Zelle war in ein bläuliches, kaltes Licht getaucht. Die Frauen kamen nicht zur Ruhe.

Manche wuschen sich nachts, in der Hoffnung, ein paar warme Wassertropfen zu ergattern. Eine Frau weinte die ganze Zeit, eine andere schlug mit den Fäusten gegen die Tür und schrie etwas. Zwei Frauen gerieten in Streit über irgendetwas. Sie zerrten sich an den Haaren und schrien sich an. Bis eine am Boden lag und andere Frauen sich um sie kümmerten. Mia lag wie versteinert in ihrem Bett. Darum bemerkte sie die Frau erst, als etwas Ruhe eingekehrt war: die Frau, die einen schwarzen Kittel trug und barfuß in der Zelle auf dem Mittelgang zwischen den Bettgestellen hin und her taperte und dabei merkwürdig knurrende Laute ausstieß. Dazu warf sie den Kopf in den Nacken, schüttelte sich und schlug sich immer wieder ins Gesicht.

Mia starrte die Frau entsetzt an. Sunny schlüpfte aus ihrem Bett und schlich sich zu Mia herüber. »Die ist verrückt, weißt du«, flüsterte sie. »Die hat ein Erdbeben überlebt. Sie war verschüttet, dann hat man sie ausgegraben.«

»Und deswegen ist sie im Gefängnis?«

»Nein, ich glaube, sie hat jemanden umgebracht, ihren Schwager, soweit ich weiß. Sie gehört jedenfalls eher in eine Klinik als ins Gefängnis. Ist dein Bett okay?«

»Nein«, erwiderte Mia. Die Matratze roch nach Mottenpulver, Schweiß und Schmutz. Mia wagte nicht, tief Luft zu holen, aber sie hatte jetzt ihre eigenen Sachen, die waren noch sauber, ganz frisch. Sie zog das T-Shirt halb über das Gesicht und atmete den Duft ihrer eigenen frischen Wäsche tief ein. Es funktionierte.

Irgendwann, gegen Morgen, schlief sie endlich ein.

Der Anwalt kam um elf Uhr. Mia wurde in den Besucherraum geführt, wo er schon auf sie wartete. Auf dem Tisch lag sein aufgeklappter Aktenkoffer. Dr. Kaja trug ein gelbes Polohemd zum dunklen Anzug, er hatte kurz geschnittenes Haar. Seine Schuhe glänzten. Seine Aktentasche war aus hellbraunem, weichem Leder. Schwungvoll holte er einen Kassettenrekorder heraus, baute ein Mikro auf, nahm Block und Kugelschreiber zur Hand und warf noch einen prüfenden Blick auf das Display seines Handys. Dann ging es los.

Zuerst stellte er sich vor. Dr. Peter Kaja. Seine Mutter war Deutsche, sein Vater Türke. Er hatte erst angefangen in Frankfurt Jura zu studieren, war dann aber nach Istanbul gegangen, wo er schließlich Anwalt geworden war. Er hatte sich darauf spezialisiert, in der Türkei straffällig gewordene Ausländer zu vertreten. Seine Klienten waren fast nur Deutsche, die wegen krimineller Delikte in Untersuchungshaft saßen.

»Aber ich bin keine Verbrecherin«, sagte Mia verzweifelt. »Ich habe nichts Schlimmes getan. Ich war nur dumm!«

Dr. Kaja ging über diesen Einwurf hinweg. Er fragte sie zuerst, wie es ihr ginge, ob sie etwas brauche, ob sie mit den anderen Frauen in der Zelle zurechtkomme, ob es Probleme gäbe.

Mia wusste nicht, wo sie anfangen sollte. Probleme?

Es gab ohne Ende Probleme. Eine ihrer Zellengenossinnen hatte ihr die Unterwäsche geklaut, weil ihr Schrank nicht richtig abzuschließen war. Jemand hatte das Schloss verbogen und seitdem schnappte es nicht mehr richtig zu.

Sie wusste nicht, wo sie ihr Geld verstecken sollte. Sie hatte das Gefühl, dass alle ständig auf eine Gelegenheit warteten, sie zu betrügen. Zum Beispiel hatten ihr ein paar der Frauen erzählt, dass sie fürs Frühstück bezahlen müsse, und ihr Geld abgenommen. Später erfuhr sie von der Wärterin, dass das Frühstück umsonst ausgegeben wurde.

Sie konnte sich mit niemandem unterhalten, sie fühlte sich ausgeschlossen aus den Gesprächen und hatte immer das Gefühl, dass man über sie tuschelte.

»Ich werde sehen, ob ich dir ein deutsch-türkisches Wörterbuch besorgen kann«, schlug Dr. Kaja vor.

Wer bezahlte den Anwalt überhaupt?

»Ich habe mit deinen Eltern telefoniert«, sagte Dr. Kaja. »Sie haben mich beauftragt, dich zu verteidigen, mach dir keine Sorgen darüber.«

»Was haben meine Eltern gesagt?«

»Sie wollen alles tun, um dir zu helfen.«

Mia schluckte. Sie hatte Angst, dass sie gleich in Tränen ausbrechen würde.

Im Hintergrund beobachteten die Wärterinnen mit verschränkten Armen jede Bewegung der beiden. Der Anwalt sagte, dass er warten müsse, bis die Anklageschrift formuliert und ihm zugestellt sei. Erst dann könne er reagieren. Solange wolle er alle Informationen sammeln, um die Verteidigung vorzubereiten. Er versprach, dass er alles versuchen werde, um sie freizubekommen. Er sagte, dass sie ihm vollkommen vertrauen müsse und er ihr auch vollkommen vertrauen müsse. Er wolle die Wahrheit hören. Alles müsse auf den Tisch.

»Ich werde auch mit deiner Schwester sprechen«, sagte er.

Mia nickte.

»Und mit diesem Jungen, mit dem du verabredet warst.«

»Kemal?«, fragte Mia verwirrt. »Warum? Er war doch gar nicht dabei.«

»Er kann dir vielleicht helfen«, sagte der Anwalt.

»Wobei helfen? Wobei kann Kemal denn helfen?«, fragte Mia.

Der Anwalt schaute sie an. »Kemal weiß vielleicht, wem das Kokain gehört.«

Mia nickte. »Mir ist ein bisschen schlecht!«, flüsterte Mia. »Ich kann mich nicht richtig konzentrieren. Ich weiß auch nicht ... mein Bauch ...«

»Das ist das Wasser«, sagte der Anwalt. »Es ist voller Bakterien. Ich habe das schon oft erlebt. Die Neuankömmlinge werden immer krank. Ich werde versuchen, dir Flaschenwasser zu besorgen. Solange solltest du nur abgekochtes Wasser trinken, hörst du?«

Mia nickte. Sie schloss die Augen. Ihr war übel. Sie war froh, als man sie in die Zelle zurückführte und sie sich aufs Bett legen konnte. Sie schlief sofort ein.

Als sie ein paar Stunden später aufwachte, stellte sie fest, dass in ihrem Waschbeutel die Zahnpasta und ihre Nagelfeile fehlten.

Sie taumelte zum Klo, fiel vor dem stinkenden Loch in die Knie und erbrach sich. Minutenlang hatte sie Bauchkrämpfe. Dabei rannen ihr die Tränen über das Gesicht. Sie ekelte sich, weil sie die Hände auf dem stinkenden Boden abstützen musste, weil ihre Knie den Boden berührten. Sie ekelte sich, als sie sah, dass eine Haarsträhne nass wurde.

Und sie musste sich immer wieder erbrechen. Schweiß brach ihr aus allen Poren. Dann bekam sie Schüttelfrost und als sie versuchte, sich zu erheben, schlug sie wieder lang hin.

Eine Frau entdeckte sie, hob sie auf, wusch ihr das Gesicht, die Hände, die Beine und schleppte sie zu ihrem Bett zurück, deckte sie zu, strich ihr über den Kopf und sagte sanft und tröstend irgendetwas auf Türkisch, was Mia nicht verstand. Aber das war auch nicht wichtig.

Mia öffnete die Augen und sah ein freundliches weiches Gesicht. Und für eine Sekunde stellte sie sich vor, dass die Frau ihre Mutter wäre ... Und dann schlief sie ein.

Als sie aufwachte, stand Sunny mit einer Wasserflasche an ihrem Bett. »Für dich«, sagte sie, »von deinem Anwalt. Du hast echt Glück. Der kümmert sich um dich.«

Glück?, dachte Mia, als sie sich mühsam aufrichtete, Glück?

Drei Tage später, als Mia mittags auf ihrem Bett hockte und die Ameisen aus den Socken schüttelte, stand Sunny plötzlich mit geheimnisvoller Miene vor ihr, die Hände hielt sie hinter ihrem Rücken verborgen. »Was krieg ich, wenn ich dir das gebe?«

Mia hob gleichmütig die Schultern. »Keine Ahnung. Was ist es denn?«

Sunny überlegte. »Mir gefällt dein Armband«, sagte sie.

Mia starrte Sunny an.

Sunny lächelte, den Arm hinter dem Rücken verborgen.

»Was ich hier habe, ist mehr wert als das Armband, das wette ich. Jedenfalls hier drinnen.«

»Ich kann dir das Armband nicht geben«, sagte Mia. »Ich hab es von meinen Eltern bekommen.«

Das Armband war nicht wertvoll, es waren im Grunde nur geschliffene gelbe Kugeln, aufgereiht auf einem dünnen Gummiband. Aber sie hatte das Armband nie abgenommen. Sie hatte sich daran gewöhnt, sie konnte die Kugeln hin und her schieben, wenn sie nervös war, das beruhigte sie.

»Okay«, sagte Sunny, »wie du willst, dann behalte ich das hier.«

Sie riss den Arm nach oben. Gleichzeitig machte sie eine Pirouette und Mia sah, dass an ihrem ausgestreckten Arm etwas Weißes aufblitzte.

Ein Blatt Papier, viermal zusammengefaltet. Auf dem Blatt stand in Kugelschreiber-Handschrift: Für Mia.

Mia schnellte hoch. Sie packte Sunnys Arm. »Gib das her, das ist für mich!«

»Erst das Armband«, sagte Sunny. Sie lachte, das Spiel gefiel ihr. Aber Mia wollte nicht spielen, sie wollte sich nicht von den anderen Zellengenossinnen für dumm verkaufen lassen. Wenn sie jedes Mal nachgab, hatte sie bald gar nichts mehr.

»Gib mir den Brief!« Mia warf sich auf Sunny, die stolperte und mit dem Kopf gegen das Bettgestell stieß. Und sich nicht mehr rührte.

»Sunny?«, rief Mia entsetzt. »Sunny! Ist alles okay?«

Schon hatten sich andere Frauen um sie geschart. Eine

Frau schrie etwas. Eine andere packte Mia an den Haaren und zerrte sie von Sunny weg.

Mia sah den Brief, den Sunny immer noch fest umklammerte. »Das ist mein Brief!«, rief sie

Aber die Frauen hörten gar nicht zu, sie verstanden Mia ja auch nicht. Sie umringten Sunny, hoben sie hoch, trugen sie auf ihr Bett, machten ein großes Gezeter, beschimpften Mia mit wütenden Gesichtern. Mia hockte auf ihrem Bett, die Hände zwischen den Knien vergraben. Sie zitterte vor Wut und Verzweiflung. Nie, nie würde sie hier zurechtkommen, in diesem Käfig voller Monster. Nie würde sie sich mit den Frauen verstehen.

Sie warf sich aufs Bett und zog die stinkende Wolldecke über ihr Gesicht. Sie wollte nicht, dass die anderen ihre Tränen sahen. Nach einer Weile wurde es ruhig im Zimmer. Mia hörte nur noch einzelne Stimmen und die klangen nicht mehr aufgeregt, sondern wie immer. Es war der übliche Geräuschpegel, an den sie schon gewöhnt war. Sie blieb still liegen. Bewegte sich nicht.

Da merkte sie, wie jemand die Decke von ihrem Gesicht zog, ganz langsam. Sie hielt die Augen weiterhin fest geschlossen. Sie hatte keine Lust, irgendeine dieser Frauen anzusehen oder mit ihr zu sprechen.

Ein Schatten flog über ihr Gesicht und auf einmal kitzelte der Geruch von Pfefferminztee, scharf und süß zugleich, ihre Nase. Es roch wunderbar. Wie etwas, das sie an eine längst vergessene Zeit erinnerte. Ihre Mutter hatte immer Pfefferminztee getrunken, wenn sie erschöpft war und fror.

Mia öffnete vorsichtig die Augen.

Sunny hatte sich über sie gebeugt. Sunny lächelte. Sehr lieb. »Bist du noch böse? War doch nur Spaß.«

Sie reichte Mia den Becher mit dem Pfefferminztee. »Wir haben Tee gekocht. Willst du?«

Mia nickte. Der Becher war heiß, aber es war ihr egal, ob sie sich die Finger verbrannte. Ihre Hände umklammerten den Becher.

»Hast du dir nicht wehgetan?«, fragte Mia.

»Ach, Quatsch. Ich hab doch bloß so getan. Ich wollte dich ein bisschen erschrecken.« Sie deutete auf Mias Wolldecke. Auf etwas Weißes, das direkt auf ihrem Bauch lag. »Da, dein Brief.«

Mia schaute den Brief an. Sie wollte nicht gleich danach greifen. Sie fürchtete, dass es nur ein weiterer Trick von Sunny war. Irgendetwas Dummes, Lächerliches, um mit ihr ein Spiel zu treiben.

Sie trank in sehr kleinen Schlucken den Tee. Der Tee belebte sie. Sie spürte, wie sich eine wohlige, zufriedene Wärme in ihrem Bauch ausbreitete.

»Das mit dem Armband hab ich nicht ernst gemeint«, sagte Sunny.

Mia sagte nichts. Sie schloss die Augen und nahm noch einen Schluck. Ganz langsam. Sie genoss jeden Tropfen, der durch ihre Kehle rann. Wenn sie die Augen wieder öffnete, sah sie die Handschrift auf dem weißen, zusammengefalteten Blatt Papier. Für Mia. Sie kannte niemanden, der so eine

Handschrift hatte.

Von wem konnte der Brief sein? Von ihrem Anwalt? Aber mit dem hatte sie doch gerade erst gesprochen!

Sunny legte Mia den Brief auf den Bauch. »Willst du nicht wissen, von wem der ist?«

Mia zuckte mit den Achseln. Nur nicht so neugierig sein, dachte sie. Ganz cool bleiben.

»Sieht aus wie ein Liebesbrief.«

Mia schwieg und trank.

»Wie heißt er?«, bohrte Sunny weiter. Sie war auf den Brief genauso neugierig wie Mia.

Mia sagte nichts.

»Hast du schon mit ihm geschlafen?«, fragte Sunny.

»Nein«, sagte Mia und schnappte sich den Brief. Sie schob den Brief unter die Wolldecke. Und gab Sunny den Becher zurück.

»Danke für den Tee.«

»Ist okay«, sagte Sunny. Sie stand langsam auf und schaute Mia an.

»Weißt du, wenn ich den Brief nicht genommen hätte, wenn eine von den anderen ihn in die Finger bekommen hätte, dann …« Sie lächelte verächtlich. »Du weißt immer noch nicht, was hier gespielt wird. Wenn du hier keine Freundin hast, bist du verloren, weißt du. Die machen dich fertig. Das geht so schnell, das glaubst du nicht. Ich kann dir eine Geschichte erzählen von einer Deutschen, die haben sie fertig gemacht.«

Mia legte die Hände an die Ohren. »Ich will die Geschichte nicht hören!«, fauchte sie. »Lass mich verdammt noch mal in Ruhe!«

Sunny starrte sie verblüfft an. Dann zuckte sie mit den Achseln und ging weg.

Mia hockte sich ans Kopfende und faltete den Brief vorsichtig auseinander.

Sie schaute sich um. Sie war allein. Die anderen Frauen waren alle draußen, weil zu dieser Stunde der Hof geöffnet war. Sie tranken dort Tee, legten ihre Wäsche auf die Steine zum Trocknen oder spielten mit dem einzigen Ball, den es gab. Manche lehnten nur an der Mauer und hielten ihre Gesichter in die Sonne. Vom Wachturm schauten die Wärter zu. Auf den Mauern war Stacheldraht. Es machte keinen großen Unterschied, ob man sich drinnen aufhielt oder draußen. Nur, dass es draußen weniger stank.

Sie begann zu lesen.

Liebe Mia,
zuerst muss ich mich bei dir entschuldigen. Dafür, dass ich an dem Abend nicht am Hotel war, um dich abzuholen wie wir es verabredet hatten.

All das wäre nicht passiert, wenn wir uns an dem Abend getroffen hätten. Das ist mir vollkommen klar. Und deshalb fühle ich mich auch so schuldig. Ich bin so traurig, wenn ich daran denke, was dir hier in unserem Land passiert ist.

Dass du jetzt in diesem Gefängnis sitzt, macht mich richtig krank. Sophie hat mir von den Zuständen dort erzählt. Ich hoffe nur, dass du stark bist und durchhältst! Versprich es mir. Du hast mir von Anfang an gut gefallen, weil du so anders bist als die Mädchen hier in der türkischen Provinz.

Aber deshalb schreibe ich dir nicht. Es gibt nichts Lächerlicheres als einen Jungen, der einen Liebesbrief an ein Mädchen schreibt, das seinetwegen im Gefängnis ist. Ich kann auch gar keine Liebesbriefe schreiben, ich wüsste gar nicht, was man da schreiben soll.

»Du bist das Licht meiner Augen. Du bist schön wie eine Rose.« So etwas singen sie in den türkischen Schlagern. Da lachst du dich nur tot, wenn du das hörst. Aber irgendwie klingen sie doch auch schön. Man kann direkt Herzschmerzen bekommen beim Zuhören, wegen der schönen Stimmen und dieser Melodien. Ich hab das eben doch im Blut, das merke ich, wenn ich jetzt auf meinem Bett liege, an dich denke und diese Schlager höre.

Egal, es geht nicht um mich, sondern um dich. Du musst wissen, dass ich dich nicht treffen konnte, weil mein Vater mich mit nach Istanbul genommen hat.

Ich hab dir doch von Aylin erzählt, nicht? Von meiner Schwester, die sich in einen Franzosen verliebt hat. Mein Vater hat das ja verboten, weil er sie mit einem Verwandten aus Izmir verheiraten wollte, der zwanzig Jahre älter ist als meine Schwester. Nächsten Monat sollte die Hochzeit sein. Als Vater ihr das eröffnet hat, sah sie keinen anderen Ausweg: Sie ist einfach abgehauen. Sie hat meiner Mutter sogar Geld gestohlen, um das Flugticket zu bezahlen, mir hat sie auch Geld geklaut, aber sie hat einen Zettel in meine Schublade gelegt und geschrieben, dass sie mir das Geld zurückzahlt. Sie braucht es nur für den Moment. Aylin hatte überhaupt kein eigenes Geld. Wenn man so will, war sie eine Gefangene, genau wie du.

Aber sie hat es nach Paris geschafft. Das freut mich so, sie ist jetzt bei der Familie ihres Freundes. Sie hat angerufen, um sich bei den Eltern zu entschuldigen. Meine Mutter hat geweint. Aber mein Vater hat einfach aufgelegt. Er sagt, er kann nicht mit ihr sprechen. Er kann nie wieder mit ihr reden. Sie hat die Ehre unserer Familie verletzt. Er hat sie verstoßen, sagt er. Meine Mutter weint den ganzen Tag.

Jedenfalls ist das in der Nacht passiert, als wir verabredet waren. Wie es wohl mit uns gelaufen wäre?

Ich glaube, wir hätten uns gern gehabt. Na ja, du wärst dann aber wieder nach Deutschland zurückgefahren und hättest mich schnell vergessen.

Ich bin sicher, dass du unschuldig bist. Ich habe keine Ahnung, wie das alles gekommen ist. Einen Verdacht habe ich, weißt du, aber ich muss mich noch weiter umhören, um sicher zu sein.

Deine Schwester fliegt heute zurück. Sie wollte dich noch einmal besuchen, hat aber nicht die Erlaubnis dazu bekommen. Ich habe ihr versprochen, dass ich mich noch einmal um eine Besuchererlaubnis bemühen werde. Aber dazu muss ich wissen, ob du mich überhaupt sehen willst.

Übrigens hast du einen guten Anwalt. Dr. Kaja hat einen sehr guten Ruf. Ich habe mich erkundigt. Sobald ich Informationen habe, gebe ich sie deinem Anwalt.

Also, willst du mich sehen?

Dein Kemal

Lieber Kemal,

ich habe deinen Brief gestern schon bekommen, kann aber heute erst antworten. Es ist hier nicht einfach, Papier zu bekommen, und Sophie hatte vergessen, mir einen Kugelschreiber mitzugeben.

Ich musste mir einen leihen. Aber hier unter den Frauen gibt es nichts umsonst. Ich muss für alles bezahlen, sogar für das Ausleihen eines Kulis!

Deshalb schreibe ich erst jetzt. Es ist halb eins, nachts, und fast alle sind zur Ruhe gekommen, bis auf die Verrückte, die die ganze Nacht in dem Raum auf und ab geht und dann in regelmäßigen Abständen auf einmal so ein Zucken bekommt und furchtbar anfängt zu schreien. Das geht einem durch Mark und Bein. Alle sagen, die Frau gehört ins Krankenhaus und nicht ins Gefängnis. Aber sie hat jemanden umgebracht.

Dass ich in einem Raum mit einer Mörderin schlafe!

Manchmal, wenn ich aufwache und mich umsehe in diesem Chaos hier, dann denke ich: Das ist alles nicht wahr.

Dann schließe ich schnell wieder die Augen und versuche, an diesen schönen Tag zu denken, als wir am Strand waren. Weißt du das noch?

Das Meer! Ich versuche, mir vorzustellen, wie das ist, wenn man im Meer schwimmt.

Ich habe solche Sehnsucht danach. Kein Wunder: Hier gibt es nur einen Wasserhahn für 25 Frauen. Man fühlt sich immer dreckig. Alles stinkt.

Ich habe nicht einmal Shampoo, um mir die Haare zu waschen. Ich sehe aus wie ein Monster. Wirklich.

Ich weiß, dass du jetzt denkst: Mia übertreibt. Aber ich übertreibe nicht.

Deshalb kann ich dich auch nicht sehen. Ich würde mich schämen, weißt du. Ich würde kein Wort herausbringen.

Du denkst an die Mia, die du auf dem Busbahnhof ge-

troffen hast. Aber diese Mia gibt es nicht mehr. Diese dumme naive Mia.

Ich habe mich schlecht benommen in eurem Land. Das tut mir so leid.

Ich war dumm und arrogant.

Dabei ist das Land, in dem du lebst, so schön, das Meer, die Häuser, die Gärten, die Sonne, die Wärme.

Hier im Gefängnis ist es immer kalt, wir frieren alle immerzu. Nachmittags dürfen wir in den Hof, da wärmen wir uns auf. Ich versteh nicht, wie es draußen so warm sein kann und hier drinnen so kalt; die Mauern sind feucht, glaube ich, und in den Bergen sind die Nächte wohl auch kälter. Obwohl ich das gar nicht so genau sagen kann, weil wir nachts natürlich nicht rausdürfen. Die Fenster kann man nicht öffnen. Der Gestank, der einmal hier drinnen ist, der bleibt auch, es ist ziemlich widerlich.

Ich kann dich nicht sehen, Kemal. Ich will nicht als ein stinkendes Monster vor dir stehen.

Außerdem würde ich sofort weinen. Und ich hasse es, wenn ich so schwach bin. Hier kommen mir ständig die Tränen, schrecklich. Die anderen Frauen weinen fast nie, die schreien und schimpfen und kämpfen. Aber sie weinen nicht. Sie sind ja auch alle schon viel länger hier.

Ich werde mich an das alles gewöhnen, das weiß ich. Jeden Tag komme ich ein bisschen besser zurecht. Mein Anwalt hat mir ein Wörterbuch mitgebracht. Ich schlage immer Vokabeln nach und die Frauen sagen mir, wie man sie ausspricht. So lerne ich.

Wenn wir uns jemals wiedersehen, falls ich jemals hier

rauskomme, dann werde ich Türkisch mit dir sprechen. Da wirst du staunen!

Kemal, ich bin unschuldig. Ich weiß, dass du mir glaubst.

Ich habe niemals ein einziges Gramm Kokain besessen. Nicht eine einzige Ecstasy-Pille. Wir haben Hasch geraucht, manchmal ein Tütchen rumgehen lassen. Das weißt du. Das habe ich dir erzählt.

Aber ich habe immer nur was geraucht, wenn mir jemand was angeboten hat. In meiner Tasche hat sich nie irgendeine Droge befunden. Sie haben mir das Zeug in die Tasche gesteckt, als die Polizei kam. Das ist mir inzwischen vollkommen klar. Der eine dieser Typen, Serdal hieß der, der mit dem Auto. Der wirkte so großspurig und irgendwie schleimig. Ich konnte den gleich nicht leiden. Den hab ich im Verdacht.

Kemal, danke, dass du mir geschrieben hast, warum du an dem Abend nicht kommen konntest. Ich versteh das natürlich. Es war nicht deine Schuld. Aber bis ich deinen Brief bekommen hab, dachte ich immer, du wolltest mich verschaukeln. Verstehst du? Ich war so traurig und wütend. Das hat mich richtig zermürbt.

Und das Lächerliche war, dass ich dieses rote Kleid angezogen hab, nur um toll auszusehen. Und in diesem Fummel bin ich dann verhaftet worden!

Die Polizisten bei euch im Dorf haben mich gut behandelt. Und ich finde es unheimlich nett, dass der Hotelbesitzer und seine Frau sich so um Sophie und mich gekümmert haben. Sie spürten vielleicht, dass ich kein schlechter Mensch bin.

Ich handele nicht mit Drogen, Kemal! Ich würde so was nie im Leben tun. Glaub mir bitte!

Sophie und ich wollten einfach nur Ferien machen. Eine Woche das Leben genießen, die Sonne, das Meer. Klar, wir haben natürlich davon geträumt, nachts in einer Disco die Post abgehen zu lassen. Und das war naiv. Wir hätten uns über das Land informieren müssen. Besonders über die Gegend, in die wir fahren wollten.

Ich könnte mich ohrfeigen, dass ich halb nackt ins Meer gesprungen bin. Warum hab ich das bloß getan? Weil es cool war. Und weil ich den Jungen imponieren wollte. Ich hab ja gespürt, dass die alle irgendwie auf mich abgefahren sind. Ich war ja so blöd! Ich hab es selber provoziert.

Es ist schrecklich, dass ich alles kaputtgemacht habe.

Von meinen Eltern habe ich noch nichts gehört. Von Sophie auch nicht. Aber sie ist ja auch erst zwei Tage weg. Nur: Im Gefängnis sind zwei Tage wie zwei Ewigkeiten.

Wenn du Lust hast, schreib mir wieder. Dein Brief ist mein einziger Schatz hier. Und das Schönste: Keine der Frauen kann ihn lesen. Es ist das Einzige, was ich ganz für mich alleine habe.

Jetzt schreit die Verrückte wieder. Puuh! Das geht einem echt unter die Haut. Ich zieh mir die stinkende Decke über den Kopf.

Tschüss! Mia

Mia war schon drei Wochen im Gefängnis, als die Wärterin sie mittags aus der Zelle holte. Sie war in Begleitung von Birgül, der Dolmetscherin.

Die Dolmetscherin musterte Mia von oben bis unten. Mia trug eine Jogginghose und ein T-Shirt, das irgendwann einmal weiß gewesen war. Obwohl sie es jeden zweiten Tag in kaltem Wasser wusch, mit der Kernseife, die eine Zellengenossin ihr lieh, wurde der Stoff von Mal zu Mal dunkler, fleckiger und fadenscheiniger.

»Hast du noch irgendetwas anderes anzuziehen?«, fragte Birgül.

Mia nickte. Sie hatte in der Nacht schlecht geträumt. Sie hatte vom Tod geträumt. Vor einem ausgehobenen Erdloch hatte sie gestanden, hinter ihr die Wärter, die sie beschimpften und ihr etwas zuriefen. Sie hatte immer gedacht: Ich muss mein eigenes Grab schaufeln.

Morgens war sie schweißgebadet aufgewacht.

Mittlerweile war es tagsüber sehr heiß. Es war August. Manchmal kletterte das Thermometer in dem Innenhof auf über 50 Grad. Man konnte sich nur noch abends draußen aufhalten, aber abends um acht wurde der Innenhof abgesperrt. Dann liefen sie halb nackt im Zimmer herum und stritten um alles. Um den Zugang zum Wasserhahn, um einen Platz am Luftschacht, um ein Blatt Papier, das man als Fächer benutzen konnte. Es war die Hölle.

Ein paar Tage zuvor war aber die Verrückte entlassen worden. Man hatte sie eines Morgens abgeholt, um sie in ein Krankenhaus zu bringen.

»In die Irrenanstalt«, sagte Sunny. Alle Frauen beschenkten die Verrückte zum Abschied. Das war hier so üblich.

Duygu, die Frisörin war, hatte ihr das Haar in lauter kleine Zöpfe geflochten. Mia spendierte eine von den gelben Kugeln ihres Armbandes. Der Gummi war längst gerissen und sie hütete die gelben Glaskugeln in ihrem Schrank wie einen Schatz. Zählte jeden Morgen, ob eine fehlte. Aber jedes Mal, wenn eine Frau Geburtstag hatte oder entlassen wurde, verschenkte sie eine der Kugeln.

Die Verrückte war glücklich. Sie sang die ganze Zeit. Sie hatte keine Ahnung, was sie erwartete. Es gab Tee mit braunem Zucker und Kuchen, den Sirin gekauft hatte. Einmal in der Woche konnte man einkaufen. Wenn man nur ausreichend Geld zur Verfügung hatte.

Der Anwalt hatte Mia Geld gegeben, das er von ihren Eltern erhalten hatte. Ihre Eltern versuchten immer noch, eine Besuchserlaubnis zu bekommen, aber das war sehr schwierig. Der Anwalt konnte nicht erklären warum. »Sie warten die erste Gerichtsverhandlung ab«, sagte er. »Sie warten die Untersuchungsergebnisse ab. Dann werden sie eine Entscheidung fällen.«

Er konnte Mia nicht sagen, wann die Gerichtsverhandlung sein würde. Er sagte, dass er sich bemühte, alles so schnell wie möglich abzuwickeln. »Wenn wir Glück haben«, sagte er, »bist du danach schon frei. Das kann durchaus sein. Das Gericht muss unseren Argumenten glauben, dann ist es gut.«

»Und was, wenn sie unseren Argumenten nicht glauben?«, hatte Mia gefragt.

Der Anwalt hatte gelächelt, den Kopf geschüttelt, ein bisschen traurig, und stumm mit den Schultern gezuckt. Das war die ganze Antwort gewesen.

Und jetzt stand auf einmal die Dolmetscherin da und

fragte, ob Mia noch etwas anderes zum Anziehen habe. »Wir fahren nach Samsun«, sagte sie.

»Komm ich in ein anderes Gefängnis?«, fragte Mia erschrocken. Sie hatte sich mit Sunny richtig angefreundet. Die Vorstellung, in eine neue Zelle mit fremden Frauen zu kommen ohne Sunny, war grauenhaft.

Aber Birgül schüttelte den Kopf. »Heute ist Haftprüfungstermin«, sagte sie. »Ganz wichtig. Das hat Dr. Kaja erreicht. Er hat Himmel und Hölle in Bewegung gesetzt.« Sie stand mit Mia vor dem Schrank. Die anderen Frauen umringten sie, drängten mit Fragen, schubsten und drängelten sich näher an Mia und Birgül heran. Aber sie verstanden nicht, was sie auf Deutsch beredeten.

Schließlich trat Sirin vor und sprach Birgül an. Birgül drehte sich um. Sie lächelte.

Mia war sicher, dass sie erklärte, was los war, sie hörte das Wort »Prozess«. Sie konnte jetzt schon ein paar Brocken Türkisch. Sie konnte sich ein bisschen mit den anderen Frauen verständigen. Auch wenn sie fast alle Worte falsch aussprach.

Sirin ging zu Mia, legte ihre Hände um Mias Gesicht und küsste sie. »Allah sei mit dir«, murmelte sie. Sie hielten sich eine Weile fest und schauten sich in die Augen. Jetzt erst merkte Mia, was für ein sanftes, feines Gesicht Sirin hatte. Sirin war schon über 40. Sie war mit ihrem Mann und ihrem Bruder in das Rathaus von Bafra eingestiegen, um Dokumente zu stehlen, ihr Mann war Spezialist im Fälschen von Pässen und anderen Urkunden. Man hatte sie bei dem Einbruch geschnappt. Sirins Mann war in ein Gefängnis nach Samsun gebracht worden. Sie schrieben sich jede Woche. Sirin war zu drei Jahren Gefängnis verurteilt worden, ihr Mann zu fünf Jahren. Jeden Tag machte Sirin mit einem Stift einen Strich an das Gestell ihres Eisenbettes. Es waren schon viele hundert Striche.

»Vielleicht kommst du gar nicht wieder«, sagte Sirin.

Mia hob die Schultern. »Ich weiß nicht.«

Birgül schaute Mia erstaunt an. »Du sprichst ja Türkisch!«, rief sie.

»Nur ein paar Worte«, sagte Mia.

»Aber das ist ja wunderbar! Das wird dem Richter gefallen. Das zeigt ihm, dass du dich bemühst. Pass auf, das wird dir bestimmt ein paar Pluspunkte bringen!«

Mia zog sich die Sachen an. Eine Kakihose, eine Bluse und eine Kakijacke mit vielen kleinen Taschen. Gut, dass Sophie daran gedacht hatte, ihr die Kleider mitzubringen.

Der Anwalt wartete im Gefängnishof neben dem Auto. Es war ein vergittertes dunkelgrünes Auto. Dr. Kaja, Mia und Birgül mussten sich nach hinten setzen. Sie fuhren durch den Gefängnishof und Mia drehte den Kopf und reckte den Hals, um so viel wie möglich von dem Bau zu sehen, in dem sie nun schon drei Wochen lebte.

Eine kurvenreiche Straße führte hinunter in den Ort. Es war früher Morgen, die Sonne war eben aufgegangen, Hähne krähten. Die Ladenbesitzer schoben die Rollos ihrer Läden hoch. Frauen mit Einkaufstaschen. Jungen auf Fahrrädern. Kinder, die mit einem Ball spielten. Mia bestaunte alles, was sie sah. All das Alltägliche, was sie früher übersehen hatte, war auf einmal voller Bedeutung und schön. Wenn sie an Gärten vorbeikamen, ging Mia das Herz auf.

»Ich habe eine Überraschung«, sagte der Anwalt. »Du wirst deine Eltern sehen.« Er lächelte. »Sie sind vorgestern in Istanbul angekommen. Ich habe sie in ihrem Hotel getroffen. Du hast sehr nette Eltern. Sie lieben dich sehr.«

Mia konnte nicht sprechen. Tränen traten ihr in die Augen. Sie hatte so oft abends vor dem Einschlafen an zu Hause gedacht. Aber der Schmerz, den sie dabei empfand, war so übermächtig gewesen, dass sie sich gezwungen hatte, schnell an etwas anderes zu denken. Ihre Eltern gehörten zu einer Welt, zu der sie keinen Zutritt hatte. Eine Welt, aus der sie sich irgendwie verabschiedet hatte.

Manchmal, wenn sie nachts aufwachte und ein Gedanke an zu Hause sie überkam, hatte sie das Gefühl, als lege sich ein eiserner Ring um ihre Brust. Und sie dachte: Ich werde sie nie wieder sehen. Ich werde Mama und Papa nie wieder sehen. Mein Zuhause, mein Zimmer, die Schule, das ist alles vorbei. Danach fühlte sie sich jedes Mal so elend, dass sie morgens nicht aufstehen konnte und nichts sagen wollte, nicht einmal mit Sunny konnte sie dann reden.

Heiße, endlose Tage, eingepfercht mit vielen Frauen, von denen ihr manche große Angst einflößten, immer begleitet von der Furcht, dass das jetzt jahrelang ihr Leben sein würde.

Ich werde alt sein, dachte sie manchmal, bevor ich gelebt habe.

»Freust du dich auf deine Eltern?«, fragte Birgül sanft.

Mia nickte. Sie riss die Augen auf und eine Träne rollte

ihre Wange hinunter. Sie konnte immer noch nicht sprechen. Sie hatte einen dicken Kloß im Hals. »Mia spricht ein bisschen Türkisch«, sagte Birgül zu Dr. Kaja.

»Ist das wahr?«, fragte der Anwalt auf Türkisch.

Mia nickte, lächelte schüchtern.

Die beiden schauten sich an. Und nickten.

»Das ist gut«, sagte Dr. Kaja. »Dann will ich dir jetzt sagen, wie du die Richter begrüßen musst. Kannst du dir das merken?«

Mia nickte. Aber ihre Gedanken waren woanders.

»Wissen Sie, ob meine Eltern mir böse sind?«, fragte sie.

Der Anwalt beugte sich vor und nahm Mias Hände in die seinen. »Sie lieben dich, Mia. Sie wollen alles tun, damit du so schnell wie möglich nach Deutschland kommst. Es hängt jetzt alles davon ab, ob die Richter unserer Version Glauben schenken.«

»Und wie ist die Version?«, fragte Mia hilflos.

»Du bist unschuldig«, sagte der Anwalt mit Nachdruck. »Du bist einfach reingelegt worden von diesen Typen. Es gibt keinen Grund, dich länger in Untersuchungshaft zu halten.«

Mia seufzte. »Das glauben die Richter doch nie.«

Der Anwalt lächelte fein. »Vielleicht können wir es ja sogar beweisen.«

»Und wie?«, fragte Mia verzweifelt.

»Du hast Glück, dass du solch einen Freund hast«, sagte der Anwalt.

Mia wusste mit dieser Antwort nichts anzufangen.

Mia blickte durch das vergitterte Fenster. Sie fuhren jetzt

wieder am Meer entlang. Die Bäume wiegten sich im Wind. Auf dem unruhigen Wasser tanzten die Boote. Wenn man aus dem Auto schaute, konnte man glauben, das Leben sei schön. Heiter und einfach.

Sie schwiegen, bis sie den Stadtrand von Samsun erreichten. Im Auto war es inzwischen heiß wie in einem Backofen.

Der Justizpalast war ein altes schönes Gebäude mit imposanten Treppenhäusern, Skulpturen und bemalten Decken.

Mia musste in einem Zimmer warten, durch dessen Fenster man in einen Innenhof schaute. Er sah aus wie ein Klosterhof, mit Bogengängen und einem Brunnen in der Mitte. Tauben flatterten um den Brunnen herum, setzten sich auf den steinernen Rand und tranken anmutig wie elegante Damen. Mia stand am Fenster und beobachtete die Tauben. Es gab nichts zu tun, als zu warten.

Man hatte ihr Wasser gebracht und sie konnte sich in einem Raum waschen, der sauber und hell war, der nach guter Seife roch und ein richtiges Klo hatte. Es war wie das Auftauchen aus einer anderen Welt. Aber Mia wollte das nicht genießen. Sie wollte sich gar nicht erst wieder an diesen Luxus gewöhnen. Nach dem Prozess würde sie zurückkehren nach Duragon, in dieselbe stinkende Zelle und es würde ihr nicht helfen, dass sie zwischendurch mal ein richtiges Badezimmer gesehen hatte. Sie machte sich keine Hoffnungen.

Sie wusste inzwischen, dass auf Drogenhandel in der Türkei die Höchststrafe stand. Sie hatte von einem deutschen Jungen gehört, der zu lebenslänglich verurteilt worden war und in seiner Zelle Selbstmord begehen wollte, weil er es nicht aushielt. Aber in einer Zelle mit dreißig anderen Gefangenen kann man sich nicht einmal umbringen. Da kann man nur weitermachen, vor sich hin leben, Tag für Tag, Monat für Monat.

Der Anwalt kam herein. Er wirkte nervös. Er trug eine schwarze Robe und viele Dokumente unter dem Arm. Mia musste ein Schriftstück unterschreiben. Sie fragte nicht, was es war. Sie war aufgeregt und gleichzeitig wie in Trance.

»Sind meine Eltern da?«, fragte sie.

Der Anwalt nickte. »Ich soll dich ganz herzlich von ihnen grüßen. Sie sind sehr aufgeregt. Ich habe mich gestern Abend mit ihnen im Hotel getroffen und alles mit ihnen besprochen.« Mia nickte. Sie fragte weder, wo ihre Eltern untergebracht waren, noch wie es ihnen ging. Oder was sie sonst noch gesagt hatten. Sie war unfähig, einen klaren Gedanken zu Ende zu denken.

Ihre Eltern warteten also irgendwo hier in diesem Gebäude ... ihre Mutter, ihr Vater ... Sie waren mit dem Flugzeug gekommen. Dabei hatten sie bestimmt gar kein Geld für so etwas. Und sie mussten den Anwalt bezahlen. Und wer weiß, was noch alles.

Mias Gesicht glühte. »Kann ich meine Eltern sehen?«, flehte sie.

Der Anwalt nickte ihr beruhigend zu. »Ja, bestimmt. Du wirst sie sehen können.«

Mia runzelte die Stirn. »Ich meine ... vorher ... allein ... Kann ich nicht allein mit ihnen sprechen?«

Der Anwalt spürte, wie aufgelöst Mia war. Er trat auf sie

zu und legte seine Hand auf ihren Arm. »Ich glaube nicht, dass das möglich ist. Aber vielleicht danach, wenn alles überstanden ist …«

Mia schaute den Anwalt an. Er lächelte. »Wir müssen die Daumen drücken«, sagte er sanft, »vielleicht ist ja in zwei Stunden der Albtraum vorbei.«

»Und dann?«, fragte Mia.

In diesem Augenblick ging die Tür auf. Ein Justizbeamter sagte etwas zu Dr. Kaja, was Mia nicht verstand. Der Anwalt wandte sich an Mia. Er lächelte aufmunternd.

»Es geht los!«

Mia wurde von zwei Justizbeamten, die schwarze Anzüge trugen, in einen Raum geführt, der so groß war wie die Aula ihrer Schule. Der Raum war halbhoch mit Holz getäfelt und hatte zu beiden Seiten hohe, schmale Fenster, durch die das grelle Tageslicht drang. Mia sah endlose Stuhlreihen. Die ersten Reihen waren besetzt. Mias Herz schlug so heftig, dass sie glaubte, es würde jeden Moment zerspringen. Sie ging mit gesenktem Kopf zwischen den Wärtern an den Platz, der für sie vorgesehen war. Ein Tisch mit zwei Stühlen. Mia setzte sich. Sie legte die Hände auf den Tisch. Sie sah, dass ihre Fingernägel schwarze Schmutzränder hatten. Schnell schob sie ihre Hände unter den Tisch.

Dr. Kaja kam herein. Er trug jetzt einen schwarzen Umhang, eine Anwaltsrobe. Er sah gleich viel bedeutender aus, fast eindrucksvoll, er nickte Mia zu. Er lächelte nicht. Seine Miene war ernst und konzentriert. Er stellte die Aktentasche auf den Tisch und holte sämtliche Unterlagen heraus. »Deine Eltern sitzen vorne rechts«, raunte Dr. Kaja ihr zu. »Hast du sie schon gesehen?«

Mia schüttelte den Kopf.

Sie hob leicht den Kopf und schaute nach rechts. Direkt in die Augen ihrer Mutter, in die großen, müden, verzweifelten Augen ihrer Mutter.

Mia hatte ihre Mutter ganz anders in Erinnerung, jünger, frischer irgendwie. Jetzt sah ihr Gesicht fahl aus und die Haare, die sonst immer lockig waren, hatte sie straff zurückgekämmt. Sie trug ihr dunkelblaues Kostüm. Als sie Mias Blick bemerkte, lächelte sie und hob verstohlen die Hand. Mia lächelte zaghaft zurück.

Neben ihrer Mutter saß ihr Vater. Vornübergebeugt hielt er die Hände zwischen den Knien und fixierte die Tür, durch die jeden Moment der Richter kommen würde.

Vorne stand ein Tisch für den Richter und ein weiterer, kleinerer, an dem eine junge, schwarzhaarige Frau saß. Als Dr. Kaja Mias Blick folgte, erklärte er, dass die Frau das Protokoll aufnehmen würde. Dann ging die Tür auf und Birgül erschien.

Mia lächelte, erfreut und dankbar für jedes bekannte Gesicht, aber Birgül ging an ihren Platz, ohne Mia einen Blick zu schenken. Mia spürte, wie Panik in ihr aufstieg.

Dann schwang die Tür abermals auf und der Richter wurde hereingeschoben. Er saß im Rollstuhl. Ein Justizbeamter schob ihn an den Richtertisch und der Richter dankte ihm mit einem kurzen Kopfnicken. Er legte die Hände auf den Tisch und schaute sich um. Der Richter war vielleicht fünfzig Jahre alt, er hatte schlohweißes Haar und sehr dichte, schwarze Augenbrauen. Er nahm seine Armbanduhr ab und legte sie vor sich auf den Tisch.

Auch Mia schaute verstohlen auf ihre Uhr. Es war Viertel nach drei. Die Verhandlung war eröffnet.

Um Viertel nach fünf waren alle Zeugen gehört worden. Auch Mias Eltern hatten ausgesagt. Mias Mutter hatte unter Tränen beteuert, was für eine liebe Tochter Mia immer gewesen sei. Das rührte Mia, aber es war ihr auch peinlich. Denn die Mutter log: Sie war nie wirklich lieb gewesen, immer aufsässig und trotzig. Sie war auch faul gewesen, hatte keine Lust gehabt, ihr Zimmer aufzuräumen, und manchmal hatte sie so heftig mit ihren Eltern gestritten, dass die Nachbarn von unten gegen die Zimmerdecke klopften. All das erzählte die Mutter nicht.

Sie lächelte Mia zu, bevor sie an ihren Platz zurückging.

Dann kam der Vater an die Reihe: Er sprach mit Bedacht. Er sagte, dass er seine Kinder mit der Achtung vor dem Gesetz erzogen habe und dass dieses selbstverständlich auch für die Gesetze anderer Länder gelte. »Ich habe ihnen Respekt beigebracht«, sagte er. »Und deshalb kann ich nicht verstehen, dass meine Tochter sich so benommen haben soll, wie es hier dargelegt wird. Das passt nicht zu ihr.«

Die Eltern schworen, dass Mia niemals Rauschgift genommen habe. Beide. Mutter und Vater. Sie hoben dazu die Hand. Aber sie wurden nicht vereidigt. Sie waren ja Mias Eltern.

Mia hatte ihrem Vater in die Augen gesehen, als er schwor. Ihr Kopf glühte, aber sie hielt seinem Blick stand.

Und der Vater sah ihr fest in die Augen, während er sprach. Und es war Mia, als würde er ihr sagen: Ich lüge, um dir zu helfen. Verstehst du, was das bedeutet? Er setzte sich wieder und sackte augenblicklich in sich zusammen. Mia sah, wie die Mutter ihre Hand auf den Arm des Vaters legte und wie sein Kopf daraufhin noch tiefer auf die Brust sank. Er schämt sich für mich, dachte Mia, und es gab ihr einen Stich ins Herz.

Dann wurden die Polizisten vernommen, die Mia festgenommen hatten. Damals, in der Nacht, am Strand. Birgül übersetzte, während sie ihre Aussage machten, und für Mia war es, als erzählten sie aus einem anderen Leben. Wie ausgelassen sie gewesen sei. Wie Mia barbusig im Meer herumgeplanscht habe. Wie laut die Jungen gegrölt hatten. So laut, dass sie nicht einmal gehört hätten, wie eine Frau kam und mit ihnen schimpfte. Mia konnte sich an keine Frau erinnern.

Aber diese Frau war dann zum Imam gerannt und hatte sich bei ihm beschwert. Und der Imam hatte die Polizei gerufen.

Das alles hatte ziemlich lange gedauert und währenddessen hatten sie immer weiter Party gemacht. Immer mehr getrunken, heftiger herumgealbert und Mia fühlte sich dazu angestachelt, immer verrücktere Dinge zu tun.

Mia saß auf ihrem Platz und ihr Kopf fühlte sich an wie ein mit heißem Dampf gefüllter Ballon. Sie knetete ihre Finger. Ihre Kehle war rau und schmerzte. Hinter ihren Augenlidern brannte es wie Feuer. Das Rauschen in den Ohren war zeitweise so laut, dass sie kaum hören konnte, was Birgül sagte. Vielleicht, weil sie es gar nicht hören wollte. Ihr Vater wurde immer kleiner auf seinem Stuhl. Das Gesicht der Mutter war weiß wie der Mond.

Ich sterbe vor Scham, dachte Mia.

Der Anwalt raunte ihr etwas zu, was sie nicht verstand. Es war ihr egal. Es konnte ihr sowieso nicht helfen.

Wie konnte der Richter, der älter war als ihr Vater, Verständnis haben für ein Mädchen wie sie? Wie sollte er verstehen, warum ein deutsches Mädchen mit sechs türkischen Jungen an den Strand geht, einen Bauchtanz vorführt, trinkt, Haschisch raucht und halbnackt ins Meer hüpft?

Warum sollte er das verstehen? Warum sollte er über so etwas milde urteilen?

Der Richter schaute immer wieder zu Mia. Sie senkte die Augen, wenn sie seinen Blick spürte. Und schob den Kopf zwischen die Schultern, als versuchte sie, sich unsichtbar zu machen.

Dann sprach Dr. Kaja. Er ging beim Reden auf und ab. Manchmal blieb er vor Mia stehen, dann legte er seine Hand auf ihre Hand, um deutlich zu machen, dass er sie mochte, dass er sie für ein gutes Mädchen hielt.

Birgül übersetzte. Aber Mia hatte das Gefühl, dass sie ab und zu etwas ausließ, weil Birgüls Sätze viel kürzer waren und sie Pausen machte, obwohl Dr. Kaja ununterbrochen redete.

Dann sagte Dr. Kaja etwas und Birgül beugte sich zu Mia herüber und flüsterte: »Achtung, jetzt kommt er.«

»Wer?« Mia hob müde den Kopf. Ihr war schlecht. Es hätte ihr in diesem Augenblick nichts ausgemacht, wenn man sie wieder mit dem Auto ins Gefängnis zurückgebracht hätte. Sie hätte sich in ihre stinkende Decke gerollt, Sunny hätte ihr vielleicht einen Tee gebracht und die anderen Frauen hätten etwas gesungen, um sie zu trösten. So wie sie das manchmal machten. Alles erschien ihr erträglicher, als hier zu sein.

»Schau mal hoch!«, raunte Birgül.

Mia hob den Kopf.

Die Tür öffnete sich und Kemal betrat den Raum, begleitet von einem Justizbeamten.

Mias Herzschlag setzte aus.

Kemal sah gut aus. Er trug neue Jeans und ein neues weißes Hemd, bis oben zugeknöpft. Und Lederschuhe. Nicht seine grau-weißen Nike-Turnschuhe.

Er verbeugte sich höflich vor dem Richter, der Frau, die das Protokoll aufnahm, und vor Birgül. Er nickte Dr. Kaja zu. Dann fiel sein Blick auf Mia.

Mia zitterte. Sie öffnete die Lippen, als wollte sie etwas sagen. Etwas, was wie danke klingen könnte oder hallo, schön, dass du gekommen bist. Irgendetwas. Aber ihre Lippen waren spröde und trocken und bewegten sich nicht.

Mia sah, wie ihr Vater und ihre Mutter die Köpfe zusammensteckten. Jetzt reden sie über ihn, fuhr es Mia durch den Kopf, jetzt reden sie über Kemal. Kemal musste seinen Namen und seine Adresse nennen. Es wurde zu Protokoll gegeben, dass Kemal, anders als die Jungen aus seinem Ort, in Deutschland aufgewachsen war.

Kemal wurde zu seinem Verhältnis zu Mia befragt. Er schaute Mia an. »Wir haben uns von Anfang an gut verstanden«, sagte Kemal. »Sie ist so wie die Mädchen aus Deutschland, die ich früher kannte.«

»Und wie sind die?«, fragte der Richter.

»Normal eben«, sagte Kemal ruhig.

Der Richter runzelte die Augenbrauen.

Dr. Kaja lächelte.

»Kann man sagen«, fragte der Richter, »dass Mia Kröger und du ein Liebespaar seid?«

Mia hielt vor Schreck die Luft an. Sie schüttelte heftig den Kopf.

Kemal sagte ruhig: »Wir sind kein Liebespaar. Wir haben uns ja nur zweimal gesehen. Ich war einfach nur froh, jemanden zu treffen, mit dem ich Deutsch reden konnte, ich habe nämlich Angst, mein Deutsch mehr und mehr zu verlernen.«

»Möchtest du denn nach Deutschland zurück?«, fragte der Richter.

Kemal zögerte. Schließlich sagte er: »Ich weiß nicht. Hängt davon ab, ob ich hier in der Türkei einen guten Job finde. Was aus meiner Zukunft wird.«

Dann forderte Dr. Kaja Kemal auf, dem Gericht mitzuteilen, was er zu sagen habe.

Erst sprach Kemal zögernd und vorsichtig, dann wurde er immer sicherer.

Kemal hatte Erkundigungen eingezogen, er hatte sich über die Jungen, mit denen Mia an jenem Abend zusammen gewesen war, informiert. Vieles hatte er bereits schon gewusst. Zum Beispiel, dass Serdal etwas mit Drogen zu tun hatte.

»Und dieser Serdal war an jenem Abend auch mit dabei?«, fragte der Richter.

»Ja, Abdo hatte ihn angerufen. Er ist so eine Art Handlanger von Serdal. Serdal ist dann zusammen mit noch einem anderen Freund zum Strand gekommen. Er fährt ein dickes Auto, es gibt nicht viele, die ein Auto haben. Ich habe erfahren, dass Serdal oft nach Luxemburg geflogen ist, er hat als Drogenkurier gearbeitet. Dann hat er sich aber mit ein bisschen Rauschgift erwischen lassen und wurde in die Türkei abgeschoben, wo er kurz im Gefängnis saß. Jetzt sucht er nach anderen Wegen, das Rauschgift nach Deutschland oder sonst wohin zu bringen.

Ich habe erfahren, dass er sich genau erkundigt, wer in dem Hotel absteigt. Dass er gezielt Leute sucht, die für ihn als Kurier arbeiten. Er wollte Mia an diesem Abend am Strand dazu überreden, für ihn einen Kurierdienst zu übernehmen, er wollte sie um einen Gefallen bitten, sozusagen. Er wollte ihre Naivität ausnutzen. Abdo hatte ihm erzählt, dass sie sehr offen wäre, lebenshungrig und abenteuerlustig. Da hat Serdal natürlich seine Chance gewittert. Dann ist aber alles schiefgelaufen, denn die Polizei kreuzte plötzlich auf und er musste das Päckchen Kokain, das er schon bei sich hatte, so schnell wie möglich loswerden. In seiner Panik warf er es einfach in Mias Tasche und haute zusammen mit den anderen ab.«

Dr. Kaja lächelte. Aber der Richter zog die Augenbrauen zusammen. Er glaubte Kemal offenbar kein Wort.

»Das kann ich glauben«, sagte er, »ich muss es aber nicht glauben.«

Dr. Kaja trat vor, legte einen Arm um Kemals Schulter und verbeugte sich vor dem Richter.

»Mit Ihrer Erlaubnis«, sagte er, »könnten wir neues Beweismaterial vorlegen.«

»Ist das Beweismaterial angemeldet?«, fragte der Richter. Er war jetzt ungnädig, Mia spürte, dass er sie nicht mochte. Er wollte die Sache hinter sich bringen, Mia zurück in den Knast schicken und fertig. Das spürte sie.

Aber so schnell gab Dr. Kaja nicht auf. »Kemal hat ein Tonband bei sich«, sagte er. »Und auf diesem Tonband spricht Serdal über den Abend. Kemal hat ihn dazu gebracht.«

»Und wie?« Der Richter fixierte Kemal.

Kemal war ruhig, sicher und selbstbewusst. »Wir haben etwas getrunken. Serdal hat Whisky getrunken und gar nicht gemerkt, dass in meinem Glas nur Tee war.«

Ein paar Leute lachten. Aber der Richter blieb streng.

»Wenn Sie gestatten«, sagte Dr. Kaja, »würde ich das Tonband gerne vorführen.«

Er nahm aus seinem Aktenkoffer einen Kassettenrekorder und stellte ihn auf den Richtertisch. Dann zog er eine kleine Kassette aus einem Briefumschlag und zeigte sie dem Richter.

»Ich würde Ihnen gerne nur die entscheidenden Ausschnitte vorspielen. Es dauert keine fünf Minuten.«

Der Richter seufzte. Er hielt sich die Armbanduhr dicht vor die Augen, seufzte noch einmal und legte sie wieder hin.

Dr. Kaja lächelte Mia kurz an, dann wandte er sich an die Zuhörer im Saal.

»Dieses Tonband«, rief er pathetisch, »wird die Unschuld von Mia Kröger beweisen. Meine Mandantin bestreitet nicht, an dem besagten Abend am Strand gewesen zu sein. Sie bestreitet nicht, dass sie mit ihrem Benehmen gegen die Gesetze des Korans verstoßen hat. Sie bereut das zutiefst und bittet das türkische Volk um Verzeihung. Meine Mandantin hat aber immer wieder, bei jedem Verhör, heftig bestritten, jemals etwas mit Rauschgift zu tun gehabt zu haben. Sie hat nie welches besessen und nie welches geschmuggelt. Wenn Sie dieses Tonband gehört haben, werden Sie Mia Kröger freisprechen müssen.«

Mia schluckte, sie schaute zu ihren Eltern. Ihr Vater hatte sich aufgerichtet. Er saß jetzt ganz steif da mit gestrafften Schultern. Die Mutter hatte sich ein Taschentuch aus ihrer Handtasche genommen und nestelte nervös daran herum. Mia konnte sehen, wie ihre Hände zitterten.

Dr. Kaja drückte auf den Knopf des kleinen Kassettenrekorders. Man hörte nur ein Rauschen.

Dr. Kaja runzelte die Stirn. Er drehte an den Knöpfen, das Rauschen wurde mal stärker, mal schwächer, und einmal war es, als hörte man in diesem ganzen Rauschen auch menschliche Stimmen. Aber verstehen konnte man nichts.

Mia sah, wie die Mutter gequält die Augen schloss und sich zurücklehnte. Der Richter schnippte ungeduldig mit den Fingern.

Die Protokollführerin nutzte die Gelegenheit, um sich ausgiebig zu schnäuzen. Im Raum wurde es unruhig.

Der Richter klopfte mit dem kleinen Holzhammer auf den Tisch und bat um Ruhe.

»Stimmt etwas nicht mit dem Tonband?«, fragte der Richter, nachdem er sich mehrfach ungeduldig geräuspert hatte.

Dr. Kaja schaute auf. »Ich kann mir das nicht erklären«, sagte er verzweifelt. »Vorhin, als wir es ausprobierten, hat es noch einwandfrei funktioniert.«

»Sind Sie sicher, dass keiner das Band manipulieren konnte?«

Dr. Kaja und Kemal tauschten einen Blick, Kemal wirkte jetzt nicht mehr so sicher, nicht mehr so cool. Mia sah, dass er verstohlen seine Handflächen mit einem Taschentuch trocken rieb.

Kemal schluckte. »Ganz sicher«, sagte er. »Ich hatte es immer bei mir, bis ich es Dr. Kaja übergeben habe.«

Ein Justizbeamter trat neben Dr. Kaja und gemeinsam versuchten sie, das Tonband zum Sprechen zu kriegen. Mia sackte in sich zusammen.

Für einen Augenblick hatte sie bei der Rede des Anwalts noch Hoffnung geschöpft, doch jetzt schien alles verloren.

Mia legte die Hände aneinander und presste sie zwischen die Knie.

Ihr schwirrte der Kopf. In den Ohren hallte das Rauschen dieses Tonbands, mal leiser, mal lauter.

Die Zuhörer rutschten jetzt ungeduldig auf ihren Sitzen hin und her, unterhielten sich immer lauter.

Zweimal klopfte der Richter mit dem Hammer auf den Tisch.

Mias Vater hielt es schließlich nicht mehr aus. Er erhob sich.

»Kann man nicht versuchen, ein anderes Gerät zu beschaffen?«, fragte er. »Vielleicht liegt es ja nicht am Tonband, sondern an dem Gerät.«

Birgül übersetzte. Der Richter schaute Mias Vater an. Lange.

Dann, nach einer Weile, die Mia wie eine halbe Ewigkeit vorkam, nickte er. Mit knappen Worten wandte er sich an einen Saaldiener, der eilig davonlief.

Der Richter ordnete eine Pause von einer halben Stunde an. In dieser Zeit sollte ein neues Gerät beschafft und ausprobiert werden. Er raffte ein paar Papiere zusammen und rollte durch die Seitentür hinaus.

Im gleichen Augenblick sprangen auch Mias Eltern auf und liefen auf sie zu. Ihre Mutter mit ausgebreiteten Armen. Tränen standen in ihren Augen. Mia erhob sich mit wackligen Beinen.

»Kind! Mia! Schätzchen! Oh Gott, mein armes Schätzchen, es tut uns so leid!«

Mia sank in die Arme ihrer Mutter. Sie spürte die Küsse ihrer Mutter auf ihren Wangen und dann liefen die Tränen wie ein Sturzbach, ließen sich nicht länger zurückhalten.

»Kind! Kindchen!«, wisperte die Mutter, zog ein Taschentuch nach dem anderen hervor und trocknete Mias nasses Gesicht.

Hinter der Mutter stand Mias Vater, mit hängenden Schultern und aschgrauem Gesicht. Er hatte die Lippen aufeinander gepresst und man konnte sehen, wie seine Kinnmuskeln arbeiteten. Er wirkte sehr nervös und angespannt. Es fiel ihm sichtlich schwer, Haltung zu bewahren.

Irgendwann ließ die Mutter Mia los und Mia stürzte sich in die Arme ihres Vaters. Er klopfte sacht auf ihren Rücken. Mia spürte, dass er gerührt war, dass auch er gegen die Tränen kämpfen musste. Er schluckte mehrfach, räusperte sich.

»Ist ja gut, mein Mädchen«, murmelte er, »ist ja gut.«

»Nein«, schluchzte Mia, »nichts ist gut, gar nichts. Es tut mir so leid, dass ihr ... dass ich euch ...«

»Vergiss uns einfach«, sagte der Vater. »Wir sind nicht das Problem.«

»Ich hab wirklich ... ich hab doch kein Kokain ...«

Mias Stimme versagte.

»Das wissen wir doch«, brummte der Vater. »Die Frage ist nur, ob der Richter das auch so sieht. Aber du hast einen guten Anwalt.«

Mia nickte. Sie schluchzte. Sie streckte blind die Hand nach einen neuen trockenen Taschentuch aus.

»Und einen guten Freund«, fügte die Mutter hinzu.

Mia öffnete die Augen. »Wen meinst du?«

»Deinen Freund Kemal«, sagte die Mutter.

Kemal lehnte am Fenster. Er spielte mit einer Zigarettenschachtel. Er schaute nach draußen. Er sah nicht zu ihnen herüber. Vielleicht war ihm die sentimentale Familienszene peinlich. Vielleicht wollte er aber auch nicht aufdringlich sein.

Dr. Kaja hatte den Raum verlassen. Birgül auch.

Komisch, dachte Mia, dass sie uns hier allein lassen. Nur zwei Justizbeamte waren noch im Raum. Sie lehnten neben der Tür und redeten leise miteinander. Sie lachten. Dieser Prozess interessierte sie genauso wenig wie irgendein anderer Prozess. Vielleicht sprachen sie über ihre Familien, über den Fußballclub von Istanbul, über das Wochenende.

Ihnen ist es egal, dachte Mia, was mit mir passiert, und wenn sie mich lebenslang hier einbuchten, die beiden würden weiterlachen. Nur einen kurzen Augenblick schoss ihr dieser Gedanke durch ihren Kopf: Wenn sie lebenslang in einem türkischen Gefängnis einsitzen müsste, würde sich am Lauf der Welt deshalb nicht das Geringste ändern. Touristen würden nach Antalya reisen, in schicken Hotels wohnen und Spaß haben, der türkische Gemüsehändler in Oberhausen würde weiter von morgens um sieben bis abends um acht im Laden stehen und seine Ware verkaufen. In ihrer Schule würden weiter Klausuren geschrieben und Zeugnisse verteilt ... Nur ihre Eltern und Sophie würden nicht aufhören, an sie zu denken. Für sie zu beten. Ihr zu schreiben. Nur diese drei Menschen ...

Schluchzend schlug Mia die Hände vors Gesicht.

»He, mein Liebes!«, flüsterte ihre Mutter erschrocken. »Was ist denn? Woran denkst du?«

Mia schüttelte den Kopf. Sie konnte nicht sprechen. Es war, als hätte die plötzliche Verzweiflung sie stumm gemacht.

Kemal schob die Zigarettenschachtel wieder in die Hosentasche. Er schlenderte auf die Gruppe zu. Er ging sehr langsam, er rollte seine Füße im Gehen so ab, dass die Sohlen nicht das leiseste Geräusch auf dem Holzboden machten. Dennoch drehten sich Mias Eltern und Mia gleichzeitig zu ihm um.

Kemal lächelte. Es war ein verhaltenes, kaum sichtbares

Lächeln. Als er vor ihnen stehen blieb, deutete er mit einem Kopfnicken zur Saaltür, wo die beiden Beamten noch immer miteinander lachten.

»Da draußen steht ein Kaffeeautomat«, sagte er. »Ich könnte Kaffee besorgen. Wenn jemand …«

»Oh ja«, rief Mias Vater. »Kaffee! Wunderbar! Das würde uns guttun!«

Er zerrte seine Brieftasche aus der Innentasche des Sakkos hervor.

Kemal winkte ab. »Ich mach das schon«, sagte er. »Kein Problem.«

Mia und ihre Eltern schauten ihm nach, wie er an den beiden Justizbeamten vorbei in den Flur ging.

Nach einer kurzen Weile, in der Mia und ihre Eltern stumm und wie gelähmt beieinander gestanden hatten, kam Kemal mit einem Kunststofftablett zurück, auf dem er vier Kaffeebecher balancierte. In jedem Becher steckte ein roter Plastiklöffel.

»Milch gibt es nicht«, sagte Kemal. »Hier trinken sie den Kaffee nur mit viel Zucker.«

Auf dem Tablett war ein kleiner Berg von Würfelzucker aufgehäuft.

»Danke, Junge«, murmelte der Vater.

»Du bist so liebenswürdig«, sagte Mias Mutter und lächelte Kemal freundlich zu. »Wir sind dir so dankbar.«

»Nicht nötig«, sagte Kemal. Er reichte Mia einen Becher und Mia nahm ihn mit zitternden Händen.

Kemal schaute Mia fest in die Augen. »Ich bin sicher, das Tonband ist in Ordnung«, sagte er eindringlich. »Dein Vater hat Recht. Es muss am Gerät gelegen haben. Ich hab das Tonband die ganze Nacht gehört, immer wieder. Das ist in Ordnung. Ganz sicher.«

Mia versuchte zu lächeln. Aber ihre Gesichtsmuskeln waren wie eingefroren. »Danke, Kemal«, flüsterte sie. »Aber ich glaube nicht, dass es was nützt.« Sie schaute aus dem Fenster. »Ich muss bestimmt wieder zurück ins Gefängnis. Das fühle ich.«

Kemal reagierte so heftig, dass er seinen Kaffee verschüttete. »So was darfst du nicht denken! Nie!«, rief er hitzig. »Du musst kämpfen, verstehst du? Kämpfen!«

In diesem Augenblick betrat ein Mann im blauen Overall den Saal. Er trug einen schweren Kassettenrekorder bei sich. Er stöpselte das Gerät in die nächste Steckdose ein, drückte auf den Knöpfen herum und nickte.

Mia und ihre Eltern schauten atemlos zu. Kemal lief zu dem Mann hinüber, fragte ihn etwas und kam dann mit leuchtenden Augen zurück.

»Ich bin sicher, diesmal wird's funktionieren«, sagte er zuversichtlich.

Da rollte der Richter in den Verhandlungssaal.

Fünf Minuten später saßen alle wieder an ihrem Platz. Dr. Kaja stand am Tonbandgerät. Er holte tief Luft und schaute in die Runde.

»Wollen wir hoffen«, sagte er, »dass es jetzt funktioniert.« Er wartete eine Sekunde und fügte mit lauter, klarer Stimme hinzu: »Sie werden gleich die Stimme von Serdal Özdilek, 26 Jahre alt, hören. Das Gespräch wurde gestern Nachmittag aufgenommen. Ich bitte um Ruhe, Sie werden hören, wie er offen zugibt, dass er als Drogenkurier gearbeitet hat. Und dass er nun versucht, Touristen und Gastarbeiter dazu zu bewegen, das Rauschgift nach Westeuropa zu bringen. Und Sie werden hören, was an jenem Abend geschah, als Mia Kröger verhaftet wurde, dass sie schuldlos in diese Sache verstrickt wurde. Herr Richter, sind Sie bereit?«

Der Richter nickte.

Dr. Kaja drückte auf den Knopf.

Und ganz klar und deutlich hörte man Kemal, wie er sagte: »Also, Serdal, das ist ja fantastisch. Du warst schon vier Mal in deinem Leben in Amsterdam? Mann, Mensch, wie ich dich beneide.«

Dr. Kaja hielt das Band wieder an.

Er strahlte. Er schaute in die Runde. »Es funktioniert!«, rief er erleichtert.

Er schob unter seinem Talar die Hemdsärmel über die Ellenbogen, wahrscheinlich schwitzte auch er vor Aufregung. Er wandte sich an Birgül. Birgül übersetzte.

Das Hotel Metropole liegt in der Nähe des Bahnhofs von Samsun. Manchmal, wenn ein schwerer Güterzug vorbeidonnert, zittert das Fensterglas in den alten Rahmen und die Vase mit dem künstlichen Blumenstrauß auf dem Fernseher wackelt.

Mia liegt auf dem weichen Bett. Es duftet nach einem Waschmittel mit Jasmin-Parfüm. Das Kopfkissen hat sie im Nacken zusammengerollt. Sie schaut auf das Fenster, vor dem die Tüllgardine hängt. Eine weiße Gardine mit einer rosa Kante. Die Gardine wird von Kordeln an den Seiten gerafft und die Kordeln haben Troddeln aus rosa Seide. Mia muss immer auf die Troddeln schauen, weil sie so schön sind. Weil sie nicht geglaubt hatte, dass sie so etwas jemals wieder sehen würde. Der Fernseher bleibt stumm. Sie hat auch das Radio ausgeschaltet, das leise vor sich hin dudelte, als der Page das Zimmer aufschloss.

Sie hat in den Wochen im Gefängnis genug Stimmen gehört. Sie braucht keine Geräuschkulisse. Der größte Luxus, den sie sich vorstellen kann, ist die Stille.

Nebenan ist das Bad. Kein tropfender Wasserhahn. Das Waschbecken glänzt wie frisch poliert. Es gibt einen Duschvorhang über der Badewanne und vier türkisfarbene Handtücher. Für eine einzige Person! Nur für sie. Mia, die wieder in Freiheit ist.

Wenn sie wieder zu Hause ist, wird sie sich einen Job suchen. Mia wird ihren Eltern das Geld zurückzahlen, das sie als Strafe für das Nacktbaden bezahlt haben. Sie wird den Betrag in Raten abstottern müssen. Wer weiß, wann sie es sich wieder leisten kann zu verreisen. Oder Klamotten zu shoppen. Mia lächelt glücklich – das alles ist egal. Sie ist wieder frei.

Wenn sie sich anstrengt, kann sie ihre Eltern im Nebenzimmer reden hören.

Einmal lacht ihre Mutter und da muss Mia auch lächeln. Sie weiß nicht, warum ihre Mutter lacht. Dann hört sie, wie nebenan im Bad das Wasser rauscht. Vielleicht lässt der Vater Badewasser ein. Er singt dabei seinen Lieblingssong aus »König der Löwen«.

Ein Güterzug donnert vorbei. Die Kunstlilien in der Kristallvase beben. Mia schaut so lange auf die Lilien, bis sie wieder vollkommen zur Ruhe gekommen sind.

In einer halben Stunde sind sie mit Kemal unten in der Halle verabredet.

Die Eltern haben Kemal zum Abendessen eingeladen. Ein Abschiedsessen. Ein Dankeschön für alles. Sie wollen in das schönste Restaurant der Stadt. Dr. Kaja hat ihnen einen Tisch reserviert mit Blick auf den erleuchteten Hafen.

Mia weiß nicht, was Kemal jetzt macht, wie er sich die Zeit nach dem Prozess vertrieben hat in der Stadt.

Vielleicht hat er hier Freunde. Oder Bekannte. Vielleicht sitzt er am Hafen und schaut auf die Schiffe und träumt sich weit weg.

Auf dem Stuhl unter dem Fenster steht eine Reisetasche. Die hat ihre Mutter aus Deutschland für sie mitgebracht. Darin sind die Sachen für Mias Rückreise. Eine neue Zahnbürste hat sie auch und eine neue Haarbürste. Ihre Mutter hat sogar an einen Lippenstift gedacht, das hat Mia ganz besonders gerührt.

Mia liegt, in türkisfarbene Handtücher gewickelt, auf ihrem Bett. Sie versucht, die Augen zu schließen, ein bisschen zu dösen, aber sie hat Angst vor den Bildern, die dann zurückkehren könnten. Sie hat Angst davor, sich in einer Zelle wiederzufinden. Bei den anderen …

Was Sunny wohl sagt, wenn sie hört, dass Mia nicht zurückkommt? Dass Mia nach Deutschland darf in die Freiheit? In ihre Heimat?

Vielleicht wird sie die ganze Nacht weinen, sich in ihrem Bett auf der dreckigen Matratze hin- und herwälzen, vielleicht wird sie in ihrer Wut und Verzweiflung die Wärterinnen beschimpfen und sich mit Sibel prügeln.

Sibel ist vor ein paar Tagen eingeliefert worden, sie wurde erwischt, als sie gestohlene Kreditkarten verkaufen wollte. Sibel ist jung und schön. Sunny war gleich eifersüchtig auf sie, das hat Mia gespürt, aber jetzt, wenn Mia nicht mehr da ist, wird Sunny sich vielleicht doch mit Sibel anfreunden. Die anderen Frauen sind sehr viel älter als sie.

Mia richtet sich auf. Sie fährt mit den Händen über ihr frisch gewaschenes Haar. Es ist mittlerweile so lang geworden, dass sie sich eine Haarsträhne unter die Nase halten kann. Wie das duftet. So frisch wie ein junger Frühlingsmorgen. Unglaublich. Sie hatte vergessen, wie gut das alles riechen kann.

Langsam erhebt sie sich. Sie geht zum Fenster und schaut hinaus, das Badetuch um den Körper geknotet. Unten auf der Straße herrscht Feierabendverkehr. Mia sieht das rege Treiben, die Menschen, die wartend an der Bushaltestelle stehen, die Autos, die sich in Dreierreihen durch die schmale Straße zwängen, die Tauben auf den Dächern, den Zeitungsverkäufer. Sie öffnet das Fenster. Sofort werden die Straßengeräusche lauter, Musikfetzen dringen herein, das Dröhnen und Bellen aus den Lautsprechern am Bahnhof. Fremde Gerüche, süß und faulig, würzig und fremd. Von der Moschee ruft der Muezzin zum Abendgebet.

Mia denkt an Kemal. Vielleicht ist er zum Abendgebet in die Moschee gegangen, vielleicht betet er aber auch da am Hafen. Oder er kümmert sich nicht darum und läuft durch die Stadt auf der Suche nach einem Geschenk für seine

Schwester. Er hat gesagt, er wolle seiner Schwester aus der Stadt einen Brief schreiben. Vielleicht will er ihr auch ein Andenken schicken, oder er sucht eine schöne Postkarte. Damit Aylin die Türkei nicht vergisst, im fernen Paris.

Mia nimmt das weiße T-Shirt aus der Tasche, dann die Jeans, die frische Unterwäsche. Sie legt alles auf das Bett.

Langsam, fast bedächtig zieht sie sich an. Genießt jeden Handgriff.

Es klopft an der Zimmertür.

»Mia? Schätzchen? Bist du fertig?«, fragt ihre Mutter.

»Gleich!«, ruft Mia. »Noch fünf Minuten.«

»Geht es dir gut?«, ruft ihre Mutter durch die verschlossene Tür.

Mia geht zur Tür, schiebt den Riegel zurück. Ihre Mutter sieht ganz anders aus als am Morgen. Sie hat rosige Wangen und leuchtende Augen. Als sie Mia sieht, beginnt ihr Gesicht zu strahlen.

»Es geht mir wundervoll«, sagt Mia. Sie umarmt ihre Mutter.

So stehen sie da in der Tür zu ihrem Zimmer im vierten Stock des Hotels Metropole in der Hafenstadt Samsun an der Schwarzmeerküste und halten sich ganz fest.

»Danke«, flüstert Mia, »danke.«

Ihre Mutter kann nicht sprechen. Sie streichelt Mia einfach. Streichelt Mias Haare, ihre Schultern, ihren Rücken. »Wir haben Tag und Nacht an dich gedacht«, flüstert die Mutter. »Hast du das gespürt?«

Mias Augen füllen sich mit Tränen. Sie nickt. Sie kann nicht antworten.